Los ilusionistas

Marcos Giralt Torrente

Los ilusionistas

EDITORIAL ANAGRAMA
BARCELONA

Ilustración: Fotografías cedidas por el autor, São Paulo, 1965

Primera edición: mayo 2025
Segunda edición: diciembre 2025
Tercera edición: febrero 2026
Cuarta edición: abril 2026

Diseño de la colección: Julio Vivas y Estudio A

Pau Claris, 172
08037 Barcelona

ISBN: 978-84-339-2995-2
Depósito legal: B. 4451-2025

Printed in Spain

Romanyà Valls, S. A.
Verdaguer, 1, 08786 Capellades (Barcelona)

«Escribo porque ellos han dejado en mí su marca indeleble y porque su rastro es la escritura.»

GEORGES PEREC

Había previsto empezar esta nota con dos o tres citas sobre la familia, pero tuve la mala idea de confiarme a una aplicación de inteligencia artificial para encontrarlas y el resultado no fue el esperado. O eran panegíricos edulcorados o se pasaban de frenada por el lado negativo o caían en la insulsez académica o en el misticismo. Y no fue una solución tentar al algoritmo con escritores concretos. Cuando había conseguido una gavilla a mi gusto, al hacer la búsqueda inversa para asegurarme de que cada cita provenía efectivamente del autor referenciado, resultó que todas eran falsas o al menos no literales.

A decir verdad, me alegro de que haya sido así. Escribir de la familia a menudo es visto con recelo –más aún cuando se trata de la propia–, y es natural que, puestos en la tesitura, busquemos el amparo de unas palabras legitimadoras. Sin embargo, ¿no representaría en cierto modo una rendición?

La familia es el territorio de la memoria. Memoria de sí misma y del mundo que la contiene. Memoria en construcción y no siempre fiable, donde el amor y el conflicto confluyen. Dejarla totalmente de lado no es posible, vuelve en los sueños y en las pesadillas. Nos proporciona los primeros rudimentos para descifrar la realidad, nos forma y deforma, y, a poco que la escrutemos, nos confronta con el principal problema de la condición humana: ¿somos realmente libres para trazar nuestro destino?

Todos los personajes proceden de mi familia, pero, siempre que me ha sido posible, he embozado los nombres tras sus iniciales. Un nombre propio es un arma de doble filo. Nos acerca si nos cae bien al oído o al recuerdo, y nos expulsa si es el caso contrario.

El orden de los textos no es aleatorio, pero reconozco haber tenido dudas con el primero. Al final he sido fiel a mi intención inicial, ya que, si bien cualquier historia puede contarse de distintas maneras, el principio de algo, su origen, es el que es. Aunque no sea más que una convención. Este libro, entre otras cosas, trata de eso, de los distintos elementos que nos configuran y de la imposibilidad de atribuirles una sola causa. Es en parte la autopsia de una familia, de sus miembros y de los hechos determinantes de sus vidas. Habla de lugares y de generaciones, de la reverberación del pasado en el presente y del apego a contar, a domar la vida con palabras; de los disfraces en los que nos guarecemos, de destinos buscados e impuestos, de pasión, de fiestas, de ausencias y de renuncias. Por supuesto, he tratado de ser objetivo, pero no puedo eludir que pertenezco a la misma estirpe.

UNO
Los años escritos

Sé mucho sobre ellos, pero casi tanto es lo que ignoro.

Lo que ignoro comprende algunas fechas y lugares y, sobre todo, gran parte de los sentimientos que los llevaron a actuar en cada momento como lo hicieron. Lo que conozco es apenas un vislumbre. Historias oídas que me condicionan, pero que me esfuerzo en cuestionar; datos desnudos de ornamento, intuiciones.

En los momentos de mayor entrega amorosa, él la llamaba Pichusa o Fifina y ella a él Pichús o Chalo. Puedo mencionar los apodos, ya que provienen de un documento fiable: las cartas entre ambos que se conservan, casi trescientas de él entre 1933 y 1953 y cuarenta de ella de 1947 y 1948. Una correspondencia en parte mutilada. La razón es prosaica: mientras ella atesoró las de su marido, este no fue tan cuidadoso.

Él era escritor, o fantaseaba con serlo, y ella habría querido casi cualquier cosa que él deseara. Ella era hija única, y él, el mayor de tres hermanos. Él había nacido en 1910 en una aldea de Ferrol, y ella, dos años después, en una villa marinera con nombre de trabalenguas (*si vou a Bueu nun bou vou, si non vou a Bueu nun bou non vou*). Allí se conocieron en el verano de 1931, cuando ella tenía diecinueve años y él acababa de cumplir veintiuno. Ella pasaba las vacaciones de verano en casa de su madre antes de iniciar el último curso de magisterio y él estaba de visita en la de su padre, oficial de marina con desempeño en la comandancia portuaria.

Es oportuno detallar la situación geográfica en la ría de Pontevedra, ya que, favorecida por su relativa cercanía con Vigo, la villa disfrutaba de unas peculiaridades que la distinguían de otras poblaciones ribereñas de Galicia. Especialmente próspera, los modos de vida ligados a la pesca y las labores agropecuarias de subsistencia convivían con los modos burgueses y proletarios vinculados a dos conserveras de pescado. La pincelada es pertinente para situar mejor la procedencia social de ella, que había nacido en una familia humilde, aunque acomodada, y, gracias a la idiosincrasia del entorno, se había beneficiado de una autonomía más propia de las urbes. Su madre –campesina astuta, buena administradora de su dinero– había podido enviarla interna a cursar el bachillerato y más tarde a la Escuela Normal de Pontevedra, de donde saldría con el título de maestra y la consideración de señorita. De su padre, emigrante en América, sabemos poco, si bien este *saber poco* es un dato ya de por sí significativo.

Imaginemos los sueños modestos de una chica crecida sin padre, resuelta pero inocente, que aspira a una vida distinta a la de su madre –no en vano el ambivalente triunfo de esta ha sido hacerla diferente–. Esa chica siente gratitud y cariño por quien la ha traído al mundo, ha interiorizado buena parte de sus prejuicios, pero rechaza no pocas de sus terquedades y a lo mejor no desea el futuro que le ha diseñado, tal vez casarse con alguien que termine de facilitar su salto en la sociedad, tal vez un médico, un abogado, un ingeniero..., desde luego no un comerciante ni un funcionario ni aún menos un hombre como el que ella elige, un forastero.

El forastero se convertirá años después en una celebridad literaria, pero lo conseguirá tras una trayectoria larga y sinuosa, y en aquel entonces no pasa de ser un exestudiante de Letras, cargado de fantasías, al que su afición a la escritura y la falta de apoyo paterno han impedido poner el broche a sus estudios.

Los dos nadan en cierto modo a contracorriente. Josefina, porque para ser ella misma necesita sobreponerse a la testaruda determinación de su madre; y Chalo, porque es el primogénito de un matrimonio mal avenido y el enroque de sus padres en el encono mutuo le ha privado de un suelo firme sobre el que desarrollarse.

En un artículo de prensa regional he leído que el cortejo tuvo lugar en una sala de fiestas llamada El Baile del Pirigallo. Por mi parte, imagino verbenas y romerías populares; fugaces encuentros en la ribera del mar que dieron pie a apresuradas charlas grupales y que más tarde desembocaron en la búsqueda exclusiva el uno del otro. Eran tiempos de revueltas obreras e idealismos, de conversaciones interminables y proclamas. No he sabido quiénes eran sus amigos. Es de suponer que los testigos de su boda. Dos de ellos, los más preeminentes, murieron al comienzo de la guerra fusilados por el bando franquista. Esta es, sin embargo, una historia en la que *lo histórico*, pese a condicionar su devenir, aparece solo tangencialmente. Es una historia de interiores y de supervivencia.

Si bien me propongo ceñirme a la información contenida en las cartas entre ambos, una breve introducción resulta necesaria. Para empezar, ya que me he referido a la posición de ella, debo hacer lo propio con la de él. De padre marino, dueño de un carácter exaltado que le había impedido ascender en el escalafón, y con una madre que distraía en las leyendas familiares las aristas de una realidad insatisfactoria, no tenía mucho de lo que presumir. Había iniciado estudios de Leyes en Oviedo, donde su padre prestó servicio brevemente, y, luego de regresar a Galicia y cambiarse a los de Letras como alumno libre de la Universidad de Santiago, había dejado la carrera inconclusa y se había ido a Madrid para trabajar como periodista bohemio. Su horizonte estaba por escribir. El *pero* es que carecía de los recursos para escribirlo conforme le exigían sus muchas ambiciones artísticas y mundanas.

Convencer a las familias no fue fácil, sobre todo a la madre de ella. De hecho, no lo lograron, ya que se casaron sin su consentimiento y muy probablemente con hoscos augurios de calamidades futuras.

No hay fotos de su boda, en mayo de 1932. Debió de ser una boda improvisada, sorpresiva incluso, concebida para consumar por la vía rápida lo que la oposición familiar amenazaba con impedir.

No hay fotos de ellos juntos en los meses posteriores, y muy pocas de los años siguientes. Abundan, en cambio, las de los dos solos, intercambiadas por correo durante las frecuentes temporadas en que vivieron separados.

La primera foto es de agosto de 1933, más de un año después de su boda. Posan en un muelle, de espaldas a un triángulo de mar picada tras el que se levanta la villa marinera donde se conocieron. Ella viste falda larga y blusa, y, al igual que él, calza alpargatas. Su vientre abultado indica un embarazo incipiente. Él lleva camisa blanca y pantalones oscuros ceñidos con cinturón. La vestimenta es veraniega, pero el pelo y la falda de ella, que tiene los ojos cerrados, los agita el viento. Esa es la causa de que en su rostro asome una sonrisa azorada, tímidamente disconforme con el hecho de que el disparo de la cámara, que ya suena, la capture así. Él, a su lado, posa con los brazos cruzados como si quisiera engañar a la posteridad con una apariencia de sosiego en un escenario que no lo sugiere. Los cuerpos apenas se rozan. Es una foto de los años treinta y, por tanto, recatada, pero tiene, pese a ello, algo de furtivo: no en vano han ido al espigón del muelle para sacarla. De ahí, en parte, el rubor de ella, que contrasta con la actitud más contenida pero artificiosa de él. La paradoja: ella parece relajada y él tenso.

Son mis abuelos maternos.

Otro dato reseñable: ella es asmática. No sé en qué grado condicionaba su vida en esos juveniles momentos. Con posterioridad sería víctima de enojosos ataques que la postraban durante días en cama o la conducían al sanatorio.

¿Cómo vivieron al poco de casarse?

Las primeras cartas, escritas por él en 1933 y 1934, permiten reconstruir someramente su itinerario. Impulsados por el deseo de marcar distancias entre su antigua vida y la nueva, tras la boda marchan a Valencia, donde los acoge un matrimonio amigo. No obstante, en la correspondencia, la sucesión resulta confusa. Faltan fechas y se insinúan cuentas del tiempo en común que suman un año más de los oficiales. Tal vez se fugaron a Valencia antes de la boda con el fin de forzarla. Sea como fuere, ella recordará esa época como la más benéfica para su enfermedad. Supongo que él intenta trabajar y quizá lo logra. Al parecer –he oído–, ella tiene un aborto.

Pocos meses después están de vuelta en Galicia. Ignoro la razón. Tal vez buscan amparo. Son años muy precarios y su primera hija, tal como anticipaba el vientre abultado de ella en la foto del muelle, nace en 1934.

A su vuelta a Galicia él comienza a trabajar como profesor en una academia de Ferrol. No sé si ella lo acompaña o si, como sugiere una de las cartas, se marcha a casa de su madre en el pueblo con nombre de trabalenguas. A lo mejor se repartía entre los dos lugares. En la correspondencia no hay indicios de que vivieran juntos. ¿Compartían pensión? Lo único verificable es que, continuada o intermitente, la separación obedeció a limitaciones económicas –el sueldo de él era insuficiente para poner casa en Ferrol– y a diferencias motivadas por el descontento de ella.

Las menciones a la problemática son vagas, si bien permiten hacerse una idea aproximada.

Antes de proseguir, debo aclarar algo. Con frecuencia traeré a colación el testimonio epistolar de él o lo invocaré directamente, pero no lo citaré. Hacerlo requeriría permisos engorrosos. Versionaré intentando retener el significado, pero no serán sus palabras ni sus frases.

Las desavenencias... En una carta de finales de los años cuarenta, él reconoce que en sus primeros tiempos el matrimonio estuvo en un tris de naufragar. Entre las causas, junto a la inexperiencia y la mala suerte, incluye la incomprensión y la falta de caridad de quienes debían ayudarlos. Asume culpas, pero también las reparte, y entremedias desliza atenuantes para aligerar la carga de las suyas o juega la baza de la pena. Recuerda que en aquellos momentos difíciles tuvieron que separarse y se pregunta qué llevaba consigo (repito que las palabras son mías): *No juzgues por ti misma, Josefina, no extrapoles a partir de lo que tú sentías. Las mujeres queréis de un modo diferente. Más generoso, más ciego. Pero imagina cómo me sentía yo: menospreciado por todos, sin un céntimo y con unas esperanzas que provocarían la risa de cualquiera.*

La incomprensión, la falta de caridad, incluso el menosprecio están claros. Aluden a la falta de apoyo familiar y, en concreto, a la animadversión que le profesa la madre de Josefina. Lo confirma en sendas epístolas de 1933 y 1934 donde la previene contra los intentos de distanciarlos a que estará expuesta en casa de aquella.

Pero hay más: la personalidad de él, la inmadurez debida a la edad y la ansiedad literaria que lo posee lo llevan a emprender búsquedas distintas a la de procurar un porvenir a su familia; a ensimismarse en ensoñaciones, a rehuir el presente y a modelar la realidad conforme a sus desordenadas apetencias. Los rastros abundan: exaltadas descripciones de paseos, de partidas de ajedrez, de tertulias nocturnas, de proyectos de sociedades artísticas y de cándidos planes sobre su vida futura. En una carta de 1933 le dice que aspira a que vivan aislados del mundo y le pide que se ejercite en ello. Años después, en otra carta, se acusará de que el exceso de literatura contaminaba sus sentimientos arrojando una considerable capa de impostura sobre su ideal amoroso. Vivía, dirá, bajo la égida de Unamuno, el cual consideraba pasajero el amor y una amenaza tanto para la eternidad como para la supervivencia.

Me detengo en esa época temprana porque es el inicio de un modo de vida que definirá su matrimonio: las separaciones de duración variable en las que él se ausenta en busca de oportunidades de trabajo, de contactos o de mera experiencia vital. Arranca la correspondencia propiamente dicha y en ella ocupa un primer plano su voluntad de convertirse en escritor, que a menudo somete a las urgencias de la vida familiar pero que más frecuentemente dicta el devenir de esta, y, debido a las separaciones, aparece un deseo demorado que subliman por escrito, igual que, cuando toca, los reproches.

En una carta de 1934 pregunta a Josefina si está aún triste y le dice que no quiere verla así, que le embarga una pena profunda cuando pierde su alegría. Otra la termina así: «te quiere, te besa, te muerde». Son palabas suyas, no mías. Será la única vez que me lo permita.

No es fácil seguir el hilo cronológico. Las cartas, todavía escasas, se solapan. En las Navidades del mismo año, escribe más o menos esto: *No quiero responder a tus reproches. Por qué volver a las tristezas del pasado. No tiene sentido imponernos tanto peso. Nos queremos, estoy irremediablemente enamorado de ti y nos necesitamos. Tenemos una vida nueva por delante, un amanecer. Con obstáculos a cada paso, pero tengo fe en nosotros y lo superaremos, estoy seguro.* La carta previa de Josefina se ha perdido, de modo que no es posible saber a qué tristezas pasadas se refiere. Ella está en su pueblo con nombre de trabalenguas, y es probable que su madre le trajera un mal recuerdo a la cabeza, algo en lo que él la defraudó, una promesa incumplida o acaso una mentira.

¿La engañó de alguna forma? ¿Le hizo creer cosas que no eran?

Mi arqueología me proporciona pistas desvaídas, como una carta de ella, del 14 de septiembre de 1948, en la que rememora ese tiempo: «De verdad, me hago verdaderos líos y concluyo por creer que el origen de nuestros problemas está en el comienzo y de este modo llevamos así tantos años luchando por no caer en una vida obscura y resignada».

Quizá esa sea al fin y al cabo la principal deslealtad de él: inducirla a creer que todo lo distinto de esa «vida nueva» que constantemente le anuncia es oscuridad y resignación.

No obstante –ha de quedar claro–, no siempre guían sus pasos la improvisación o el propio interés. A veces los dicta el sentido común. Como su decisión de dejar el trabajo en la academia para acabar los estudios de Historia, que le anuncia en una carta de 1934. Han sido padres de su primera hija, viene en camino el segundo, y las separaciones a que lo obligará su renovada disciplina universitaria representan un inconveniente menor comparadas con los beneficios que el título podrá reportarle.

Lo obtendrá en 1935, pero, aunque vuelven a vivir juntos, no les proporciona sosiego. Al menos eso sugiere una carta de 1941 donde él recuerda una noche de aquel año, con su segundo hijo recién nacido, en que la distancia entre ambos se adensó hasta el punto de llevarlo a elucubrar soluciones de muerte o de abandono. La escena evocada resultaría sórdida si no fuera mayor la tristeza que la atraviesa. Están en la cama; ella, vestida, adusta, hosca a las iniciativas de él, vuelta –para explicitarlo– hacia el niño dormido en la cuna; él, como acostumbra, reo de contradicciones. Asaetado por el pensamiento de que ella vive mal por su culpa, siente una oleada de ternura y, a continuación, una llama de deseo lo lleva a acariciarla. Confundido por lo que erróneamente toma por un estremecimiento, persevera en el empeño y, cuando esperaba reciprocidad, ella le responde con una mueca de hastío.

Han despertado a las responsabilidades adultas y estas les abruman, pesan los quebraderos de cabeza para conseguir dinero y cierta inconcreta conducta de él que en la misma carta de 1941 califica de disparatada.

¿Qué los mantiene unidos entre tanta desunión? Supongo que los hijos, y algo omnipresente a lo largo de la correspondencia: el sexo.

Los pasajes que podría citar a ese respecto son ingentes. Traigo uno de años posteriores, convenientemente transformado, en el que reconoce su relevancia: *Querida Josefina, tenemos que estar agradecidos de habernos gustado físicamente. Nos ha mantenido unidos. Durante años no supe quererte bien. Me gustabas, te deseaba, pero mi amor por ti estaba corrompido por una profusión de sentimientos, de desvaríos e infatuaciones, de tropiezos, de engaños... Mi única semejanza hoy en día con aquel que fui es la atracción física por ti, maravillosamente correspondida.*

El sexo restaura la confianza y sella las reconciliaciones.

Ese mismo año de 1935 viven en el destartalado caserón cercano a Ferrol, habitado por tres tías solteras, donde él nació veinticinco años antes. A costa de demorar sus ambiciones literarias, ha decidido presentarse a unas oposiciones de profesor auxiliar universitario y estudia la jornada entera. Duermen separados, y por las noches ella lo visita en su dormitorio para amarse a la frágil luz de una lámpara de carburo.

Hay más reconciliaciones, no las reseño para no sobrecargar el relato y porque no tengo claras ni las camas donde se sancionaron ni las disputas a que pusieron fin.

Hay amigos que salen a colación: el profesor M., el pintor T., el diletante S. Hay ideas políticas que no se explicitan y hay un rastro de atmósfera tensa en los huecos que dejan entre sí las líneas de las cartas.

A los amigos los separará muy pronto el vendaval de la historia.

A principios de 1936, supera el examen de profesor auxiliar universitario y en julio marcha a París con una beca de tres meses para iniciar el doctorado. Escribe a su mujer desde Madrid, donde hace escala, cinco días antes de comenzar la guerra. Refiriéndose a sus planes de viaje, le advierte: *A lo mejor debería escribirte mañana desde el hotel. El caso es que hoy han matado a Calvo Sotelo, puede ocurrir de todo y me conviene desaparecer. Madrid no puede estar mejor. Victorioso. No lo dudes: cuando se apacigüe y a nosotros nos vaya mejor, nos trasladaremos aquí.* La palabra *victorioso* es ambigua, como lo es la que aparece en el original.

Solo se conservan cuatro cartas más de 1936: dos desde el tren que lo lleva a París, en las cuales ruega a Josefina que no llore y le declara su amor; otra, recién llegado, donde se dice triste a consecuencia de la separación, y la última, en la que le envía un poema. En las cuatro trata de templar su emoción ante un viaje con visos de iniciático, y a ratos se muestra desdeñoso con la ciudad, como si así evitara instigar en ella, atada a los niños, el demonio de la comparación. Similar proceder se repetirá en el futuro, casi siempre que se encuentren separados.

Eso es todo hasta 1938. Ninguna carta más en 1936 y ninguna en 1937. Debido a la guerra, él vuelve de París dos meses antes de lo previsto y parece que desde entonces viven juntos. Son tiempos turbulentos y ellos no son ajenos a la incertidumbre. Matan a amigos cercanos o los encarcelan y otros migran al bando de los sublevados. Él mismo lo hace, ignoro la fecha y con qué convicción.

En 1938 se halla en Burgos, integrado en el aparato de propaganda de los militares rebeldes, y se reanuda la correspondencia. Años después, refiriéndose a esa época, se acusará de frívolo, de haber sido desleal al amor de ella y de haberlo puesto en peligro. Tal vez la contrición fuese la máscara tras la que ocultaba un presente más acuciante –se ocultan faltas reconociendo las pretéritas–, pero, ya que la confiesa, cabe preguntarse cuál fue su deslealtad. Imposible extraer conclusiones. En una carta perdida, de la que tenemos noticia por la respuesta de él, Josefina le pregunta: «¿Me la pegaste, Pichús?». Él la conmina a cuidarse y le advierte, con seca ironía, que la preocupación por su fidelidad podría tener consecuencias indeseadas si persevera en adelgazar.

El tema reaparece en una misiva posterior, más cariñosa, donde le insiste en que debe estar segura de él y la anima a dejar a un lado sus inquietudes. Sus celos no le enfadan, le halagan. Sabe de dónde nacen. Está nerviosa, suspicaz por su ausencia. Pero no debe temer. Su marido, le dice, es un chico estupendo que dedica el tiempo a deslizarse melancólicamente de despacho en despacho a la búsqueda de un futuro mejor para ambos, y le pide que se alegre por ello.

¿Le fue infiel?

La duda no la despejan las cartas, a pesar de declaraciones parecidas a esta: *No te inquietes. Mis fantasías y anhelos proceden de ti, tú eres la única destinataria de mi deseo. No es posible que desee a otra mujer y menos aún a cualquiera. Solo tu nombre me enardece.* En los veinte años que abarca la correspondencia, no he encontrado una sola concesión de él, ni siquiera implícita, que permita inferirlo. En cambio, abundan las misivas donde le asegura que es la única mujer a la que ha conocido carnalmente. Si bien la reiteración genera suspicacia, dudo que mintiera. Mi resistencia obedece a consideraciones ajenas al epistolario, como es mi convicción de que, aunque liberal en la expresión física del amor, no lo era en el respeto de las leyes que lo sancionan. Se lo impedían su religiosidad y haber nacido de un matrimonio roto por las infidelidades del padre. No obstante, debo dejar la puerta abierta.

(Un amigo suyo que lo trató en su senectud me asegura que fue infiel toda su vida. Lo sustenta en supuestas confidencias a las que no sé qué credibilidad dar. A lo mejor exagera así la amistad entre ambos o dice lo que imagina que quiero oír. A lo mejor leyó mal entre líneas o tomó fanfarronadas por verdades.)

No puedo asegurarlo, pero creo que en 1938 ella barruntaba que las razones aducidas por él para mantenerse alejado eran espurias, es decir, que su labor en Burgos no era el único modo de asegurar la supervivencia familiar. En una carta de ese año él la emplaza a ser razonable y a comprender que la realidad les exige estar separados. En otra se describe melancólico, le sugiere que, para comprobarlo, interrogue a una amiga que lo vio recientemente, y concluye asegurándole que Burgos está insoportable y que se irá en cuanto le sea posible.

Invocar testigos para asentar la veracidad del propio testimonio es un ardid pueril, y pueriles eran, cabe imaginar, las tentaciones a las que obedecía. En su conciencia de ello se originan los remordimientos que conservará años después.

En una carta de 1951 le confesará, arrepentido, su vergüenza por esos años de guerra en los que, según su expresión, vivió «en literato», sin apreciar cabalmente lo que su familia significaba. Tenía veintiocho años, acababa de publicar una obra de teatro; en las mismas tareas propagandistas había otros escritores en ciernes, y la camaradería, el abrigo de pertenecer a un grupo, las conversaciones y las diversiones propiciadas por la mezcla de juventud y de intereses compartidos, junto a cierto envanecimiento por la cercanía del poder al que servían, representaban fuertes alicientes. No resulta extraño que no lo representase la vuelta a Galicia, a las obligaciones familiares y a la rumia solitaria de sus ambiciones.

Del otro lado, ella es también joven, aún no lo conoce como lo conocerá, y es comprensible que no acierte a identificar el cariz exacto de aquello que lo retiene lejos. *¿Me la pegaste, Pichús?*

Muy pocas cosas cambian entre ambos acabada la guerra. Viven juntos sin interrupciones durante 1939 y 1940, primero en Ferrol y luego en Santiago, pero incluso entonces lo persigue el remordimiento. Sobre Ferrol dice algo parecido a esto en la carta rememorativa de 1951: *De aquel tiempo, con tu tendencia a quedarte únicamente con lo bueno, solo recordarás noches encendidas de amor. Yo me acuerdo asimismo de mis tertulias inacabables en casa de S. y de C., de mi frivolidad constante, de mi revoloteo sin fin.* A cambio, asegura haber conseguido una soltura en el trato de la que se benefició en épocas posteriores.

En Santiago ocupa la plaza que había ganado antes de la guerra como profesor auxiliar universitario. A su tercera hija, mi madre, venida al mundo a finales de 1938, se une el cuarto y último hijo en 1939. Es a finales de 1940 cuando la semilla de la inquietud vuelve a prender en él. Regresa la tentación del viaje y esta se sustancia, cuando la vida académica se lo permite, en prolongadas estancias en Madrid, adonde marcha atraído por las posibilidades que sus antiguos amigos de Burgos, aupados a puestos relevantes del organigrama cultural, le ofrecen de hacerse un hueco. Trabaja con ellos en una revista que pretende aglutinar la vanguardia intelectual del nuevo régimen. Si bien no lo confiesa, algunas decisiones indican que fantasea ya con establecerse algún día en Madrid, donde tiene lugar la vida intelectual que anhela. Como primer paso, desiste de hacer carrera universitaria en Santiago y se presenta a las oposiciones de profesor de instituto, pero gana plaza en Ávila y no la ocupa. Una conjetura: Ávila está demasiado cerca de Madrid. Le obligaría a renunciar a la libertad solitaria de sus largas estancias capitalinas para conformarse con períodos de uno o dos días en los que a ella le resultaría más fácil acompañarlo.

A juzgar por el tono de sus cartas, 1941 es un año pletórico en el cual las ensoñaciones largamente acunadas parecen dirigirse a un lugar; es un tiempo de descubrimientos mundanos, de consolidación de amistades, de ejercitarse en las lides sociales, de elucubrar horizontes despejados, de creerse, en fin, escritor, y a la vez es un tiempo de claroscuros, debidos a la separación, que necesitan ser salvados mediante la pólvora de la escritura. Es un año en el que la pasión entre ambos anida en tinta.

La pasión y el desafío de mantenerla viva sin que la distancia física la socave.

Él es implacable: aprovecha cada resquicio para subrayar la necesidad de su permanencia fuera, pero acompaña la píldora con jarabes dulces.

Los dos extremos son probablemente ciertos: el deseo añorante, así como las estratagemas para facilitarle a ella la ingesta.

Así, en la Nochebuena de 1941 fabula cómo sería la noche si estuvieran juntos: *Josefina, no des a leer esta carta a nadie. Imagina que estuviera ahora contigo. La casa en silencio, tranquila. Los niños se han ido a dormir después de cenar y nos hemos acostado en nuestra cama, esa cama que, aunque humilde, ha sido testigo de incontables noches de felicidad en las que solo nuestro amor importó, iguales en el deleite mutuo, en el goce recíproco de nuestros cuerpos en sintonía. Esta noche, un poco mejor que otras porque mañana es fiesta y ninguna obligación nos acucia. Nos acariciamos sin prisa, prolongadamente. Es indiferente quién bese a quién. Si fuera yo, lo haría palmo a palmo, con delicadeza, pues no hay un milímetro de tu piel que no me resulte sabroso. Y después..., oh, querida, después no quiero imaginar, sería peligroso en mi soledad. Después no seremos ya dos cuerpos, seremos lo mismo; nos amalgamará el mismo abrazo, el mismo placer. Que haya sucedido así todas las veces no quiere decir que cada una de ellas no haya sido diferente, nueva, grandiosa, apetecible. Josefina, esta que ha sido la tónica de nuestro amor seguirá siéndolo, no tengo duda. Agradezco al Señor que te haya hecho mi mujer y haya preservado el vínculo entre nosotros a través de tantas dificultades; ruego que nos siga distinguiendo con su favor ahora que la vida se ha hecho tan complicada. Con su ayuda y nuestra entrega salvaremos cualquier sinsabor, como este de mis ausencias, que ya me pesan demasiado.*

Como la mía, la carta original adolece de cierta impostación. Quizá por ser Navidad, parece escrita de oficio para pulsar determinadas teclas sensuales mientras dedica los intersticios a cauterizar recelos, a vadear vacilaciones, a convencerla de que nada ha cambiado entre ellos.

Sin embargo, son muchas las que destilan una emoción auténtica.

¿Le dolía la separación o solo en momentos de sensualidad exacerbada?

Diría que lo primero. Lo he escrito demasiado deprisa, pero no creo equivocarme. En infinidad de momentos no pensaba en ella, o le atravesaba la mala conciencia o evocarla era la respuesta automática a su hambre de sexo, pero seguramente no había día en que no la echara de menos.

En ese mismo año de 1941 (las cartas no están fechadas y la datación es aproximada), abundan las misivas con alusiones sexuales explícitas. De diez conservadas, las hay claramente en ocho.

Por una de ellas sé que una noche, en un cabaré, las piernas de las coristas lo encienden y es tanta su agitación que el sueño nocturno no logra aplacarla y por la mañana la vierte al papel. El cabaré, las piernas, son el señuelo con que atrapar la atención de Josefina antes del verdadero desahogo: el desmenuzamiento de su deseo de ella.

En otra carta, le describe uno de los grabados de una edición francesa de *La Celestina* que acaba de adquirir, en donde aparecen Calisto y Melibea besándose de noche en el jardín. Los pechos de la joven asoman por la blusa, mientras una mano de su amante se pierde entre las faldas en busca de su sexo. Le dice que fantasea con que son ellos dos y que le despierta tal ansia que ha necesitado escribirle a mano, y no a máquina, con el fin de que nada artificioso se interponga entre ambos. Le dice que su «pequeño caudal» se agotará durante la noche y, tras recrearse en ensoñaciones, retoma la escritura al día siguiente para fantasear con una escena de cama en la que se aman mirándose a los ojos.

Una semana después, imagina cómo se desnuda ella antes de acostarse; describe su cuerpo con pormenor y se regodea en las glotonerías que le inspira.

En otra ocasión, una carta anterior de Josefina enciende su deseo. Contesta la misma noche, anunciando desde la primera línea que la suya será una carta verde, tanto que no sabe si se atreverá a enviársela o se la dará en mano. Le dice, aproximadamente: *Josefina, perdóname. Comprenderás que es perentorio que te escriba. He recibido tu última carta y estoy muerto de amor. Todos mis pensamientos te buscan y se diluyen en ti. Se han soltado las bridas y ahora solo soy carne anhelante dispuesta para la tuya, para mezclarlas infinitamente de manera que dejen de ser una y otra y se transmuten en lo mismo. Soy tan tuyo, tan carne de tu carne, que ni siquiera puede decirse que albergue pensamientos ni que ame. Solo siento, y lo hago tan intensamente que, al impedirme mi triste soledad convertirlo en una sensación real, fidedigna, soy mera ansia de ser.* A continuación, se refiere a los rincones más íntimos del cuerpo de ella. No los relaciona, no los enumera, los menciona elípticamente (su fraseo es más fluido, sus palabras más sentidas y directas): *Mis labios, como mis dedos, te han recorrido incontables veces, Josefina; retengo tus tactos y sabores y no hay ninguno que no despierte en mí un recuerdo feliz. ¿Por qué, por cierto, te has mostrado tantas veces reticente a mis investigaciones, si eres implacable con las tuyas? Yo soy bueno y me pliego dócilmente, ¿por qué tú no haces lo mismo? Tu boca y tus manos saben tanto de mí como las mías de ti. Desde que nos enamoramos no hemos hecho otra cosa que recorrernos a conciencia, esmeradamente, y los deleites compartidos han resultado en cada ocasión nuevos y excitantes.* Al final de la carta, tras rememorar algunos de esos momentos, le encarga que escriba sus recuerdos sexuales con él a fin de que se los lea en la cama la próxima vez que se vean.

(No ha quedado rastro de si esa vez cumplieron. Lo hay, en cambio, de otra carta con idéntica petición. Ella obedeció y las consecuencias de la lectura en común superaron cualquier expectativa previa.)

Una noche de insomnio en la cual le confiesa no poder ya más, detalla el inventario de las noches más memorables pasadas con ella. De nuevo le habla de sus pudores de niña y de la entrega súbita con la que casi siempre los vence.

Ese mismo año, le pide una cita. Ya que él no dispone de tiempo para acercarse a Galicia y ella se resiste a dejar a los niños durante demasiados días, le sugiere encontrarse a mitad de camino, en León. Formula la propuesta tras un alegato de incendiaria pasión y, la prueba perdurable de que surtió efecto, el carmín de los besos de ella en el papel. Se alojaron en un hostal y no salieron del cuarto hasta el día siguiente, cuando cada uno regresó por donde había venido. La tarde del reencuentro hicieron el amor dos veces seguidas. En la primera, ella estuvo tímida y le pidió apagar la luz cuando empezó a desnudarla. En la segunda, compartieron un largo y placentero orgasmo que a ella le hizo llorar de felicidad. Por la mañana, antes de la separación, reincidieron una vez más.

En otra ocasión, tras conversar con ella telefónicamente, le escribe que escuchar su voz le ha excitado tanto que saldrá a la calle para airearse. No lo hace de inmediato, sino que se demora trazando planes para su siguiente encuentro. Le ruega que se libere de los niños, le anticipa las palabras subidas de tono que le dedicará –se las habría dicho al teléfono si no hubiera temido que una telefonista las escuchara– y hasta se permite indicarle con qué peinado quiere ser recibido. O el sencillo que usaba los últimos días o un moño con el pelo apretado en los lados y levantado arriba. Le advierte que el peinado es un detalle trascendental para que el mes que pasarán juntos sea como ambos quieren.

Por último, en otra carta del mismo año 1941, la emplaza a tomar la iniciativa amorosa: que no se limite a dejarse acariciar, gozando de los juegos de él, sino que se atreva, como en los primeros tiempos, a transformar sus deseos en demandas y acciones.

La alusión a un pasado en el que ella era más desinhibida no es constante pero sí frecuente en la década de los cuarenta. En una carta de 1946 le reprocha que su docilidad amorosa haya menguado y le inquiere la razón. ¿Por qué no se concede ya esos raptos de deliciosa entrega que fueron causa de sus momentos más felices? Entonces sus labios no pronunciaban un no: como su corazón, decían siempre sí, y diciéndolo se apoderaban por completo de él. Lo del sí en los labios tal vez tenga doble lectura, ya que en otra carta la emplaza sin muchos ambages a que su boca vuelva a visitar el sexo de él. El anhelo subyacente de palabras lo corrobora una carta muy posterior, de 1952, donde la anima a expresar su gozo durante el amor, a compartir sus apetencias. Le explica que haciéndolo así, y siguiendo él la misma receta, si uno de los dos decae, será más fácil que el otro pueda aplicarle el remedio necesario para traerlo de vuelta.

¿Tenía fundamento el reproche en 1941 o solo era un ardid para garantizarse la realización de sus fantasías en encuentros venideros? Transcurridos diez años desde el comienzo de su relación, sería normal concluir que la pasión de ella había decaído. O que, habitualmente separados, le era más difícil vencer sus pudores. Sin embargo, la Josefina que se vislumbra en las cartas es una mujer dividida entre la fecunda sensualidad tantas veces evocada por él y una estoica sobriedad que, ejercitada en la vigilancia de los excesos propios y ajenos, a menudo roza el puritanismo. Es normal que cuando predomina el descontento, cuando tiene quejas, cuando se siente engañada, la parte espartana se imponga. Se entiende así que incluso las épocas de sequía traigan inesperados aguaceros. Ella necesitaba amor y confianza y, si él era diestro –cosa que no siempre sucedía–, a menudo bastaba una carta como la que propició el encuentro de León para desperezarla. Y aun así es probable que, cuando por fin recuperaba a su marido, sus prioridades fuesen otras. Tenía cuatro hijos y su vida no era fácil. También estaba la enfermedad, el asma que había empezado a corroerla.

En cualquier caso, aunque proliferen los obstáculos, la pasión amorosa de él no declina. Lleva el cálculo del ciclo menstrual de ella. Practican el método Ogino y quiere que sus estancias en casa coincidan con los días infértiles. La contabilidad es recurrente.

En una carta de 1941 le pregunta si son buenos los días previstos para su viaje y a continuación la exhorta a contarlos generosamente, no, como presume que acostumbra, acortándolos más de lo necesario.

En relación con el asma hay otra constante en las cartas de él: mientras entre líneas sigue cargándola de deberes (llama a X, escribe a Z, paga a Y...), le inquiere por su salud, le da consejos para mantenerse en forma, le recomienda medicinas, la dirige a médicos concretos, la emplaza a descansar. Y, aun así, en la mayoría de las ocasiones se abstiene de visitarla cuando está enferma. Cada viaje es un tesoro y, siendo su principal objetivo acostarse con ella, no quiere malgastarlo, como sucedería si Josefina atravesara una crisis. Para argumentarlo suele apelar a la frustración que le generará no poder entregarse a él. Por ejemplo: *Tenía pensado estar allí para el puente de San José, pero las noticias que me das de tu salud me hacen dudar. Tú querrías estar bien para complacerme y no quiero que te frustres por no poder dedicarme esos días como te gustaría.* Toda la suspicacia que aviva lo anterior se confirma líneas más abajo, en la misma carta. Difieren mis palabras, pero no el descaro con que la empuja a tomar la decisión más conveniente para él: *Te ruego que no te deprimas si al final decides que no vaya. Dices en tu carta que, aun enferma y con fiebre, te sientes tan feliz con mi visita que no te cambiarías por nadie. Has soñado con este encuentro igual que yo, a los dos nos posee la misma ansia. Piensa, sin embargo, que solo demoraríamos nuestra felicidad, ya que lo que nos une perdura. Tu estado actual es un mero obstáculo que no ha de impedir lo más importante: el amor. El amor no consiste solo en extraer placer físicamente el uno del otro. Es la luz que emana del corazón y nos inspira, nos hace mejores y nos ayuda a sobreponernos a las dificultades. Si finalmente decides que no vaya, no me hundiré. Pensaré en nuestra felicidad.*

Son estas argucias tan evidentes las que alejan, cabe suponer, a Josefina.

Incluso cuando las crisis asmáticas se recrudecen, a continuación de las expresiones de preocupación, de las condolencias, de las regañinas por no cuidarse y de las censuras rituales a sí mismo, sigue imponiéndose la cautela. O tiene un cheque por cobrar u otro deber lo retiene. Reescribo de una carta escogida al azar: *Puedes estar segura de que cada día se me hace más costosa la vida aquí, me ahoga el aburrimiento. Quítate otra idea de la cabeza. No me divierto.*

Los sufrimientos propios, a mano para esgrimirlos en caso de necesidad, son numerosos. La soledad, el hastío, las interminables esperas, el poco apaño de los amigos... Además, afina los recursos para entretenerla con minucias sociales. Toca la música que mejor suena al oído de ella mientras trata de convencerla, o de convencerse (todo tiene muchas lecturas), de que tanta fatiga no vale la pena y de que pronto, no bien resuelva el último asunto, renunciará a sus ambiciones y se plegará a una vida sencilla a su lado.

De mi cosecha: *Estoy haciendo planes y tengo las mejores intenciones. Pero no me lo tengas en cuenta si no los cumplo. Lo superaremos. Tu fortaleza compensa mi debilidad. Aunque no lo creas, eres tremendamente fuerte. Y no te preocupes por tus besos con sabor a guayacol.*

El guayacol, por supuesto, era una medicina.

Estamos en 1942 y 1942 es un año extraño. La familia ha abandonado Santiago para volver a Ferrol, donde él ha logrado plaza de catedrático de secundaria, y, aun así, los viajes continúan. Desconozco el ardid administrativo que le permite estar en dos sitios a la vez, enseñando en Ferrol y prosiguiendo sus exploraciones en Madrid, pero a esa conclusión conduce la lectura de las cartas. En cuanto a ella, dado que había concedido abandonar Santiago en la creencia de que acabaría con la inquietud de él, su desilusión es palpable.

En Madrid, escribe colaboraciones para distintos medios y publica su primera novela, que la censura secuestra al poco de salir.

Mientras tanto, algunos retazos de la historia del país se filtran en la correspondencia. Las alusiones a la escasez de alimentos, al racionamiento, así como a los diversos modos de paliarla, son constantes. Se habla de los precios del aceite, de la harina, del tabaco. Un mal cálculo de ella en la compra de unas patatas puede provocar una agria censura. Es lo más crudo de la posguerra, y a menudo escasea lo indispensable. En la casa de Galicia el café, la mantequilla o el chocolate son lujos que se reservan para sus visitas. Por su parte, él corresponde especulando con regalos. Describe los escaparates de las tiendas de moda de Madrid y salen a colación vestidos, abrigos, faldas y chaquetas. A veces le dicta cómo ha de vestirse y otras le reprocha veladamente sus gustos: *Ayer conocí a la mujer de un colega de moda. Iba espléndidamente vestida y me dolió recordar la modestia, la sencillez de nuestra vida, tu aire impenitente de estudiante. Qué injusticia.*

Más peculiaridades de la época: para viajar solas o abrir una cuenta bancaria, las mujeres necesitan permiso escrito de sus padres o de sus maridos; sentarse a guardar cola ante las puertas de los despachos es un método habitual para obtener los favores del poder; los trenes acumulan retrasos de ocho y diez horas; las llamadas de larga distancia deben solicitarse con antelación y resultan caras, y se despachan telegramas para dar cuenta de las cosas urgentes.

De todo queda rastro en las cartas.

También de una atmósfera opresiva que se cuela, entre líneas, a fuerza de no ser mencionada. La ausencia casi total de referencias a la política lo corrobora.

Se habla de cambios de ministros, pero solo en la medida en que estos condicionan la consecución de los diferentes proyectos en los que él anda metido. En una carta de 1943 menciona a un viejo amigo, recién salido de la cárcel, al que ha dado algún dinero para ayudarlo en la compra de un pasaje de barco a Argentina, pero la confesión, como si necesitara defenderla frente a un tribunal, va acompañada de invocaciones caritativas.

En 1942 lo invitan a formar parte de la delegación española en el congreso de intelectuales de Weimar, organizado por la Alemania nazi, pero el viaje, al que se refiere en cartas previas, no suscita ningún comentario posterior.

Las consideraciones sobre esta cuestión, como sobre otras, se dejan para la intimidad. Una carta puede ser un documento incriminatorio, y ese miedo se intuye en diversos pasajes de la correspondencia. Sin embargo, también asoma una contención de carácter privado. Él dosifica la información, evita los pormenores, ya que ella es conservadora en el sentido más atávico y le preocupa que asuma riesgos, que destaque, que se meta en líos, que adopte innecesarios protagonismos que puedan pasarle factura.

Releo la correspondencia y las preguntas se agolpan: ¿cómo era ella? ¿Qué esperaba? Creo que era una mujer enamorada y que en esa etapa temprana perseguía fundamentalmente dos cosas. Una, lo que casi todo el mundo: disfrutar de una vida acomodada y feliz junto a sus seres queridos; la otra: demostrar a su madre, y tal vez a sí misma, que eran errados los recelos acerca de la persona con la cual había elegido casarse. De lograr lo primero, se entiende que habría logrado lo segundo. Ahora bien, ¿qué lugar ocupaba en la ecuación que él fuera escritor? En la medida en que su felicidad dependía de ello, le otorgaba la mayor importancia. No guardo dudas, los sacrificios son elocuentes. Y creo más: logro de él fue que ella interiorizara sus aspiraciones hasta hacerlas propias; es decir, que apoyarlas no fuese tanto una concesión como un imperativo íntimo. De acuerdo con esta hipótesis, verlo triunfar suponía ratificar su elección. No obstante, debía de haber un límite. La pregunta, ya que el triunfo se presentó gradualmente y a costa de significativas renuncias, es si alguna vez consideró excesivo el coste. O, formulado de otro modo: ¿qué porción de su felicidad estuvo dispuesta a inmolar en el altar de las ambiciones de su marido? La pregunta no es baladí, si tenemos en cuenta que la *enfermedad literaria* de este es la responsable casi única de las separaciones entre ambos.

Él es insistente en sus demandas postales.

Le reconoce que quiere el éxito, pero le dice que no para sí mismo, sino por ella. Le escribe que la necesita, pero que la necesita distinta. Quiere que se dedique más a él, que sea su benefactora, que se mueva con el sigilo de una geisha, que se afane orgullosamente en propiciar un entorno en donde le sea posible trabajar. Le requiere valentía y fortaleza para ayudarlo en cuanto precisa. Le confía que nunca la necesitó tanto, que nunca se sintió tan frágil.

Otras veces da palos de ciego. Ocurre cuando a sus cartas las contesta el silencio, el modo preferido de Josefina para mostrar su disgusto. En una, dolido, le escribe algo parecido a esto: *He pedido una conferencia contigo a las 10.30, pero estoy inquieto, no me concentro. He pasado un cumpleaños verdaderamente triste, sin carta ni noticias tuyas. Ni siquiera me enviaste anteayer el telegrama que te pedí por carta urgente. Me preocupa, no sé qué pensar. ¿Qué sucede? ¿Has recaído? Si es así, ¿cómo no has pedido a algún vecino que me avise? Y si nada grave te pasa, ¿por qué no me has escrito? Lamento haber venido a Madrid. No he sacado nada. Ha sido un dispendio de tiempo, un despropósito. Lo malo es que ahora me retiene la carencia de dinero. Tengo que escribir sin parar para compensar los adelantos del periódico, pagar la pensión y poder pasar con vosotros el próximo mes. ¿Seré capaz?*

Él rebosa contradicciones. Puritano y carnal, católico y progresista, egoísta y controlador, reservado y petulante, aspira a que la realidad se amolde a las fluctuaciones de su ánimo. Anhela a su familia, pero la evita porque no soporta el ruido de una casa en marcha. Se interroga por el lugar donde hallar asiento, pero su opción preferida (Madrid) sería desconsiderada con su mujer. Ella es una criatura marina, él lo sabe, y quitarle el mar –el sonido de las olas, la brisa, su humedad, los arenales– le arrebataría en parte la alegría de vivir.

Es una pena la necesidad de borrar el rastro exacto de sus palabras: *Qué delicia de carta, Josefina, qué divertida, y qué romántica. Comprenderás que exigía ser contestada de inmediato. Sin embargo, quien debería haberlo hecho, yo, tu marido, en estos momentos está preso de una endemoniada racha de trabajo. Esa es la única razón de mi tardanza. Lo siento. Si hubiese contestado cuando debía, esta carta sería distinta, te diría cosas más acordes con lo que escribías en la tuya. Te imaginaría paseando por la playa, respirando los olores y sabores de ese aire de mar, pensando en lo que valoras de tu vida allí y que yo echo de menos...*

Como en toda relación larga, los roles se intercambian: en ocasiones ella lo persigue a él, lo ronda, le inquiere, le demanda, y en ocasiones ella es la perseguida. Se enfada él o se encela ella.

La razón original de su atracción por Madrid –ganar experiencia e incrementar los contactos en el mundo cultural– pierde presencia con los años y, en su lugar, aparecen decenas de pequeños propósitos. Resulta curioso que una anomalía tan prolongada, sin un motivo convincente, acabe por aceptarse. Aceptamos lo irreversible, pero, para que lo reversible perdure, se requieren consensos. Eso traslucen las cartas más allá de las máscaras y las quejas rituales. Un consenso sobre qué libertad se toma cada uno y con qué condiciones. Ella se esfuerza en confiar en él y en hacer propias sus ambiciones, y si bien se conformaría con menos, acepta los costes siempre que no acarreen una modificación sustancial de su propia vida, una pérdida de estatus o una merma en su dominio del entorno. Él sabe que la familia no se beneficia de su curiosidad mundana ni de su afán de notoriedad, si acaso lo hará algún día, y entretanto se prodiga en atenciones para compensar su ausencia. Su propósito es complejo, estar no estando. Sin embargo, aunque desde fuera resulten cansinas sus maneras de influir en Josefina –las preguntas, las instrucciones, los consejos–, consigue lo que pretende. Es ahí donde el discurso amoroso, siempre palpitante, se muestra fundamental: de no ser por su tesón sujetando el lazo, pese a la predisposición sensual de ella, probablemente no se habrían mantenido unidos.

Hay un factor secundario de obligada mención: la presión social. En el pequeño mundo donde vive Josefina y al que él no descarta regresar, la soledad de ella solo es asumible en términos prácticos: o consigue mejorar la posición de su familia o, si vuelve con los bolsillos vacíos, se le considerará un perdedor. En dicho sentido, Madrid representa una huida hacia adelante.

Esta es la edad que tienen los hijos en 1942: nueve, siete, tres y dos años. A lo largo de 1943, 1944 y 1945 las cartas reflejan un cambio significativo: como Josefina acepta ya su ausencia casi perenne, él pasa a una nueva fase. Mengua la prudencia a la hora de imponer sus apetencias y, a raíz de ello, Madrid irrumpe como un destino posible entre las alternativas de vida futura. Falta tiempo para que puedan permitírselo, pero el debate ya no es cuándo rendirse y conformarse con una vida sencilla en Galicia, sino cuándo y cómo traerlos ordenadamente a Madrid.

Presente en las cuentas domésticas, en el goteo de remuneraciones por las colaboraciones periodísticas, en el cómputo de las necesidades y los caprichos, el dinero aparece de continuo como un invitado esquivo al que se corteja con ahínco. Comparativas del costo de la vida entre Madrid y Galicia, pagos en restaurantes prolijamente detallados, alquileres, precios de casas, préstamos, deudas...

Y, entremedias, cartas que llama «de novio» y cartas que llama «de marido».

Las «de novio» son sensuales, amorosas, exaltadas, románticas, pornográficas. Abundan en guiños, en referencias privadas, en reflexiones sobre el amor y en alusiones sexuales. Si priman estas las llama directamente «cachondas».

Las «de marido» son regañonas o están llenas de encargos.

También las hay inseguras, cuando le falta aliento o ha sufrido un revés.

Y demandantes, cuando pide comprensión o un modo determinado de querer.

O de compromiso, cuando no hay nada urgente que despachar, solo el deber de cumplir.

Y malhumoradas.

Y penitentes, cuando tiene culpas que purgar.

Y mentirosas, claro. Todas lo son un poco. Incluso las más entregadas y pasionales, las más sinceras, tarde o temprano muestran un gen manipulador. Abren paréntesis imprevistos, interpelaciones dudosas.

En una carta de esos años, ante el reproche de Josefina por algo que le escribió en su última carta, contesta que no lo recuerda bien, que estaba exasperado y aburrido, pero que, pese a sus injusticias momentáneas, solo tiene un anhelo: vivir con ella conforme al deseo de ambos. Le dice –y la emplaza por su nombre a considerarlo– que para el hombre joven que era seis años antes tal vez fuese un aliciente apartarse por temporadas del hogar, pero que, en ese momento de su vida, y no teniendo otra prioridad que su familia, representa un sacrificio y a la postre un mal. ¿Por qué persiste, entonces, en escaparse? Le dice que no lo sabe. Le dice que la anormalidad no procede de ellos sino de él. Se acusa de ser el inadaptado. Le dice que carece de otra respuesta y que acepta sus protestas como razonables.

En la misma carta le fía sus exigencias para poder vivir juntos:

Quiere que haya silencio en la casa, que ella se lo imponga a los niños del modo que sea.

Quiere quedar al margen de las minucias domésticas, darle el gobierno a cambio de no ser molestado.

Quiere que esté siempre guapa, dulce y seductora.

Quiere que se implique en su trabajo intelectual y lo discuta cuando él lo requiera.

Quiere que se muestre más dispuesta al sexo, que recupere ímpetus olvidados y que eleve a veinte los días infértiles de su calendario, desde los rácanos ocho a que los ha reducido.

En 1945, sentado en un café, escribe a mano algo parecido a esto: *Aquí, a la vista de los curiosos, no puedo tratar nuestros asuntos, ni tengo ganas. ¿Cómo va el cómputo de nuestros días? Ten en cuenta que llegaré hambriento.*

El panorama ha cambiado: ahora es ella quien lo

alienta a perseverar en el proyecto madrileño mientras que él, seguro de tenerlo ganado, se permite enfatizar el malestar causado por la separación con el farol de que renunciará y volverá a Galicia ante el mínimo contratiempo. Del mismo 1945: *Qué más da que nuestra vida fuera modesta. Estaríamos juntos, y yo podría terminar cuatro cosas importantes que me gustaría escribir y que no requieren de mi presencia en Madrid ni de sus habitantes.*

Pero hay más, aparte de planes, instrucciones o noches evocando el cuerpo de ella. En ese año se deslizan por primera vez en la correspondencia algunas inquietudes políticas. La guerra mundial afronta su última fase, el grupo de sus viejos amigos de Burgos pierde a su protector del Gobierno y algunos evolucionan hacia posiciones rupturistas que los convertirán en disidentes. Prudente como es, aunque parece compartirlas, él no se atreve a dar el paso. Entretanto, su vida social sigue siendo ajetreada, y a su descripción dedica largos párrafos. Estrenos de teatro, cócteles, cenas, recepciones, tertulias de café, tardes cinéfilas o taurinas... Le refiere chismes, desmenuza cómo visten las mujeres: las alaba pícaramente si se siente propenso al coqueteo, o se ahorra suspicacias calificándolas de meretrices, de arribistas, de frívolas. Similar procedimiento emplea con lo demás. O está obnubilado o a su alrededor reina la vulgaridad. Con más frecuencia lo último: intenta ahuyentar de Josefina la melancolía a la que es proclive desde que, al doblar la década, sus ataques de asma se intensificaron.

En septiembre de 1946, como primer paso del plan pautado de desembarco de la familia en Madrid, la hija mayor ingresa en un internado religioso de la capital, y sus cartas empiezan a incluir detallados informes acerca de ella. La recoge los domingos por la mañana y, hasta que la devuelve al final de la tarde, pasan el día juntos: pasean, visitan museos, meriendan en casas de amigos. Aunque se limiten a unas horas, esos encuentros palian –dice– su desesperante soledad.

En 1947 le pesa la separación y lo que obtiene a cambio ya no le compensa. Su vida social le roba tiempo y, como el restante está saturado con encargos de artículos y conferencias, se queja de que le falta para escribir su obra. Por momentos deviene en obsesión disponer de un hogar en Madrid que le permita prescindir de la rutina triste de los hombres solos.

Y escribe cosas parecidas a estas:

Josefina, ¡estoy esperanzado! Hemos atravesado momentos malos, pero aún nos queda un largo futuro por delante y hay razones para mirarlo con optimismo. Debemos estar tranquilos. En cuanto me recupere y esté con vosotros, volveré a trabajar. Tú me ayudarás dándome lo que necesito, silencio cuando se requiera y amor perpetuo. ¿No es bonito?

Querida, para trabajar necesito no pensar en el día a día, olvidarlo por completo. Es útil que debatamos cómo lograrlo, pero luego tú tienes que hacer lo que decidamos...

Quiero que tengas alguna prenda cara y cosas bonitas. Siempre lo he deseado, como sabes, pero ahora con más fervor. Forma parte de mi fantasía (¡y qué conmovedor es eso de que tú, mi fantasía, seas a la vez lo más real de mi vida!).

Ya te he contado las razones de que no recibieras cartas mías esos días. No tienes que ser suspicaz. Alguien que tiene ese tipo de entretenimientos no se angustia como yo. No consume las tardes y las noches lastimado de soledad.

Entretanto, la búsqueda de un trabajo estable ha dado sus frutos y en septiembre de 1947 comienza a impartir clases de Historia en la Escuela de Guerra Naval. Deja la residencia donde estaba y se muda allí, a una habitación con forma de camarote. Casi a la vez, el hijo mayor llega a Madrid para estudiar los tres últimos cursos del bachillerato y, un mes después, tras emplazarla por carta, se traslada Josefina con los hijos menores. Mientras los niños, segregados por sexos, se unen a sus hermanos en sus internados respectivos, ellos dos se instalan en un piso. Gastan demasiado, no les llega para alcanzar el confort adecuado o el piso no es lo que Josefina esperaba... El caso es que la intentona fracasa y el curso siguiente, el que arranca en septiembre de 1948, la familia vuelve a repartirse entre Madrid y Galicia.

Las únicas cartas conservadas de Josefina son de esas dos etapas en principio tan distintas: la antesala de un cambio que se prometía feliz y el epílogo a su fracaso inesperado. ¿Se perciben diferencias? Ninguna. A pesar del tropiezo y de que el asma la golpea fieramente, ha asumido que el futuro familiar se encuentra en Madrid y en consecuencia se muestra esperanzada. Queda lejos la tensión de principios de los cuarenta, cuando, tras la guerra, él no tardó ni un año en volver a coger la maleta, y aún no se atisba la que estallará en 1949, a raíz del último traslado fallido de la familia a Madrid.

Escojo trozos de cada una, mimbres variados con los que seguir entretejiendo el mapa. La memoria de Josefina no está en disputa, ni ella es escritora, y puedo citar sin restricciones. La cama dura es una cama hospitalaria.

De comienzos de 1947, meses antes de ir en otoño a Madrid:

> Hoy, miércoles 15
>
> «Cuando recibas esta carta, ya solo nos quedarán dos días para el domingo tan deseado. Dios quiera que

no vengas con retraso como la otra vez, porque las horas me parecerán días y será tremendo.»

El Ferrol, 22-1-1947

«¿No dices que ahí aparecen las cosas? Querido, haz lo que puedas y no te desanimes. Aquí en Ferrol no podemos arreglarnos y nos hundiremos cada vez más.»

29-1-47

«Te mando la cartilla y todos los besos posibles.»

31-1-47

«Adiós, mi vida, hoy te necesitaba. Estoy triste y desanimada.»

3-2-47

«En estos días hasta he llegado a pensar que si no hiciera tanto frío y estuviera más fuerte me atrevería a ir a verte, aunque solo me quedara dos días. Es una locura, pero tengo tantas ganas de estar contigo que lo haría.»

4-2-47

«Ya, mi vida, y si fueras a Buenos Aires, ¿cómo íbamos a hacer? Si algún día vas, me iré contigo aunque no quieras.»

7-2-47

«Hoy terminé las inyecciones de Calisulina, pero me faltan cuatro de pulmohidratos. Dicen que estoy mejor de aspecto.»

12-2-47

«Y nada más, que es muy tarde. Como siempre, me voy a dormir después de escribirte y, como siempre, pensaré en ti hasta quedarme dormida.»

16-2-47

«Querido, tengo mucho sueño. ¿Me perdonas que no siga?»

26-2-47

«No sé por qué razón no escribes. Esperé tu carta ayer martes y tampoco llegó hoy. Ya empiezo a preocuparme. ¿Es que no escribiste el domingo por la noche? Siempre escribes tanto. Es extraño.»

27-2-47

«Solo me tiene de mal humor estos días la regla, pues me vino el 25. Creo que nos tocan días malos. Echa cuentas. Me dan ganas de irme yo a Madrid antes. Pero solo podré ahorrar para el viaje de ida. ¿Y después? No sé qué hacer.»

El Ferrol, 5-3-1947

«Pensando en ir, me he comprado un vestido de lana verde en Vicente. Es monísimo. Lo llevé a la modista y me lo dará a tiempo. Me va muy bien con el abrigo negro. Te mando la muestra. Dime si te gusta.»

El Ferrol, 6-3-1947

«Otra cosa: no gastes tanto dinero con la niña. Lo que dices que le compras es un disparate. Piensa que sus hermanitos en Ferrol toman unas meriendas muy pobres y que lo que gastas con ella los domingos no lo gasto yo en una semana con los tres.»

El Ferrol, 10-3-1947

«No estoy incomodada por tu riña, haces bien. Ya me estoy poniendo calcio y Redoxón y pulmohidratos.»

El Ferrol, 12-3-1947

«La cuestión es que no sé decir si estoy mejor o peor. Es tal mi desconfianza que no atino. Por otro lado, el tiempo está malísimo y no ayuda.»

El Ferrol, 19-3-1947

«Ahora mismo tengo 39 de fiebre. Será una suerte si no empieza la bronconeumonía. No sabes las ganas que tengo de estar en casa. La cama resulta dura y tengo el culo que ya no resisto.»

El Ferrol, 25-3-1947

«Cuántas ganas tengo de verte, mi vida. Pensar que estaría contigo ahí a estas horas si no fuera por mi bronquitis.»

El Ferrol, 16-4-1947

«Estos días he mejorado mucho y engordé. Todo el mundo me lo dice. Como hace tiempo de verano, salgo mucho; hasta fui a la playa con Aurora tres o cuatro veces.»

21-4-47

«Y nada más, querido: escribe y no me hagas pensar en la que baila de puntas ni en ninguna más.»

24-4-47

«Esta noche soñé que estábamos juntos. Nos queríamos tanto y era tan maravilloso que alguien lo descubrió, tuvo envidia y quiso separarnos. En ese momento desperté.»

Hasta aquí las previas al primer experimento madrileño. Ahora las que certifican el fracaso (por fortuna, ella sí fecha sus cartas):

8-9-48
«Besos a montones de los niños y míos muchos. Ahora podría dártelos sin descansar.»

10-9-48
«Si puedes, mi vida, escríbeme y ayúdame con tus cartas a pasar estos días.»

El Ferrol, 14-9-48
«Conservo una esperanza, insensata si quieres, de estar juntos pronto, pero la conservo y la acaricio. Solo esto me ayuda a pasar el tiempo. ¿Por qué estuvimos condenados a separaciones tan largas habiendo matrimonios que en nuestras condiciones económicas están siempre juntos? ¿Es que somos más exigentes o no sabemos vivir? ¿Qué nos pasa?»

22-9-48
«También yo necesito tus cartas. ¡Las deseo tanto!»

30-9-48
«La crítica del Compostela está bien. Es muy elogiosa, aunque de crítica no tiene nada. Hacen críticas como quien cuenta películas. No sé si no saben hacerlas o es que la gente tiene tan poco interés que les trae sin cuidado. Por lo demás, debes darle las gracias al que la hizo, pues ha puesto buena intención.»

El Ferrol, 7-10-48

«Hoy me trajeron el abrigo de la niña y el vestido que le arreglé, total 240 pts. No pude pagarlas. Qué voy a hacer. Por más que hago cuentas y estiro el dinero, no me llega. Te aseguro que me vuelvo loca con tanto gasto. El invierno se echa encima y tengo a dos pequeños sin calzado. Es tremendo. Una vida así agota a cualquiera. Y pensar que estamos separados para este desasosiego. A veces me pongo muy triste; otras, como ahora, tengo la esperanza de que un día u otro se arreglará. Creo que si te dan lo de Arriba te animarás y trabajarás. También debes andar pendiente de lo de la radio. ¿No crees que si salen bien ambas cosas podremos estar juntos? No sabes cómo lo deseo. En cuanto pueda tendré todo preparado para un viaje. Así, si Dios quiere, podremos hacerlo cuando se nos presente la ocasión. ¿Por qué no he de soñar con mi viaje a Italia? ¿Y por qué no vamos a estar juntos y querernos mucho? Sí, Pichús, es lo más seguro, ya verás. Te quiero tanto que es imposible que Dios no nos ayude. Ten ánimo y no te abandones. Acabaremos saliendo adelante. ¿Es que acaso no somos jóvenes para luchar? Y, aun así, ¿no es mucho mejor la lucha y este sufrimiento lleno de deseo que sentirse impotente y acomodarse a una vida sin horizonte? Lo pasaríamos peor. Nosotros no tenemos remedio. Necesitaríamos hacernos insensibles, embrutecernos. No nos queda otra que luchar, querido. Pido a Dios que nos dé ánimo y te ayude. Y también le pido que sigamos queriéndonos así. Es tan maravilloso.»

10-10-48

«Necesito que me escribas, querido. Háblame de ti, ríñeme si te desahoga, pero escríbeme.»

12-10-48

«Mientras tanto, el tiempo que te quede libre, si puedes, dedícalo a la gente y a ir a los sitios, a ver si aparece algo que nos permita aguantar en Madrid. Tengo miedo a la retirada. Si nos damos por vencidos, es posible que nos pese después.»

El Ferrol, 15-10-48

«Te quiero cada día más, amor, te quiero todo y te deseo todo. Seré buena contigo, no habrá nada que te niegue, seré como tú quieres que sea y seremos felices, porque tú y yo somos uno, tan uno que siento como tú y es mi amor tan grande que a veces tengo la sensación de que solo los dos estamos en el espacio sin que exista esta distancia tan grande que nos separa. Parece que puedo abrazarte y te siento en mí.»

18-10-48

«Tu idea de venir a pasar aquí unos días me entusiasma. Sí, mi vida, ven. No sabes qué ilusión tengo. Las cuentas échalas tú. Este mes me vino el 3. Yo creo que son buenos. Además, aunque hubiera algo, en unos días estaré bien. ¿No crees? Sí, cariño, anímate.»

Hoy, domingo 21

«A ti, mi vida, te tengo en el alma.»

22-10-48

«Ahora un encargo más: hazme el favor de decirme cómo se viste por ahí. Si las faldas son largas y de vuelo o si por el contrario se acortaron.»

24-10-48

«Estos días no los pasé muy bien. Pensaba no decirte nada, pero ahí va: estoy acatarrada.»

Hoy, domingo 28

«Cariño, qué contenta estoy pensando en que se acerca el día de estar juntos y que serán muchos seguidos. Si no se tuerce, te voy a hacer un encargo: que compres ahí una buena cantidad de nueces mondadas, almendras saladas y pasas.»

7-11-48

«Te mando la fotografía. No tengo la culpa de que el fotógrafo se haya metido a artista. ¡Qué manía tiene la gente a las cosas sencillas!»

Hoy, 1.º de diciembre

«Y nada más, querido, estoy deseando que pasen estos días para poder besarte de verdad. Tengo tantas ganas de hacerlo con comodidad... ¿Sabes que ya faltan 18 días? Aún no puedo darte noticias de mi calendario, pues este mes se retrasó.»

Hoy, San Francisco Javier

«Estoy ya muy bien, y te espero llena de ilusión. Por favor, no te pongas triste. Saldremos adelante. Piensa que tendremos unas vacaciones felices aunque sean pobres. Los niños también estarán contentos y no nos faltará calor y comida. ¿No es esto ya mucho? Sí, querido.»

Hoy, 5-12-48

«Me molestan mucho los comentarios y no quiero de ninguna manera que nos vean decepcionados. Decir la verdad sería como presentar una quiebra. No es un fracaso, al menos para nosotros. Creo que son dificultades, nada más.»

7-12-48

«Pensar que solo faltan 11 días para vernos me llena de alegría. No sabes, mi vida, cuánto te deseo y cuánto pienso en ti a todas horas. Esto me basta para estar contenta. Saberte cerca y también lleno de deseo y amor. Me olvidé en otras cartas de darte noticia de nuestro calendario. Vino el día 2. Adiós, amor mío, ya falta menos para verte.»

El Ferrol, lunes 8

«Mi vida, estoy mejor, no he pasado hoy de los 38 y cuando recibas esta carta estaré aún mejor. Ya puedes hablarme algo de ti. En tu carta de hoy dices que no tienes nada que contarme, pero se debe a que estás de mal humor. A ver si en la próxima me dices algo. Necesito saber de ti.»

Mientras, del otro lado, en la correspondencia de él, además del dinero, el único tema es el asma. Las exhortaciones a Josefina para que se cuide son constantes. Igual que las amenazas. Quiere que engorde y le advierte, con meliflua insistencia, de que si no lo hace se buscará una amante.

La imposibilidad física del amor viene adoptando tintes sombríos desde que, en torno a 1943, dejó de ser una amenaza ocasional para convertirse en una traba duradera. Ella se vuelve más suspicaz, se encela, y él se preocupa. En una ocasión, alrededor de 1948, le confiesa que ha tenido un sueño erótico con otra mujer. Le asusta, porque lo considera la demostración de que empieza a separar el amor del sexo, y la conmina a reponerse. La instruye en el cuidado de su salud, insiste en que pruebe medicinas nuevas y, si no le hace caso, la regaña con acritud. La acusa de frívola, de tomar sus recomendaciones por chifladuras.

En una carta de 1951, cuando el asma les da una tregua, recuerda un período especialmente difícil de la década anterior con palabras similares a estas: *Nunca me dolió el sexo como entonces. Tú, que lo sabías, padecías por los dos. Pero te aseguro que mi amor nunca fue tan grande y verdadero, ni tan profundo mi entendimiento de ti. Querer a un cuerpo sano, que se estremece y responde con alegría y prontitud a cada estímulo, cuando todo en él es una llamada y una promesa de gozo, cuando no esconde un solo rincón que no sea hermoso y agradable y acogedor, eso no tiene ningún mérito. Lo meritorio es quererlo cuando se retrae, cuando le faltan las fuerzas y el aliento, cuando no incita sino que disuade, cuando el placer se escabulle y el amor se vuelve doloroso y parece que no queda otra cosa que el deber. Josefina, no lo dudes: nunca te quise tanto como entonces. Tu cuerpo no era mío, tan solo dolorosa carne entre nosotros, pero en cambio tú eras más que nunca mi mujer. Si no te hablé con claridad de ello, si te lo oculté, fue por temor a hacerte daño, a que no creyeras cuán irremediable era, a pesar de los pesares, mi amor. Esos duros años, casi tres, en los que el placer físico prácticamente desapareció de nuestra vida, en los que me convertí en tu enfermero y tú temías perderme, fueron los más importantes de mi vida adulta. En ellos terminé de madurar como hombre. Aprendí a amarte, no más, pero sí mejor.*

Las líneas anteriores, como las reales que las inspiran, esconden una clara voluntad disuasiva. Pese a ello, y a tratarse con excesiva benevolencia –no sería tan buen enfermero a distancia–, es difícil no empatizar con él.

Es verdad, para qué negarlo: quizá en el pasado no fue tan sincero como debió, quizá se pasó de rosca jugando con dos barajas para obtener lo mejor de cada una: permanecer en Madrid mientras mantenía a su familia en el entorno de su preferencia. Pero del lado de ella tampoco resplandece todo. No ignoraba las ambiciones de su marido y sin embargo se sirvió de su indefinición para atrincherarse en la vida que más le convenía. Frente a la amenaza de vivir en Madrid, jugó la carta gallega con la esperanza de que tarde o temprano él claudicara. ¿Qué sucedió para que a partir de 1947 depusiera su resistencia? El empeño de él, y que por fin pareciera viable económicamente. Además, los niños crecían, el momento se antojaba adecuado y era tarde para presentar en sociedad la vuelta de él como algo mejor que una derrota. O a lo mejor, conmovida por su tesón, se convenció sola. Puede que le apeteciera. Puede que ya no aguantase la separación. Puede que lo añorara, que de pronto, con tal de dormir con él cada noche, aceptara ser la geisha que él demandaba. O puede que el asma la hubiera debilitado y que, a sabiendas de que el aire de Madrid no era el más beneficioso para su enfermedad, asumiera el sacrificio como una última prueba de amor. Ella también es un cúmulo de contradicciones, no solo él.

Merece la pena detenerse en una carta de 1947, se supone que anterior al primer traslado de Josefina a Madrid, en la que él le dicta instrucciones sobre cómo comportarse en sociedad: *Me di cuenta en Pontevedra, Josefina, de que actúas con excesiva rigidez cuando te presentan a desconocidos. Te quedas parada, sin saber qué decir. Se me ocurre que puedes ensayar, pues es imprescindible que adquieras mayor soltura y aplomo. También he observado que en tales circunstancias tiendes a hablar de tonterías, sin reparar en quién es tu interlocutor. Piensa que con la esposa de fulanito puedes conversar de precios y de criadas, pero no con la esposa de menganito y su cuadrilla. Aunque tú y yo coincidimos en considerar humanamente superior a fulanita, hemos de convivir con menganito y, en su grupo, referirse a asuntos demasiado domésticos no se considera de buen tono. No quiero oír sobre ti lo que escucho de otras. Ninguna de esas señoras tan soberbias concibe la intimidad feliz que tenemos entre nosotros y en consecuencia me compadecerían, lo cual no nos gustaría a ninguno de los dos. Otro asunto que debes corregir es tu propensión a dejar las frases sin concluir. Cuando lo detecto en otras mujeres me causa un efecto calamitoso. Y te aseguro que corregirlo es fácil. Se trata de no hablar demasiado, de respetar los turnos de palabra y de pensar lo que vas a decir antes de abrir la boca. Ya te indicaré, cuando nos veamos, tus fallos. Como lo de fruncir el ceño o reír en exceso... Prepárate. Este verano voy a vigilarte estrechamente, seré implacable. No hace falta que lo hables con nadie. Obedece, tómatelo con buena disposición y no olvides ensayar. La afectación es repulsiva. Prefiero mil veces tu torpeza de ahora a que impostes. Perdóname la filípica. Cuando estemos juntos te compensaré como sé hacer, te lo prometo.*

¿Narcisismo o mero cálculo por saberla más permeable si él se ve socialmente perjudicado? Dos años después, en otra carta, le escribe algo similar a esto: *Cómo me gusta tu naturalidad, tu nula coquetería, tu repulsión por la impostura... Sin embargo, hay ocasiones que requieren el artificio. Piensa que tú ya has recurrido a él de mala manera: desde que te los pintas, tus labios han perdido atractivo.*

Los años que siguen hasta el traslado definitivo del resto de la familia a Madrid son confusos. Desde 1948, él ejerce como crítico teatral. Sus crónicas le granjean fama de exigente e incisivo, gracias a lo cual disfruta de un respeto creciente en el mundo intelectual madrileño. Por otra parte, aunque sin la repercusión deseada, ha seguido publicando novelas, teatro, algún ensayo...; colabora los domingos en la radio con una sección cultural de opinión y ha entablado relación con productores cinematográficos para escribir guiones. Amplifica así su conocimiento social, algo que, desde sus primeros nomadismos, considera esencial en la formación de un novelista.

En cuanto a ella, sus cartas traslucen que el intento fallido de traslado no ha minado su ilusión por el futuro madrileño. Sin embargo, teme que la naturaleza fantasiosa de él, su tendencia a tomar decisiones temperamentales, los precipite de nuevo, y pide garantías. Así, cuando el segundo mal paso se consume en el curso 1949-1950, su reacción ya no será tan pacífica. A falta de las suyas, que llegan hasta diciembre de 1948, eso se infiere de las cartas de él. Durante unos meses se ofusca y lo acusa de impulsivo, de atolondrado.

En ambas ocasiones han tropezado con el mismo obstáculo: los alquileres inmobiliarios en Madrid son demasiado altos y el dinero les llegaba muy justo. La solución se demorará hasta 1952, cuando les adjudiquen un piso de promoción pública que ocuparán en otoño de 1953. Entretanto, la pasión amorosa ha renacido gracias a una mejoría temporal de ella («Estoy encantada de volver a ser tu gran pasión», le escribe en una de sus cartas perdidas citada por él) y planean encuentros clandestinos a espaldas de los hijos mayores, que siguen en Madrid.

En 1952, tras recibir las llaves del piso, con ocasión de un corto viaje de Josefina a Madrid, pasan un día entero de verano –noche incluida– sobre un lecho improvisado en el suelo. Para disponer de esas horas de soledad han hecho creer a su entorno que ella llegará veinticuatro horas más tarde de cuando en realidad lo hace. Previamente, él le ha anunciado por carta que abrirá las ventanas de la casa para realizar una parte de su programa al sol, y que tendrá consigo la edición francesa de *La Celestina* con los grabados eróticos. También le ha pedido que lleve sus cartas más encendidas y dos huevos duros para reponer fuerzas. Evitan la residencia de él, donde pernoctarán las noches siguientes, para no ser descubiertos por el hijo mayor, que tiene su internado cerca y algunas tardes acude a visitarlo. Como alojarse en un hotel ni lo consideran, parece clara la naturaleza dual del rito amoroso: celebrar su carácter simbólico inaugural tanto como incentivar la libido.

Los meses restantes hasta que en 1953 ocupen la casa son meses de espera en los que la única nube es su trabajo. Presume ante Josefina de sus éxitos, de los encargos que le llueven y de los autores y productores teatrales que se le acercan. Le inquieta, sin embargo, no tener tiempo para escribir y se lamenta: *Nadie está de moda siempre. Si no aprovecho el tirón para escribir algo de mérito, perderé la oportunidad.* O este párrafo de otra carta: *¿Soy un escritor o solo un crítico que pierde sus energías señalando los fallos de otros? Cada vez me siento más lo segundo y me disgusta. Como siga así, me convertiré en un resentido de colmillo retorcido. Nada a mi alrededor me invita a escribir, mis proyectos acumulan polvo.*

Se sabe observado, de moda –qué lejanos los tiempos en que lo deseaba–, pero lo acogotan los compromisos y en los momentos de desánimo proliferan las quejas. Por su improductividad literaria, por la aspereza de la soledad y porque las cartas de Josefina no siempre cumplen sus expectativas. A veces le dejan un terrible vacío; o lo ofuscan, como cuando desatiende sus sugerencias de nuevos tratamientos contra el asma. Le dice: *Quiero pasear contigo los días que me apetezca, llevar una vida normal como la de todo hijo de vecino, desprenderme de mi máscara de tipo triste y solitario.* Le dice: *En unos días nos veremos de nuevo. Será por poco tiempo, pero si nos lo proponemos y tú me ayudas, lograremos que parezca una inmensidad.* Le dice: *Me muero de envidia cuando veo a otros hombres y compruebo que disfrutan de la alegre compañía de sus mujeres. Nosotros, en cambio, ¿qué tenemos?* Le dice: *Tus últimas cartas son muy sosas. En la última, al responder a mi confesión de que me sentía triste, te limitaste a recomendarme que no me amustie. ¿No crees que mi confidencia merecía algo más? ¿Un consejo, un consuelo?* Le dice: *Ten en cuenta que tus cartas son mi única protección contra las tentaciones. Que cada vez que voy al teatro se cuentan por docenas las mujeres, algunas de ellas muy hermosas, y que mi antídoto es saber que al día siguiente tendré carta tuya. Lo mismo me sucede cuando asisto a un cóctel y una dama me pregunta por mi salud y, advirtiéndome algo pálido, me insinúa que ella tiene un remedio infalible para mi mal. O cuando una mañana me telefonean menganita, zutanita o fulanita y, con la excusa de comentarme cualquier nadería literaria, me proponen un té o un aperitivo para tratar el tema. Recuerdo, entonces, que es la hora del reparto del correo y rehúso. Pero ocurre que las cartas no siempre llegan y, cuando lo hacen, a menudo resultan insulsas, y no es descartable que un día, ante una nueva decepción, opte por aceptar.* Le dice: *Sé que el momento no es el adecuado para que vengas y que pasaremos calor, pero hazlo por mí. Se trata de algo importante. Tú te obstinas en minusvalorarlo, pero lo cierto es que no hay nada más importante que nuestra vida en común. Es imprescindible que la arreglemos. Me niego a seguir de esta manera. Es inhumano. Estoy hasta las narices, a nada de cometer una locura. Soy una persona, no un expendedor de dinero ni un solucionador de problemas.* Le dice: *Fifina, mi amor, estoy en la mitad de la vida y la mitad de esta la he pasado contigo, veinte años que, antes de que nos demos cuenta, serán muchos más. Lo que hubo antes de ti fue tan insignificante en comparación que no merece recordarse. Lo memorable de verdad me ha sucedido contigo. ¿No es eso maravilloso? ¿No es trascendental? En la raíz de todo estás tú, mi necesidad de estar contigo y el deseo de que los años de juventud que todavía nos restan los vivamos en una felicidad plena, serena y fructífera. Lo que venga después será distinto, pero estoy seguro de que no menos feliz.*

En el momento de recibir las líneas que inspiran las mías anteriores, a Josefina le quedaban seis años de vida. Murió en enero de 1958 en Madrid, en la casa que habían ocupado en octubre de 1953. Por supuesto, no hay cartas de los poco más de cuatro años que vivieron allí juntos. Ya no eran necesarias. ¿Dejó por eso su vida de ser una vida a la espera?

DOS
Subirse a los árboles

Durante mi infancia viví tan rodeado de vivos como de muertos. Si los vivos aparecían y desaparecían con el ritmo del afecto, los muertos perduraban. Los vivos ofrecían inesperadas partes de sí que podían enfriar nuestro apego, mientras que los muertos, en las fotos y en las historias de mi madre, permanecían inalterables. Los muertos nos unían con el pasado y representaban un ancla, no solo porque el pasado era más seguro que el inestable presente sino, sobre todo –esa era la clave–, porque del mismo modo que nuestro afecto por ellos sobrevivía a los cambios, se suponía que el suyo por nosotros no conocía fronteras temporales y desde donde moraban nos cuidaban.

El de los muertos es el único ejército que no mengua, que siempre crece, pero, antes incluso de que con el tiempo aumentara su número, eran muchos los muertos con quienes tratábamos. Entre ellos ocupaban un lugar principal mis dos abuelas, J. y M., que fallecieron a una edad temprana y con su muerte condicionaron la vida de mis padres y, por extensión, la mía. Las seguían una cantidad considerable de parientes a ambos lados de mi árbol genealógico, sobre los que la memoria de mi madre establecía involuntarias discriminaciones. De su propia familia, merecían una consideración destacada sus abuelos paternos G. y A., así como la materna, T., pero no J., el marido de esta, que no fue un padre para su madre ni un abuelo para ella y sus hermanos. Y, aunque el parentesco fuera lateral, eran importantes tres tías abuelas –«los fantasmas» en la terminología familiar– con quienes trató de pequeña en el caserón donde nació su padre. De la familia del mío, por línea materna, sobresalían mis bisabuelos V. y M., pero nadie de la otra rama, de quienes sabíamos poco y sombrío. Entre los ajenos a la familia guardaba un afecto especial por un amigo de mi tío G., el poeta colombiano C. O., protagonista de suculentas anécdotas que lo mantenían vivo en la mitología familiar tiempo después de haberse suicidado con treinta y tres años.

De cada uno de esos muertos, y otros que callo, mi madre tenía diversas historias, y las contaba con tales matices que era fácil imaginarlos susurrándole lo que no recordaba. No eran historias con moralina, ya que no se recreaba en penurias. Lo que despertaba su atención, y constituía la sustancia de sus relatos, eran facetas extravagantes de sus personajes, excéntricas o connotativas de algún tipo de peculiaridad estética o moral.

C. O., que sufría una locura mística y se colaba en los conventos de clausura vestido de cura para decir misa a las monjas, hurtó en Mallorca un sagrario y envió las hostias en sobres de luto a los intelectuales españoles más importantes de la época, así como a Sartre y Camus. Además, tenía un coche inglés con el volante a la derecha y en un viaje a Toledo permitió que mi madre lo condujera por el carril contrario, sin carné y con una acusada miopía que no corregía con lentes.

Mi bisabuelo G. era tan mujeriego y se llevaba tan mal con su esposa que en el lecho de muerte le dio un beso en la boca a la mejor amiga de ella. Años antes, ya casado, había aprovechado un viaje a Buenos Aires para pedir la mano de una joven y publicitarlo en las páginas de sociedad de todos los periódicos del Río de la Plata.

Mi bisabuela A., cuya madre hablaba en su jardín con Dios todas las mañanas, había sido tan infeliz en su matrimonio que de vieja soñaba que, oyendo misa, el cura bajaba del púlpito y la besaba en la boca.

Mi bisabuela T., una campesina adinerada de una aldea costera de Pontevedra, estaba tan convencida de la decadencia física de su familia, a la que por su altura y delgadez apodaban «os lanceiros», que se casó con el hombre más fuerte de su aldea, pese a no tener él oficio ni fortuna, y, una vez segura de haber quedado encinta, lo despidió con el dinero suficiente para emigrar a América.

Mi bisabuela M. era tan osada que había conseguido salvar a su primogénito, prófugo del ejército republicano en el Madrid sitiado de la guerra civil, ocultándolo en casa y telefoneando a diario al cuartel para preguntar por él e indignarse o llorar según considerara más adecuado para la mejor representación de su artificio.

Mi bisabuelo V. era el perfecto marido, el perfecto hermano, el perfecto cuñado... Adoraba a su familia y de toda se ocupaba, pero no aguantaba con ella ni un minuto y pasaba el día, y a menudo la noche, en el Casino o la Gran Peña, los clubes de tipo inglés de los que era socio.

Mi abuela M., harta de la pesadumbre de mi abuelo J., una noche en que regresaba de trabajar lo recibió con el rostro cubierto por una careta de payaso.

Mi abuela J., que era muy escrupulosa y en algunos asuntos sofocantemente puritana, ante la negativa de su madre a permitirle casarse con mi abuelo G., optó por forzar la aprobación de esta fugándose con él.

Los anteriores son ejemplos de las historias de muertos que me contaba mi madre. Hablar de muertos es una forma eficaz de prolongar la influencia del pasado en el presente, y, si bien lo aprendí de ella, no era un rasgo privativo suyo. Obedecía a un modo de entender la realidad, compartido en grado diverso por su padre y hermanos, según el cual la realidad no es exclusivamente lo que vivimos sino, sobre todo, lo que perdura del pasado. Lo que sí es suyo es el prisma especial mediante el cual ese pasado se revive.

Hace poco, en nuestra casa gallega, le oí algo que define meridianamente su visión de las cosas. Conversábamos en la sobremesa del almuerzo con una amiga del pueblo, nada proclive a las fantasías, sobre las historias que mi madre y yo habíamos oído de otros lugareños. Conocedores del carácter descreído de nuestra amiga, no aguardábamos anécdotas extraordinarias, sino que, divertidos, disfrutábamos de la tenacidad con que las desmentía. En una de esas, a raíz de un tal *Perú*, que, según decían, se había ganado el apodo tras intentar llegar a Perú en un bote de remos y no aguantar ni una madrugada en alta mar, ante la risa de nuestra amiga, que se disponía a brindarnos una explicación más prosaica, cansada de tanta desmitificación, mi madre le espetó:

–¿Pero no ves que da igual lo que sea verdad? Dices que esa no es la realidad, pero ¿qué es la realidad? Esa es una realidad tan convincente como la que tú reivindicas, y desde luego más bonita.

Crecí rodeado por boca de mi madre de *Perús*, y si bien llegó un momento, al final de la adolescencia, en que eché de menos una realidad sin adulterar y me solivianté más de lo necesario cada vez que vislumbraba en su discurso trazos mitómanos o demasiado fantasiosos, lo cierto es que esa afición embellecedora me procuró durante toda la infancia un resguardo a medida frente a la ramplonería de la que a menudo se revestía el mundo exterior.

Los *Perús* de mi madre enriquecieron mi juicio y me dieron seguridad al otorgarme cierto orgullo de casta a una edad en que, todavía sin corazas, la realidad inmediata se confabulaba para recordarme que no cumplía los requisitos exigidos. Hablo de los años setenta en Madrid, años de octavillas y de ingenuas canciones sobre la libertad, durante los cuales la mayoría social había mudado de la aceptación más o menos resignada del franquismo a un entusiasmo democrático más o menos inducido en el que persistían inhibiciones aprendidas y abundantes recelos acerca del porvenir. Tenía mi casa en un barrio acomodado, con un imponente jardín vecinal donde los niños pacíamos, vigilados de lejos, las horas que nos dejaba libres un colegio al que llegábamos andando. Nuestra vida no era muy distinta de la que habríamos llevado en un pueblo, con la libertad inmensa que estos otorgan, pero también con sus códigos opresivos. Todo el mundo sabía todo de todos. Los niños entrábamos y salíamos de las casas ajenas y contábamos lo que veíamos. Había casas con pistolas en los cajones y lúgubre parafernalia joseantoniana, y otras, más ventiladas, donde los *conocedores* podíamos distinguir una postal del *Guernica*, una insignia del Che o una discreta banderita republicana. La mayoría, sin embargo, eran hogares anodinamente burgueses –con un salón reservado a las visitas y una sala de estar para la vida diaria– donde los periódicos, si se mostraban, constituían casi la única pista acerca de las inclinaciones de sus moradores. Cruzando la información que les proporcionábamos con la suya, los adultos se clasificaban y se juzgaban, sin dejar de representar una cordialidad de nueva era de la que solo se excluían los más recalcitrantes. La política ocupaba su lugar, pero no era lo único. En mi universo infantil, para conseguir una posición, más importante que los atributos físicos que los niños de todas las épocas han necesitado, era no apartarse de la norma en gustos, hábitos y posesiones.

Si tuviera que definir mi infancia, diría que fue una lucha feroz, y casi siempre fracasada, por tratar de mimetizarme con el ambiente. A consecuencia de esa necesidad, quise hacer la primera comunión sin estar siquiera bautizado, y encaré ambas ceremonias con pocas semanas de diferencia. Para no ser menos que mis amigos, perseguí que mis padres adquirieran un chalé en la sierra y solo conseguí que durante unos días consideraran rehabilitar como vivienda de veraneo un molino arruinado en un bosque recóndito de Orense. También intenté inútilmente que mi padre sustituyera su destartalada furgoneta Citroën por un coche de cuatro puertas y línea familiar. Esas fueron, digamos, luchas mayores, pero mi día a día estaba lleno de escaramuzas que codiciaban el mismo objetivo. No entendía por qué en mi casa los avances tecnológicos tardaban en llegar o no llegaban; por qué fuimos los últimos en tener televisión en color; por qué nuestro despertador era un estridente aparato de campana y manecillas y no una radio digital, o por qué no teníamos yogurtera ni Atari ni una nevera que fabricara hielo. No entendía por qué mi madre se empecinaba en cortarme el pelo ella misma o en un salón unisex, pero nunca en un barbero, como era mi deseo; o por qué, si pedía un juguete teledirigido, me traían de una juguetería chic de Barcelona un ciclista con bigotillo que pedaleaba sobre una bicicleta con mando de cable, o, ya puestos, por qué mi ropa oscilaba entre la colorida laxitud de algunos abrigos y gorros dignos de un rastrillo hippy y el asfixiante rigor de tweeds y franelas propios de un internado británico. Mis padres, no diré que no, hacían esfuerzos por complacerme. Eran unos padres generosos y atentos, aunque a menudo sus elecciones empeoraban las cosas. Se me antojó un Scalextric y lo obtuve, pero era tan grande que despertaba envidias; en una ocasión me encapriché de una daga árabe de imitación que le habían regalado a un amigo y mi padre me contentó con una gumía marroquí que, de tan auténtica, estaba oxidada, lo cual me impidió jugar con ella incluso después de mellarla; mientras los otros niños pedían hámsteres y periquitos, un amigo de mi madre me regaló un mono que hacía unas deposiciones como morcillas y que, incapaces de adiestrarlo, acabamos dando a unos primos míos que a su vez se deshicieron de él en cuanto descubrieron su potencia escatológica.

Afortunadamente, gracias a mi altura y a que era ágil y fibroso y corría y trepaba a los árboles como el mejor, evité convertirme en un marginado driblador de burlas. No era el hazmerreír, disponía de un grupo de fieles –los despojos que nadie quería–, pero mi posición era la de un cacique sin autoridad ni gobierno, un planeta que giraba en una órbita demasiado alejada del poder real y que, por eso, era contemplado con cierto desdén por quienes de verdad lo ostentaban. Ahora me doy cuenta de que mi problema era de confianza y de que otros más seguros, con las mismas aptitudes, habrían reinado.

Esa es una de las enseñanzas que depara la vida, pero tarda en llegar: lo que para unos es demérito, para otros es lo contrario; lo que debilita a unos, fortalece a otros. Entonces aprendí otras cosas, y no creo que inútiles. Aprendí, por ejemplo, a callar, un día de comienzos de primaria en que convocaron a mi madre al colegio para informarla de mi supuesto apego a mentir poniendo de muestra mi afirmación reciente de que había visto encantadores de serpientes en África. Aunque mi madre explicó que viajábamos con frecuencia a Marruecos, donde mi padre vivía por temporadas, y que efectivamente habíamos estado con encantadores de serpientes en la plaza Jemaa el-Fna de Marrakech, a partir de entonces me abstuve de contar cosas como que en Marruecos me cuidaba un niñero bereber que en una trifulca callejera había sacado el ojo a un hombre con una cucharilla. Callé que ese niñero, un analfabeto de ojos verdes y pelo rubio y rizado, me enviaba cartas redactadas por un escribiente mercenario; y por lo mismo omití hablar de I., el hijo de unos amigos de mi madre al que solo veía esporádicamente, en Navidad o verano, ya que el resto del año vivía con sus padres recorriendo África en un camión casa. Quería ser como I., habría dado el brazo derecho por acompañarlo en su camión y vivir con los masái y los nuba, pero, como mis padres tenían la estúpida manía de vivir en Madrid, debía transigir con la mísera realidad circundante y dar el brazo izquierdo por asimilarme a ella.

Esa dualidad de sentimientos y su implícito potencial camaleónico me parasitaron, y, sin que me exigiera un gran empeño, empecé a ejercitarme en vivir dividido. Por un lado, el mundo adulto que me proporcionaban mis padres, del que, para ser sincero, comprendía poco, y, por otro, ese otro mundo en el que debía agachar la cabeza y callar, pero en el cual siempre acababa haciendo algo que me delataba. En uno, sonaba el telefonillo a las tres de la madrugada y subía a casa un pintor colega de mi padre, homosexual culposo, que, cuando se emborrachaba y tenía un desliz, nos visitaba para desahogarse y comer huevos crudos con los que creía contrarrestar el alcohol, y, en el otro, acudía con mis amigos a sesiones dominicales de cine en la parroquia. En uno, estaba familiarizado con las diferentes maneras de fumar hachís, porque las había observado antes de saber que no todos los adultos lo fumaban, y, en el otro, asistía a clases de judo. En uno, los conocidos de mis padres eran artistas o tenían profesiones más difusas, se adornaban con abalorios y llevaban vaqueros rotos, flecos y pintorescas casacas militares, y, en el otro, los padres de mis compañeros vestían sosos pantalones de campana y trabajaban de nueve a ocho. En uno, quien había sido mi padrino en mi tardío bautizo rodaba en París cocteaunianas películas interpretadas por travestidos, o la policía clausuraba la galería de mi madre por celebrar una exposición titulada «Eros y el arte actual en España», y, en el otro, iba a un campamento de verano en el que, como novatada, me embadurnaban el pelo de pasta de dientes.

Con frecuencia, al contar someramente cómo fue mi infancia, me he encontrado con la misma roma conclusión: «¡Tus padres eran unos hippies!». Si lo hubieran sido, habrían vivido en una caravana en Ibiza, como algunos conocidos. Su condición era más compleja y también más simple. En los primerísimos setenta, la cultura alternativa de la que participaban, eso que luego vino a denominarse cultura pop, estaba impregnada de elementos del hippismo. Mi padre era pintor, mi madre dirigía una galería de arte, contaban poco más de treinta años, eran jóvenes, inquietos, cultos, habían vivido en otros países y participaban de la fiesta, una fiesta que tenía un componente fundamental de provocación, de lucha contra la cultura pacata de la pre-Transición y de posicionamiento frente al futuro. Naturalmente, entre la variada tribu que participaba con ellos de la fiesta, había extraños compañeros de viaje –desnortados, adelantados que tuvieron su verano de gloria y luego se apagaron, vividores, dealers y aprovechados–, pero por lo común, aunque algunos tomaran ácido o llevaran chilaba, era gente que, careciendo de un compromiso político explícito más allá de su ansia de apertura democrática, estaba seriamente involucrada en cambiar la escena artística española para equipararla a las del resto de Europa. Hacían negocios, visitaban ferias internacionales de arte, promovían manifiestos, agitaban debates estéticos y, muchos de ellos, como mis padres, disponían, pese a su bohemia, de empleada doméstica en casa.

Ahora me resulta fácil explicarlo, solo he necesitado doscientas treinta y tres palabras para hacerlo, pero he tenido que explicarlo. La razón es que en los relatos que abundan sobre aquella época en España, junto al maniqueísmo, la autocomplacencia o la tergiversación, escasas veces he encontrado espacio para peripecias vitales como las de mis padres, como si un gran sumidero los hubiera arrastrado. Han sido muchos los interesados en olvidar que antes de los años ochenta del siglo pasado en algunos círculos ya salía el sol. Sea como sea, tal como ya confesé, tampoco a mí me resultaba sencillo definirlos, y una dificultad similar, no retrospectiva sino contemporánea de los hechos que estoy narrando, propició que durante bastante tiempo me sintiera confuso respecto a lo que éramos. Entre las rémoras afectas al pasado dictatorial, entre los millones de indefinidos, entre los aturdidos y vagamente descontentos, entre los chaqueteros, entre los comprometidos y los militantes de la izquierda con los que simpatizábamos, pero a los cuales no pertenecíamos, ¿dónde estaba exactamente nuestro lugar? ¿Lo teníamos?

La dualidad convertida en duda. Mi vecina A., con quien jugaba a las muñecas y de la que estuve enamorado parte de la infancia, lo tenía claro: su padre era comunista, había estado en la cárcel y había conocido el exilio. El mío, una vez que le inquirí por ello, se declaró republicano, pero lo cierto es que le interesaba más una exposición de Matisse, o sumar conquistas a su vida amorosa, que participar en iniciativas del Partido Comunista aún clandestino, como una merienda campestre a la que mi madre y yo fuimos con mi tío J., en la que un militante veterano nos regaló posavasos decorados con sellos soviéticos donde aparecían las efigies de Marx, Engels, Lenin e incluso Stalin. Mi propia madre, que se encargaba de limar con sus relatos los puntos de fricción que apreciaba en la realidad, contribuía no poco a mi confusión. Un día iba con ella a almorzar a casa de su amiga M., un palacio en el cual las comidas las servían criados vestidos de calzón corto, y al otro me llevaba a una austera buhardilla para que conociera a José Bergamín, recién llegado de su último exilio.

Otras cosas que recuerdo de esos años: recuerdo el olor del vapor sobre la ropa limpia a la hora de la plancha en casa, los seriales y consultorios radiofónicos que amenizaban el ritual; recuerdo el énfasis en la sexualidad de los fascículos que desbordaban los quioscos, la franja roja en las carrocerías negras de los taxis; recuerdo el olor a caucho del coche de mi padre, las mañanas dominicales buscando monedas y sellos en el mercadillo de la plaza Mayor, las calles desiertas de Madrid una tarde de agosto en que hicimos noche entre dos viajes; recuerdo viajar a Galicia en coche cama y espiar desde nuestra ventanilla las de otros trenes; recuerdo los cumpleaños infantiles, las piñatas y las medianoches *empalagadas* de margarina; recuerdo chapotear en los charcos, los descampados, escapar en bicicleta, el submarino a pilas que triunfó un verano en las piscinas; recuerdo el juego de la botella, el miedo a girarla y a ser yo el designado para elegir entre *beso o atrevimiento*; recuerdo los clásicos de la bossa nova que mis padres cantaban a dúo cuando estaban juntos y que continuaron cantando por separado; recuerdo haber regalado a mi madre rosas rojas hurtadas del jardín; recuerdo mi júbilo al encontrar una moneda de cincuenta pesetas en el suelo; recuerdo mi sensación de que, salvo por detalles como este, los días parecían iguales; y recuerdo sentirme solo, no desesperadamente solo, no tristemente solo, simplemente solo.

Dediqué mi primera novela a los engaños de la memoria, y sospecho que esa soledad rememorada apenas es un nombre con el que mi mente adulta trata de capturar el dilatado extrañamiento en que consiste cualquier infancia, no solo las leídas. La infancia termina cuando aceptamos las reglas y comenzamos a elegir. Hasta ese momento predomina el pensamiento mágico y lo ajeno a uno parece una extraña fantasmagoría. Ni siquiera el transcurso del tiempo tiene entidad propia. Todo forma parte de una corriente inexplicable a la que llamamos *vida*. Por un lado está la vida y, por otro, nosotros; unas veces dentro y otras fuera.

Estuvo tan llena aquella época que he mezclado sin querer recuerdos de años diferentes, olvidando que no eran lo mismo 1972 que 1978 o que 1981. No lo fueron en mi casa y no lo fueron en otras. El supuesto hippismo de mis padres llega hasta 1974 o 1975, coincidiendo con su alejamiento mutuo, mientras que la prudencia mayoritaria empieza a diluirse alrededor de 1976. Comienzan las falsificaciones individuales del pasado, y la atmósfera se vuelve más porosa, menos uniforme. Arranca la Transición propiamente dicha. Los amigos que guardaban una discreta bandera roja se atreven a sacarla, hay miedo, un miedo distinto del anterior, miedo a la ultraderecha que intenta dominar las calles, pero prolifera un sentimiento compartido de descompresión. Sin embargo, mis padres están tan cansados el uno del otro que es imposible hacer un relato conjunto. Yo soy ese relato, pero soy pasado. Mi presente está con mi madre, y mi padre se vuelve intermitente. No sé qué hace. Aparece y desaparece. Mi madre trata de contármelo, pero son relatos como los que recita de los muertos, cuentos para ordenar el mundo y que esa íntima conexión entre felicidad y desgracia, que el novelista Richard Ford considera la esencia del arte, sea lo más dulce posible. En esos años se consolida mi alianza con ella y crece el gradual desencuentro con él, aunque, como narré en otro lugar, tampoco me modifica. Nada se atenúa ni se agudiza, si acaso me acepto más y no lucho con tanto ahínco por integrarme. Se trata de un proceso desvinculado de la ausencia de mi padre. La edad, diríamos, la costumbre. Mi madre empieza a trabajar en la radio y llegan nuevos amigos a casa, tengo un tocadiscos Philips de color vino donde escucho músicas dispares –Elvis Presley, los Beatles, himnos revolucionarios de la Guerra Civil...–; me sumerjo en ensoñaciones y, mientras mis amigos ven series que yo no veo, la lista de lo que no puedo contar sigue aumentando: no puedo contar que mi tío preferido es escritor, como mi abuelo, pero también estafador de bancos; no puedo contar que uno de los principales amigos de mi madre, el mismo que el verano anterior a la muerte de Franco me enseñó a levantar el puño y a cantar «Bella Ciao», desayuna gin-tonic y hay noches en que se levanta de la cama sonámbulo y orina en el pasillo; no puedo contar que otro de ellos es tan gloriosamente juerguista y manirroto que suele ir a los sanfermines haciendo autostop y luego regresa a París, donde vive, durmiendo la resaca en un taxi; no puedo contar que la madre de una de mis primas sale desnuda en una revista; ni puedo contar que el socio de mi madre viaja con un maletín cargado de instrumental de tortura porque es miembro de una internacional sadomasoquista que, allí adonde llega, envía un motorista para recogerlo y conducirlo a una mazmorra... Y hago amigos mayores, lo cual, si bien demuestra que poseo algún carisma, también confirma mi persistente desafección hacia el mundo que me rodea. Conozco a un ghanés universitario y a un músico japonés que comparten un piso de mi edificio, y, paseando a mi perro, intimo con otros paseantes de perro, como un dramaturgo de musicales y un periodista de fama equívoca. Que no eran amistades tan normales lo deduzco al recordar que en los cuatro casos, probablemente acuciado por mi madre, mi padre encontró la manera de aparecer y con su presencia evidenciar que no era yo un niño al que nadie vigilara.

Identificar el origen de mi confianza maltrecha exigiría someterme a terapia o a una hipnosis regresiva. A falta de ellas, no escasean las hipótesis. Una es la colección de rarezas que he referido, una segunda mi condición de hijo único, y una tercera, relacionada con la anterior, mi posición frente a mis padres y los cambios que experimentó conforme la relación entre ellos se modificaba. Estoy seguro de que incidió la marcha de él, con quien compartí tardes de felicidad plena mientras trabajó en casa, y que asimismo dejó su impronta la sobreprotección, a veces de cuerpo presente y a veces por control remoto, con que mi madre compensaba las muchas horas que consumía a mi albedrío mientras ella trabajaba. Pero qué más da, así son las cosas, así fueron. Y si hubieran sido de otro modo, igualmente lo estaría contando. ¿O no? ¿Qué nos hace ser como somos? ¿Alguien puede responderlo? ¿Tiene sentido?

Inicié esta memoria infantil aludiendo a los muertos de los que mi madre me hablaba, y acabo de caer en la cuenta de que, empezando por mi padre, gran parte de los vivos mencionados no lo están ya. Tengo una constelación de muertos a mis espaldas que seguirá creciendo hasta que yo mismo la engrose. Mi primer muerto, mi amiga B., se desnucó al quedar su pie enganchado en el estribo tras caer de un caballo de picadero. Ni ella ni yo habíamos cumplido diez años. Durante un tiempo la incluí en las oraciones que mi madre me enseñó, al igual que a quienes la siguieron. Hace una eternidad que no rezo. En aquel entonces me consolaba la creencia de que los muertos seguían en algún lugar y me esperaban. Hoy pienso que está bien descansar para siempre y que el único drama es que la muerte acontezca prematuramente. Si aceptamos el absurdo de la vida, cómo no aceptar el de la muerte. Cuando era niño sabía que mi madre, llegara cuando llegara por la noche, entraría en mi cuarto y me daría un beso, y esa certeza me ayudaba a conciliar el sueño. A veces sucedía que despertaba de madrugada y ella aún no estaba; intranquilo, me levantaba y la esperaba, asomado a la ventana de la cocina. Ahora soy yo quien da los besos de buenas noches y desasosiega con sus largas ausencias a quienes me aguardan. La primera vez que dormí fuera de casa fue con mi padre en la finca de unos amigos; me llevé a la cama un chaleco tejido por mi madre y lloré abrazado a él hasta que mi padre apareció horas después. ¿Qué se supone que debía hacer en un lugar extraño? Mi hijo llora si se despierta de madrugada, aunque su madre y yo estemos en casa. He conocido niños en algunos lugares que se acuestan solos en sus catres porque no hay ningún adulto que les dé un beso, pero son niños que durante todo el día mendigan cariño a quien esté dispuesto a dárselo. Los niños lloran y la gente se muere.

En un texto de ficción es fácil elegir una epifanía que represente el final de la infancia. En la realidad no basta una, son necesarias varias. En mi memoria se atropellan los momentos: la ocasión, en el ascensor de casa, en que un vecino al que apenas tratábamos, aprovechando la ausencia de su familia, invitó torpemente a mi madre a cenar y no necesité escuchar la negativa de ella para imaginar qué pretendía; el mediodía en que mi tío G. llegó con una maleta llena de billetes robados y, antes de desaparecer rumbo al sur, nos invitó a almorzar y se gastó una buena cantidad en nosotros; el día en que, más aliviados que tristes, sacrificamos a mi gato; la mañana de Reyes de unas Navidades yermas de regalos en que encontré una moneda de plata en el roscón y sospeché con fundamento del amaño compensatorio de mis padres; el día que murió Bergamín y rogué para que se me apareciera; la semana en que por petición de mi madre di inverosímiles excusas telefónicas a un pretendiente demasiado pertinaz; la noche en que la escuché llorar; el primer libro que compré; el comienzo de curso en un nuevo colegio donde mis rarezas ya no destacaban tanto; el día en que abandonamos por fin el barrio de mi infancia y nos mudamos a un piso en el centro donde carecíamos de historia. Cualquiera de estos acontecimientos podría convertirlo en una epifanía y, sin embargo, mentiría. La ficción engaña, no se abandona la infancia de una sola vez, nunca se abandona por completo.

Hoy es 6 de agosto de 2012, estoy en Bolivia escribiendo en un hotel de Cochabamba y, como me ha sucedido en tantas ocasiones, me siento un impostor; dudo de mis méritos. Cómo he conseguido engañar a tantos, me pregunto. He hecho cosas que otros envidiarían. He escrito libros, he viajado, he vivido en distintos lugares, no he tenido jamás un jefe, pero, aunque también me he revestido de corazas y ya no pretendo representar lo que no soy, aún me acucia la necesidad de ser aceptado y me amedrenta lo mismo: la hostilidad inmerecida, la mezquindad de miras. Si lo pienso, añoro la época en que bastaban las palabras de mi madre para sanarme, añoro el candor con que escuchaba las historias de muertos, añoro la creencia de que nada sucede sin un porqué, de que los buenos obtienen su recompensa, añoro la confianza en que el mundo mejora paso a paso. Yo no he perdido totalmente la infancia porque todavía está mi madre y, frente a un contratiempo, aún podría correr donde ella y encontrar cierto sosiego en el eco, es inevitable que desvaído, de las mismas palabras que de pequeño me hacían dormir despreocupado.

Pero no regresaría. Seguro que no. Extraño el láudano, no las dolencias que apaciguaba.

Detesto la nostalgia, solo la siento por quienes ya no están, no me duele cumplir años. Mi futuro, como el de todos, es una incógnita. No obstante, aunque en ocasiones lo desee, sería ingenuo esperar a mi edad grandes cambios. Seguramente conoceré gente que me hará reír y a quien querré, y otra que me aguardará con el cuchillo desenvainado; escribiré o no; viajaré y, junto a mi mujer, trataré de dar a mi hijo una infancia con las mínimas sombras posibles y en la que los muertos, mis muertos, tengan cabida, pero en lo fundamental es casi seguro que seguiré siendo tal como soy, como era.

(Eso escribía hace más de diez años en Cochabamba. Hoy es 9 de diciembre de 2023 y, si bien parte de lo elucubrado se ha cumplido, nada me ha cambiado sustancialmente. Solo se ha estrechado el horizonte. Lo que no supe hacer difícilmente podré corregirlo y lo que vendrá lo viviré con menor intensidad, solo me importará en la medida en que afecte a mi hijo. Está dejando de ser un niño y me duele reconocer en sus silencios las tormentas que asolaban los míos.)

La primera vez que me ausenté del colegio sin motivo –*hacer novillos*, decíamos– debía de tener seis o siete años, y no me quedé en la calle con mis compañeros de travesura, sino que, al ser poca la distancia, regresé a casa. Abrió la puerta mi madre, que se rió y casi festejó mi ocurrencia. Animado por el éxito, repetí la hazaña días después. Esta vez abrió mi padre y me mandó con un azote a mi cuarto. Durante años, consideré la anécdota ilustrativa del carácter de ambos. Desde mi punto de vista de entonces, mi madre estuvo acertada y mi padre se equivocó. Ya no lo tengo tan claro. Tiempo después, cuando la relación entre ellos languidecía, durante un viaje por carretera en la furgoneta de mi padre, escuchándolos hablar de una conocida suya que se acostaba con gigolós, quise conocer la experiencia de mi padre con el sexo de pago y, pese a presumir que mi madre no tenía ninguna, empecé el interrogatorio por ella para que él no se sintiera prejuzgado. Mi madre dio la respuesta que suponía, y mi padre me contó que con catorce años un tío suyo lo había llevado a un burdel y que luego, ya de adulto, alguna vez había vuelto a acostarse con putas. En otra ocasión, durante un rocambolesco verano en Formentera en el que decidieron alquilar casas vecinas pese a estar ya separados, mi padre rompió un vaso en la cabeza de un novio de mi madre que poseía un acusado talento para la ironía hiriente, y al día siguiente, mientras este me decía que la herida se la había hecho un erizo de mar, mi padre optó por confesarme la verdad. Recuerdo otro verano, con el mismo novio y una prima de mi padre, en el que este vino a visitarme de improviso y, para evitar nuevas trifulcas, mi madre y la prima metieron al novio debajo de una cama y recibieron a mi padre tumbadas encima. Me figuro que no encontraron mejor modo de esconderlo. Podría habérselo confesado a mi padre cuando nos quedamos a solas, pero por supuesto me abstuve. No sé qué relación existe entre estas tres anécdotas ni por qué me han venido a la cabeza juntas. Ni sufrí en mi infancia grandes falsedades ni abundaron las medias verdades, más bien lo contrario. Tanto mi padre como mi madre recurrieron a la mentira esporádicamente. Él con más frecuencia, para ocultar lo que hacía en los momentos en que su deseo lo apartaba de sus deberes conmigo o con mi madre, y ella, si su notable capacidad para embellecer la realidad fracasaba. No los juzgo, considero que la mentira resulta con frecuencia más piadosa que la verdad, yo mismo la uso cuando lo necesito. Imagino que fue una enseñanza adquirida con el azote que mi padre me dio la segunda vez que hice novillos.

Mi padre me pedía siempre más (más arrojo, más autonomía, más austeridad) y tenía mil formas de censurarme cuando mi comportamiento no estaba a la altura de sus expectativas, mientras que mi madre, con tal de alejarme del peligro, fomentaba lo contrario. Entre ambos extremos crecí.

Exageraría si dijera que, más allá de moldear mi carácter, algo de lo descrito me traumatizó o me dejó una huella profunda; tampoco lo que he callado, cuando la realidad se hizo áspera. Ya lo he dicho: a menudo no alcanzaba a comprender lo que sucedía en mi entorno. Guardo la impresión de que en parte asistí como mero espectador. A lo mejor en eso consiste la infancia. La vivimos como si no fuese totalmente nuestra.

Y qué única, sin embargo, nos parece mientras, qué larga y opresiva. Una de mis principales preocupaciones entonces, y sospecho que de los niños en general, era qué pasaría conmigo si mis padres desaparecían. Ese miedo, que me torturó hasta muy avanzada la adolescencia, bastaría para que hoy estuviera conforme con que el tiempo haya pasado. No es lo mismo desconocer qué nos deparará el futuro que condicionar esa incertidumbre a la existencia –aterra imaginar hasta qué punto frágil– de unos seres a los que pocas veces entiendes y que durante muchísimas horas al día ni tan siquiera sabes dónde están ni qué hacen.

Este relato, aunque en primera persona y basado en mis recuerdos, no se diferencia de los que escuchaba de niño. Su influencia sobre mí es similar, de todos estoy hecho. Debo reparar, sin embargo, algunos olvidos: he olvidado a mis tíos M. y Z., que vivían de noche y dormían de día; he olvidado a P., una niña norteamericana con la que compartí complicidades durante un descabellado viaje por Marruecos; he olvidado a B., mi compañero más fiel durante la infancia, el cual, una noche que me quedé en su casa, me enseñó la colección de películas pornográficas de su padre con un proyector y una pantalla que introdujo a hurtadillas en el cuarto donde dormíamos; he olvidado a C. M. G., que pasó de ser amiga de muchos en mi familia materna a serlo sobre todo mía, y me ayudó y alentó cuando me sentí solo frente a las inclemencias; he olvidado a sus padres, dos ancianos que me regalaron su cariño un verano que convalecí en su casa de fiebres reumáticas; he olvidado a mi tía abuela J., que fue mi única abuela sin la obligación de serlo; he olvidado a mi añorada tía C., que hacía de sí misma en la película *Arrebato* y poseía un humor iracundo; he olvidado a la leal J., que trabajó como interna en casa siendo apenas una adolescente y hoy es dueña de tres tiendas en Soria, y he olvidado a mi amigo M., que me convirtió en cinéfilo y guió mis pasos durante nuestra peligrosa pubertad.

F. C., un ganadero de toros bravos con quien tuvo la desgracia de casarse mi tía C., era impotente y tan atormentado que se las daba de conquistador y no permitía que lo ganaran al juego. Hacía trampas que nadie le censuraba con tal de evitar su rabia cuando perdía, y a menudo, si la alegría por sus fantasmales victorias se desbordaba, sacaba de un viejo baúl el uniforme de Regulares con el que había hecho la guerra y lo vestía a modo de ridícula celebración.

W., un judío polaco conocido de mis padres en Brasil que había conseguido huir de Auschwitz con su madre y llegar andando a Persia, donde ella falleció, desconfiaba tanto del género humano que, aunque en su nueva vida no le faltaban amigos, por ninguno de ellos sentía el afecto que regalaba a sus numerosos perros.

Mi tío abuelo E. solía acudir al colegio conduciendo su propio coche con el chófer de la familia sentado al lado, el cual, en una ocasión en que un guardia le inquirió sarcásticamente por el permiso de conducir del niño, contestó con cándido realismo que se lo había dado su padre.

Mi tío abuelo A., que era ingeniero y estaba casado y tenía dos hijos, desapareció repentinamente de su casa y no volvió a dar noticias hasta treinta años después, cuando envió desde Venezuela una carta a mi abuelo en la que, sin justificar su ausencia tan larga, le contaba que montando a caballo el día anterior había caído derribado por un felino amazónico al que, tras revolcarse en fatigosa lucha, había conseguido matar con un cuchillo.

E., un hermano de mi bisabuela A. que era protovegetariano y nómada, viajaba siempre con una maleta llena de hortalizas y no consentía comer cosa distinta, así se empeñasen los anfitriones de las casas donde se alojaba.

Mi tío abuelo C., que de tan austero consideraba un derroche cocinar en casa, durante una temporada decretó mucho más práctico y alimenticio comer solo frutos secos, y probablemente así habría estado su familia años, ingiriendo castañas, nueces y pistachos, de no haberse rebelado.

Ninguno de ellos está ya vivo.

Los niños lloran y la gente se muere. Fabular lo que sucede entretanto es lo que hacía mi madre con sus cuentos y tal vez sea, en efecto, uno de los más nobles asideros en un aquí y ahora que permanentemente se desvanece.

TRES
Una vida literaria

Durante la larga época en que mi padre no tuvo una presencia asidua en mi vida yo buscaba padres postizos con quienes aprender a ser un hombre. Por fortuna, no me faltaban modelos. Mi madre, carismática como era, tenía suficientes amigos que poseían su mismo don. De uno, un escritor exquisito, copié su incisiva manera de bromear; de otro, un diletante, heredé el modo de mover las manos y de acariciarme el mentón; de otro, un dandi, tomé cierta manera de estirar las sílabas para ironizar. Así trataba de fortalecerme a esa edad difícil en que la infancia es un recuerdo que se aleja pero aún no sabemos comportarnos como adultos. Guardo por todos ellos cariño y la gratitud que me confiere saber que gran parte de lo aprendido perdura en rasgos ya inmodificables de mi personalidad.

Pero mi referente más querido, en quien más largamente me fijé, fue mi tío G. De mi tío o bien no sabíamos nada, ni siquiera dónde vivía, o bien lo veíamos a diario. Otra posibilidad, que empezaba a ser infrecuente cuando nuestro trato fue mayor, es que estuviera cumpliendo condena en la cárcel por alguna estafa. Su modo de irrumpir en nuestra vida no varió a lo largo de los años: cualquier tarde, después de meses sin noticias suyas, sonaba el telefonillo y nos pedía cobijo por una noche que al final nunca era solo una.

Mi madre lo recibía con fraternal hospitalidad, pero le imponía unas reglas que también a mí me obligaba a hacer respetar: ni se le permitía quedarse a solas en casa ni podían confiársele las llaves. Cuando cada mañana nos marchábamos, ella a trabajar y yo al colegio, debía salir con nosotros. Pasaba el tiempo restante en bibliotecas o cafés. Tanta rigidez no era, sin embargo, causa de fricción. Ambos la asumían como lo que era: una necesaria cautela destinada a evitar tentaciones de él y suspicacias de ella que habrían desembocado en una violencia mayor. Gracias a no ofrecerle resquicios para traicionar nuestra buena disposición, nos era posible acogerlo a salvo de conflictos.

Y lo aprovechábamos. Mi tío tenía un sentido del humor desopilante, guardaba en la memoria cientos de historias y, si le sonreía la fortuna o no la tenía adversa, era una de las personas más alegres que he conocido. Podía serlo, además, sin mala conciencia: carecía de las limitaciones de un trabajo ordinario, y los proyectos literarios en los que decía andar embarcado nunca lo acuciaban. Por si fuera poco, merecía sin regateos el adjetivo de apuesto y era dueño de una singular elegancia. Luego estaba su vida a salto de mata, de la cual jamás presumía, pero cuya aureola le otorgaba un atractivo conspicuo que inducía a imaginar aventuras más novelescas que reales. Aunque yo estaba al tanto de las deslealtades frente a las que mi madre oponía sus vetos, estas no me hacían mella. Lo admiraba y habría dado mi posesión más querida por parecerme a él. Por su influencia, durante años me anudé pañuelos al cuello, calcé botas camperas y vestí americanas; por su influencia me aficioné al flamenco y leí libros como *El maestro y Margarita* o *Las ciudades invisibles*.

Las estancias de mi tío en casa finalizaban tan de repente como comenzaban. Un día llegaba cautivo de una gran excitación, recogía sus pertenencias y se iba como perseguido. A veces, si disponía de margen, nos invitaba a comer o nos hacía algún regalo. Después, no volvíamos a saber nada hasta que meses o años más tarde llamaba de nuevo al telefonillo. Que ahora recuerde, no fue tanto lo que consiguió distraer de la vigilancia de mi madre: un número indeterminado de primeras ediciones de libros emblemáticos, unos cuantos billetes y quizá alguna joya, pírricos botines que le permitirían pagar unas copas mientras tramaba negocios de más enjundia. No obstante, a menudo no es lo más valioso lo que desencadena las emociones más fuertes. Mi primer encontronazo con el desafecto que procura la traición sucedió al poco tiempo de una de sus estancias con nosotros, una noche en que para agasajar a un invitado fui a abrir un vino que me había regalado un amigo de mi madre y encontré vacía la botella, encajado el corcho y disimulada la felonía con la arpillera que cubría el vidrio.

No sé cuánto duró mi resentimiento. No demasiado: la falta era menor y mi tío un virtuoso de la seducción. Esa fue su destreza más depurada, a la que más porfiadamente confió su subsistencia desde que en la veintena empezó a desviarse del cauce encaminado a repetir el modelo paterno, ser escritor y vivir de la pluma, para entregarse a una carrera delictiva en la cual alternó períodos de bonanza con largas temporadas en prisión. Lo extraño es que el destino rehusado no era convencional, sino de aquellos que muchos envidiarían, ni escasos los éxitos que en sus comienzos había cosechado. El escritor norteamericano Nick Flynn cuenta en su novela autobiográfica *Otra noche de mierda en esta puta ciudad* que su padre, un eterno aspirante a escritor, un fabulador de novelas nunca escritas, se hizo ladrón para costearse el precio de no aceptar el fracaso de sus aspiraciones. Pese a la melodía similar, mi tío no pertenecía a la estirpe del padre de Flynn. No era un soñador falto de poner a prueba su talento. Antes de cumplir treinta años, había ganado importantes premios literarios, algunos de sus libros se habían editado fuera de España, traducía del francés y colaboraba como articulista en la prensa diaria. También estaba casado y era padre de una hija pequeña. Igual de extraño resulta que su deriva no se originara, como algunos amantes de la psicología señalarían, en el rechazo a un modo de vida familiarmente prefijado. El estatus de escritor lo dotaba de una ventajosa fachada. Imán de incautos, escudo contra resabios, coartada íntima para distraer culpas, le confería un aura de respetabilidad distinta allí donde más expuesto se sentía, el lumpen y sus aledaños; y a la vez le otorgaba cierto útil lustre tanto con las víctimas potenciales de sus engaños como con los representantes de la autoridad. Pero cuidado: no constituía una mera máscara, el provechoso residuo de su vieja vida. A contrapelo de las servidumbres de delincuente, continuó sintiéndose escritor, principalmente escritor, y, hasta que los años lo arrinconaron en la quiebra donde acaba la mayoría de los bandoleros, intentó simultanear ambas carreras, si bien la más temeraria terminó por comerle el terreno a la más sacrificada y llegó un momento en que los libros que siguió escribiendo necesitaban del reposo que solo encontraba en prisión.

¿Por qué alguien es como es? ¿Qué elementos conforman una personalidad determinada? Responderlo es difícil en uno mismo y todavía lo es más en el caso de otros. Influyen los genes, influyen las vivencias, en especial las adquiridas a edad temprana, e influyen el azar, las decisiones –meditadas o no, cruciales o no– que jalonan la vida de cada cual y que, como los algoritmos de un código informático, van sumando y modificando silenciosamente lo que somos. Ahora bien, ni eso basta. Siempre queda una zona de sombra, como demuestran los estudios sobre gemelos idénticos que comparten genes y experiencia y en cambio guardan agudos contrastes en su suerte laboral y social e incluso en sus capacidades emocionales e intelectivas. Mientras escribo esto hay dos de ellos presos en Estados Unidos, acusados de varias violaciones y asesinatos que, se supone, solo uno de ellos cometió. Lo que otorga interés a su caso, además de la incapacidad policial para identificar al culpable, es que hasta la fecha de su detención ambos habían tenido vidas paralelas: marginales, sin trabajo, toxicómanos... Sin embargo, uno dio el terrible paso y el otro se abstuvo. ¿Por qué? Porque uno es un psicópata, nos apresuraríamos a responder, al contrario que su hermano. Pero, aunque efectivamente así fuera, la pregunta seguiría siendo válida: ¿por qué?

Mi tío no era un psicópata. No cometió crímenes violentos y el principal damnificado de su trayectoria criminal fue él mismo. En sus buenos tiempos, trajeado y con encomiable sangre fría, acudió a la ventanilla de bancos diversos y, con cheques y cartas de pago falsas, dio estruendosos golpes mediante los cuales arañó un buen dinero que jamás ahorró; asimismo, en momentos adversos no tuvo reparos en hurtar joyas o dinero a personas confiadas que lo querían y sufrían menos por la pérdida que por la decepción. Pero pagó por todo. Aunque nunca tuvo condenas carcelarias mayores de dos años, sumadas pasó más de una década recluido. Y no fueron desdeñables ni el desprestigio que sus fechorías menores le procuraron entre familiares y amigos, ni las consecuencias del azaroso modo de vida al que su nula previsión lo condenó cuando, agotados los arrestos para asumir el riesgo de caer nuevamente preso y con el talento perjudicado por años de maltrato, rozó la indigencia.

«Rozar la indigencia»... Doy vueltas a la expresión y me doy cuenta de que, además de trillada, es sustancialmente falsa. No *rozó* la indigencia. En sus últimos años de vida fue un indigente. Un indigente atildado, sabedor de que su supervivencia dependía en parte de su aspecto, dueño de una endiablada agudeza puesta al servicio de muy pobres metas y con una habilidad extrema para cautivar, pero un indigente; un indigente con ángel para encontrar protectores que lo acogieran en su casa e incluso lo mantuvieran, galante y servicial cuando le convenía serlo, y con conocimientos y destreza dialéctica para improvisar convincentes discursos sobre infinidad de temas; un embaucador con gustos caros, capaz de evocar dispendiosas andanzas inalcanzables para la mayoría, familiarizado con los medios artísticos e intelectuales, pero un indigente que, más a menudo de lo que nadie al verlo habría sospechado, recurrió a baños públicos para su aseo y pasó noches en vela regateando minutos de sueño en sórdidos bares y cafeterías, cuando no durmiendo directamente en coches y bancos callejeros.

Antes de llegar a ese estado de privación que padeció en sus últimos quince o veinte años, descendiendo por la pendiente, de los apartamentos de alquiler a las pensiones y de estas a la incertidumbre de no saber dónde dormir; pasando de realizar ocasionales trabajos como mercenario de la escritura, o de cobrar anticipos por libros que ni tan siquiera empezaba, a depender de la caridad o de trapicheos que, aunque menores, más de una vez le valieron una paliza, antes de eso, cuando todavía sus facultades eran plenas, durante un tiempo pareció reconsiderar los riesgos de su incierto futuro y sentar las bases para rectificar. Sucedió en la primera mitad de los ochenta, con el recuerdo aún reciente de su último internamiento en la cárcel madrileña de Carabanchel. Él, que en sus anteriores estancias era conocido con el mote de «el Profesor», que disfrutaba del respeto de sus compañeros y, habilidoso para tejer alianzas, estaba acostumbrado a manejar la voluntad de los funcionarios, topó de pronto con los estragos que ocasionaba en los viejos códigos de honor carcelarios la irrupción de la heroína, y por primera vez la prisión se volvió inhóspita. Decidido a no ingresar de nuevo, dio un gran golpe y se retiró, pero su estabilidad duró tres o cuatro años, al término de los cuales, gastado el dinero, perdida la casa que había comprado, empezó su declive. Apenas superaba la cincuentena, su reputación de escritor no estaba totalmente olvidada, contaba con un material literario de primera: su propia vida, pero no supo o no quiso aprovecharlo, y si bien publicó algunos libros, estos adolecían de una precipitación que no lograba disimular su prosa encabalgada de subordinadas. Atravesó rachas benignas, colaboró como articulista en un periódico, fue guionista ocasional y escribió para otros como negro literario, pero no se preocupó por el porvenir y lo ganado con esfuerzo le parecía escaso y más rentable no hacer nada. Conforme su desprestigio le cerraba puertas de redacciones y editoriales, se especializó en engañar a quien confiaba en él y, aunque encontraba sin problema recambio a los amigos perdidos, su espacio y capacidad para maniobrar fueron achicándose.

¿Por qué?

Provenía de una familia culta y había destacado precozmente en un oficio del cual nunca renegó. Dar con las razones que alentaron sus primeros delitos no parece tan relevante. Era joven, necesitaba la aventura, la adrenalina del riesgo; necesitaba más dinero del que ganaba escribiendo, destacar, llamar la atención, aparentar, ser un personaje de novela; necesitaba castigarse, estar preso... Quién sabe. Todos esos motivos, o al menos algunos, son asumibles. Cualquiera puede dar un mal paso llevado del narcisismo o la pereza, ensayar atajos, equivocarse. Lo que insulta al sentido común es que perseverara una vez se evidenció que las consecuencias de sus calaveradas no compensaban los beneficios.

¿Por qué? ¿Qué oscuridad se interpuso?

Ya señalé que tenía talento y condiciones para valerse de la escritura. Pudo haber vivido de ello y dar a la imprenta unos cuantos libros reseñables, no dictados por la urgencia. Oportunidades de reformarse no le faltaron. Su familia no lo dejó desamparado: le proporcionó encargos, le facilitó apartamentos y le procuró pagas mensuales para subsistir, aun cuando las promesas con que se las ganó casi siempre resultaron falsas, y sus propósitos de rehabilitarse, meros escamoteos con los que ganar tiempo en su constante huida de sí mismo. De un monasterio dominico, en cuya hospedería se le buscó albergue con afán de facilitarle las condiciones de aislamiento propicias para la escritura, desapareció con dos o tres volúmenes valiosos de la biblioteca; unas memorias que quizá habrían representado su redención literaria, y para las cuales pidió un año de ayuda familiar, jamás fueron escritas a pesar de que nos informaba con prolijo detalle del contenido de cada capítulo que supuestamente terminaba. Ni los editores a los que aseguró haberles enviado el manuscrito lo recibieron nunca, ni él pagó las últimas mensualidades del estudio donde vivió mientras tanto.

¿No habría sido más prudente cumplir con la confianza depositada en él, antes que verse arrojado otra vez al descrédito y la incertidumbre?

A lo mejor no se consideraba capaz. Orgulloso como era, quizá desconfiaba de su aptitud para acometer las grandes obras que le habría gustado escribir. A lo mejor se exigía mucho y no deseaba incurrir en un pálido remedo del juego sublime que la literatura era para él. A lo mejor eligió escribir libros apresurados en los que no creía, antes que empeñarse y fracasar con otros alejados de sus expectativas.

¿Por qué, entonces, no se acomodó? ¿Por qué no buscó otra profesión discreta pero honrosa?

Porque no sabía, porque no quería, porque era orgulloso, porque se sentía escritor; tal vez prefería hacer de su vida una desatinada obra literaria antes que renunciar a la literatura.

¿Pero qué pasa con los damnificados, los engañados, los defraudados? Fueron cientos, nunca le faltó talento para encontrar cándidos que creyeran en él. Aunque su fama le precediera, no pensaban que con ellos fuera a actuar como con otros. En sus paupérrimos últimos tiempos, a un amigo que lo acogió en su casa y le daba dinero para sus gastos, un día le robó lo que guardaba de valor y desapareció. Y le hizo lo mismo a un matrimonio amigo que dirigía en Galicia un modélico colegio de discapacitados donde se refugiaba cuando le llegaba el agua al cuello.

Se escabullía dejando atrás tierra quemada, sabedor de que, cuando se le acabara el exiguo botín, otra vez tendría que buscar amparo. Toda su inteligencia, que no era poca, todo su talento, que no era escaso, los ponía al servicio de embaucar incautos. Hacerse el simpático, decir lo que sus víctimas querían oír, representar lo que esperaban de él. Cuántas horas dilapidadas, cuántos días, cuántas semanas, cuántos años...

¿Prefería la calle? ¿No le bastaba con disponer de comida, refugio y cariño a cambio de nada?

A su hija menor, con quien tuvo un trato esporádico y por eso siempre andaba necesitada de él, la engañó de múltiples formas. Una de las más crueles: llegar apresurado a una cita con ella, aduciendo que el taxi que lo había llevado no disponía de cambio, y escabullirse con el dinero que le prestó para pagarlo. A la mayor, fruto de su matrimonio con una francesa cuando era un joven y premiado escritor, tan solo la vio una vez desde que, cansada de él, su madre se la llevó a París a los nueve meses de nacer.

¿No se daba cuenta del dolor que causaba?

Seguro que sí.

¿Por qué, entonces, lo infligía? Porque no le cabía otro remedio, porque tramaba soluciones eventuales para acuciantes problemas del presente y pensaba que en algún momento pondría remedio a sus faltas.

Porque se engañaba.

A su hija francesa la vería cuando pudiera presentarse ante ella cargado de regalos y con la imagen de triunfador que anhelaba para sí. A la española, la repararía de otro modo.

Eso hasta cierto momento.

Luego ni siquiera se creyó esa excusa.

Luego supo que le faltaba tiempo, que no tenía recursos ni los tendría.

Luego solo le cupo ser consecuente.

Luego solo le quedó vivir al día. Sin esperanza, sin futuro.

Luego sí se pareció al padre de Nick Flynn.

Que yo conozca, la única evaluación psiquiátrica de mi tío se la realizaron a mediados de los años cincuenta, cuando su padre lo internó en un sanatorio del cual lograba escaparse por las noches para acudir a boîtes de moda. No dispongo de su expediente, únicamente de una carta donde mi abuelo se refiere a un diagnóstico de psicopatía. Quiero creer que los psiquiatras actuales serían menos taxativos y se limitarían a atribuirle un abanico de trastornos menores. Por lo que a mí respecta, tampoco estos serían sino etiquetas. No lo explicarían.

Emmanuel Carrère tiene un libro, *El adversario*, que me hizo pensar en mi tío cuando lo leí. Es la reconstrucción minuciosa de la vida de un falso médico que, siendo estudiante de medicina, decidió no levantarse de la cama el día de un examen importante. Años después, luego de haber engañado a su entorno sosteniendo que continuaba con sus estudios y que, al terminarlos, se había convertido en funcionario de la Organización Mundial de la Salud, incapaz de mantener la mentira y de asumirla ante su familia, mató a su mujer e hijos, así como a sus padres y al perro de estos.

Insisto en que mi tío no era violento. Lo que me hizo pensar en él tras leer el libro de Carrère fue su vivir en el presente puro de los impostores, sin atender al momento en que sería descubierto, a veces tan cercano como el minuto próximo. El médico de la novela de Carrère, que se llamaba Jean-Claude Romand y era un personaje real, cuando ya había cometido el crimen, quedó a cenar con su amante y la recogió en su coche sabiendo que no llegarían al restaurante donde decía llevarla. Y, sin embargo, apuró el engaño hasta el final con tal de conservar su máscara el mayor tiempo posible. Quería ser un rato más el solvente médico que invitaba a su amante a restaurantes de lujo.

¿Qué tipo de vacío esconde el interior de alguien así?

En el caso de mi tío no había tal. Para albergar un vacío de esas características es necesario romper amarras con quien alguna vez fuimos y mi tío no las rompió nunca. Se limitó a añadirle capas cada vez más gruesas.

¿Por qué eligió un camino tan áspero?

Algo así no se elige. Sucede tras una cadena fraudulenta de aconteceres. Tan solo puedo referir aquellos que conjeturamos a lo largo de los años quienes mejor lo conocimos.

Primero: el origen, la infancia... Había nacido en Ferrol, una de las bases, junto con Cartagena y Cádiz, de la marina de guerra española, y a la vez una ciudad industrial en cuyos astilleros se construían barcos civiles y militares. Ni su historia ni su economía se asemejaban a las de otras ciudades costeras gallegas, centradas en la pesca, la manufactura de conservas o el comercio portuario. Incluso su urbanismo, trazado en tiempos de Carlos III según los criterios rectilíneos de la Ilustración, era diferente. Y también lo eran sus habitantes, divididos por una infranqueable barrera social. De un lado, los marinos de guerra y sus familias, y del otro, las autoridades civiles, los militares de otros cuerpos, los ingenieros de la naval, los funcionarios, los comerciantes, los obreros, los pescadores... Era una ciudad clasista en la que unos, los marinos, tenían club náutico y de tenis y zonas de la ciudad vedadas a los otros, así como marineros para hacer de niñeras de sus hijos. Mi tío no era hijo de marino, sino de escritor, pero en tan endogámico mundo su padre no era un escritor sin más: había nacido en la ciudad, él mismo era hijo de marino, tenía viejos compañeros de estudios entre almirantes y capitanes de navío, durante una época había sido director del instituto de bachillerato, y además desarrollaba una intensa actividad intelectual a la sombra del poder, todo lo cual le otorgaba un estatus especial que propició que sus hijos crecieran como hijos de marino sin serlo. El «sin serlo» es significativo, pues por mucho que mi tío y sus hermanos tuvieran carné del club náutico y del club de tenis, así como libertad para moverse por donde quisieran, sus amigos de correrías sí eran hijos de marinos, lo cual marcaba una diferencia no siempre sutil. De puertas afuera, su vida se parecía a la de ellos, pero no tanto de puertas adentro, donde los niños ajenos llegan y escuchan. Debió de sufrir afrentas, el cilicio de la comparación y la necesidad de compensar su diferencia por vías secretas. Sisar monedas de los abrigos y bolsos, o robar libros de la biblioteca familiar para revenderlos y con la ganancia invitar a sus amigos, fueron algunas. Y las consecuencias de estas rapacerías: reprimendas y castigos desproporcionados, como semanas de encierro en su habitación, que probablemente no hicieron sino alimentar el bucle.

Segundo: la imagen del padre... ¿Qué es un escritor para un niño? Nadie tan sencillo de definir como un marino, un juez o un farmacéutico. Alguien que, aunque tenga otro oficio al cual fía su sustento, pasa horas encerrado a solas en una habitación luchando con fuerzas imaginarias. Alguien que carece de un lugar claro en la sociedad, que tan pronto frecuenta los estamentos más altos en cócteles y banquetes como lidia en su cotidianidad con los más bajos. ¿Y para hacer qué? Algo inasible que no le garantiza un reconocimiento proporcional al esfuerzo invertido. Llegó el momento, además, en que su padre dejó a la familia en Ferrol y se fue a Madrid para conquistar la fama literaria. No la repudió, la abandonó temporalmente con la promesa, que cumplió, de llevarla consigo cuando hubiera encontrado los medios. No obstante, el trámite duró más de diez años y, si bien mi abuelo regresaba de tanto en tanto, eran tiempos de escasez, y sufragar dos vidas –la suya en Madrid y la de su mujer e hijos en Ferrol– exigía complicados equilibrios económicos. Los cheques y las transferencias de Madrid tardaban en llegar o no llegaban, y de ello se daba cuenta mi tío, debido a su condición de hermano mayor y a tener una madre enferma que debía recurrir a él para pedir dinero prestado o comprar de fiado en los comercios.

Tercero: el asma de la madre... ¿Qué siente un niño de ocho, nueve o diez años cuando se convierte durante demasiados meses al año en el sostén de una madre encamada? Piensa en la muerte más de lo debido, eso seguro; los miedos lo alcanzan aunque los evite, y por el camino algo de su infancia se le hurta; probablemente le pese dar consuelo y no recibirlo, asumir responsabilidades que le vienen grandes. ¿Fue mi tío una excepción? ¿Lo llevó con ligereza? No lo creo. Pese a la ayuda de los amigos de la familia, él era quien estaba en casa y quien con más frecuencia debía procurar los remedios. Sus responsabilidades eran muchas: las burocráticas de índole diversa en una época totalitaria en la cual se requería permiso para lo más básico, y las asistenciales inherentes al cuidado de un enfermo crónico, desde comprar medicinas y administrarlas hasta llamar a los médicos y acudir a consulta cuando fuera necesario. Y, junto a lo anterior, no siempre soterrado, el cuestionamiento de la ausencia inexplicable del padre.

Cuarto: su marcha a Madrid, al final de la adolescencia, para ingresar en un prestigioso instituto donde otra vez le tocó ser el diferente. Pese a esto último, el cambio fue sin duda liberador, pero es probable que, respecto a su madre, se sintiese tan desertor como el padre, sobre todo cuando comenzó a compartir con él esparcimientos inimaginables en las apreturas ferrolanas de las que venía.

Lo más parecido que escribió mi tío a una autobiografía fue un libro de encargo acerca de mi abuelo, publicado en 1990. La intención que gobierna su escritura no es el ajuste de cuentas; antes al contrario, cabe considerarlo un intento banal, por forzado, de congraciarse con él. En las primeras páginas señala su infantil asociación entre padre y viaje, pero no va más allá. Tampoco da cuenta de su propia problemática salvo de manera indirecta. Hay referencias, sí, pero son infrecuentes y vagas, y ni busca porqués ni se detiene en las consecuencias:

«... se trataba de una nueva huida de la nada hacia la nada, de una a otra, de un desplazamiento desde un presente indeterminado hacia otro aún más indefinido»;

«... pero ciertos devaneos falderos me acarreaban serios disgustos familiares, e importantes baches económicos tan inconvenientes como peligrosos –por el modo como los resolvía cuando la situación me apuraba demasiado...»;

«... y partí una vez más en busca de nada en concreto que pudiera conducirme a otra parte que no fuese la cárcel de La Santé, de París, donde más tarde di con mis huesos».

Con frases tan ligeras como las anteriores alude a los malos pasos que fue dando desde sus primeras fechorías hasta que estas degeneraron en temerarias asociaciones delictivas. Ni los describe ni muestra arrepentimiento; los despacha poco menos que como si hubiesen sido ineluctables. Hasta cierto punto es normal: el protagonista del libro no es él sino su padre. Pero sorprende que no sienta necesidad de justificarse. Se resiste tanto a reconocer su anomalía, que el fragmento más enfático es uno en el cual se exonera de culpa por el posible agravamiento de la madre a consecuencia de sus correrías.

Sin embargo, en los capítulos relativos a su infancia y primera juventud –y ello no parece esconder fraudulentas indulgencias consigo mismo– son frecuentes las menciones a la paulatina conversión del padre en un intelectual respetado, al duradero problema de la escasez de dinero y a la extraña posición social derivada de tan confusa mezcla. Así, de sus años de bachiller en Madrid, cuando la familia al completo vive ya en la capital, dice: «Lo único cierto es que yo vivía con la estrechez correspondiente al lugar que ocupaba en la familia, hasta el punto de que muchas veces no salía con mis amigos del Ramiro por no tener dinero siquiera para el tranvía; y en ocasiones me las apañaba para sacar como fuera algunas pesetas, pero el régimen era, en casa, de estrechez, para no perder la costumbre». Otras constantes son la insinuación de la opresiva atmósfera doméstica debida a la enfermedad materna (al control que mi abuela ejercía sobre la vida familiar para compensar su obligada abdicación de los aspectos cotidianos) y la matizada ambivalencia frente a la figura del padre, responsable de los desajustes familiares, por sus ausencias pasadas, por la subordinación de cualquier asunto a su carrera literaria, y a la vez la figura brillante y compleja por cuya mano llegan los principales entretenimientos a casa. Es esto último lo que despierta su interés por la literatura y a la postre lo convierte a él mismo en escritor, y es lo anterior lo que, sin señalarlo, quizá irriga un resentimiento larvado que lo empuja a dinamitarlo todo. Del trato con su padre en esos años sostiene en el mismo libro: «Nuestras relaciones estaban claramente escindidas en dos apartados, el intelectual, de una parte, donde íbamos entendiéndonos cada vez mejor, y el personal, con una dialéctica cada vez más tensa, pues mis actividades irregulares no cesaban ni, por consiguiente, los castigos».

En una fecha tan temprana como 1957 mi abuelo publicó el primer volumen de la trilogía novelística que años después le daría fama, cuya dedicatoria rezaba así: «A quien más dolor me causa». Mi tío era el señalado tan crípticamente y entonces apenas contaba veintidós años. Aún no había publicado los libros que le augurarían una prometedora carrera literaria –sí algún artículo de prensa–, y si bien había cometido tropelías, súbitas desapariciones que mantenían a la familia en vilo y pequeños hurtos para sufragarlas, estas no pasaban de meras travesuras comparadas con los delitos de estafa que cometería en los setenta. Sin embargo, su padre lo señalaba ya como la persona que más dolor le causaba. Las intenciones resultan transparentes. Era un correctivo y una advertencia para inducir a mi tío a reflexionar; en lo personal, además, expresaba la decepción de mi abuelo con un hijo al que, a buen seguro, consideraba el más dotado y talentoso de los suyos. Sea como fuere, tan dura dedicatoria resulta desproporcionada y, lo peor, contraproducente, pues visibiliza el narcisismo de su autor al traer a colación el dolor propio en detrimento del daño que el hijo se causa a sí mismo, el cual parece no considerar.

¿Es suficiente lo reseñado para entender? ¿La ausencia del padre, la madre enferma y vigilante, la dualidad, el desclasamiento, los castigos?... No, no lo es.

Faltan eslabones. Falta algo que sobrevuela el libro sobre su padre: la tendencia imaginativa de este a la mistificación y su manera peculiar de vivir el tiempo, que impregnó a toda la familia: lo que mi tío llama «la presencia de lo ausente» o «la gravitación del pasado sobre el presente»; es decir, la pervivencia en lo cotidiano, por medio de leyendas y cuentos reiterados, de un pasado adornado de grandezas que, al contagiar el presente, tenía el efecto de difuminar sus contornos reales haciéndolo aún más movedizo e inestable.

Faltan, igualmente, las lecturas no tuteladas por el padre: Sartre, Camus, Genet; falta la universidad, donde vivió las revueltas estudiantiles de 1956; faltan sus fugas a Ibiza. Falta su amistad con el poeta colombiano C. O., de quien fue cómplice en estrambóticas ocurrencias; faltan sus aventuras con mujeres mayores a las que abandonó cuando el capricho o la imposibilidad de mantener su impostura así se lo dictaron; falta la muerte de la madre; faltan la deserción de la universidad, el nuevo matrimonio del padre...

¿Es suficiente?

No, no lo es. Nada nos explica de un modo indubitable. Falta el misterio y faltan los pasos entrelazados que sin quererlo encauzan una trayectoria.

A comienzos de los sesenta había atravesado un período de estabilidad. Su brillante debut literario, su matrimonio y el nacimiento de su primera hija tuvieron lugar en ese período. Después, cuando su vida parecía configurada, emprendió la fuga definitiva: Tánger, el contacto con los últimos beatniks, Italia, Francia, Alemania y la venta de cheques de viaje falsos que lo conduciría a sus primeras estancias en prisión... La leyenda estaba ya hecha. «Huidas de la nada hacia la nada», tal vez efectivamente solo fuera eso. Huidas cada vez más peligrosas, manejando pasaportes falsos, con la policía detrás; cada vez más ambiciosos los robos que cometía para costearse sus aventuras, y cada vez más largas las penas de prisión cuando era detenido y juzgado.

Las estancias en la cárcel traen desesperación, traen cartas con peticiones de auxilio y propósitos de enmienda, traen libros nuevos y esperanzas que prenden efímeramente en la familia, y sin embargo cada vez que recobra la libertad vuelve a las andadas. Se ha convertido en un personaje del Madrid cultural del momento. España sigue bajo un régimen dictatorial y sus correrías al margen de la ley se contemplan con simpatía. No le faltan amigos. Alterna tanto con artistas, periodistas, empresarios, políticos o juristas demócratas, como con putas, traficantes y maleantes de variada condición.

En 1972 o 1973, a mis cuatro o cinco años, cuando tenía entendido que convalecía en el hospital como consecuencia de un accidente, mi madre me llevó a visitarlo. Antes, durante el trayecto en taxi, me informó de que nuestro destino era la cárcel de Carabanchel y me explicó las razones de su reclusión; sin mentir en lo sustancial, pero sin socavar su prestigio ante mí. Recuerdo haber acudido a otra cárcel, la de Burgos, en 1974 o 1975, y recuerdo períodos en que, o no sabíamos nada de él, o vivía en apariencia tranquilo con la madre de su segunda hija. Entretanto, mi imaginario fue poblándose de anécdotas: la tarde de mediados de los años sesenta en que, sentada en una terraza de Cadaqués, mi tía M. vio una foto suya en la trasera del *Corriere della Sera* que leía un turista de la mesa vecina y, en unos segundos de pavor, descifró el titular donde se describía su fuga de la policía en un hotel de Milán; la noche en que la policía irrumpió durante una fiesta en su casa y se lo llevó detenido tras descubrir bajo la cama del dormitorio una maleta llena de billetes; la mañana en que la policía lo buscó en casa de una escritora amiga y escapó por la ventana del baño a los tejados; el verano de 1983, en que mi madre y yo coincidimos con él en San Sebastián y del bolsillo interior de su americana sacó cuatro pasaportes de diferentes nacionalidades, todos con su foto y todos tan falsos como las distintas identidades que figuraban en ellos...

Entre 1984 y 1985, la época con la que arrancaba este relato, mi tío pasó seis meses con su tercera mujer en casa de mi madre. Como siempre, llegó de improviso, con escaso equipaje y sin dinero. Fue un tiempo feliz, el más duradero de cuantos viví a su lado. Debía de embargarle una gran agitación, pero mentiría si dijera que lo percibimos. Espoleado por el anticipo pactado, durante el primer mes terminó en el salón una novela y un libro de cuentos que publicó enseguida. Como yo ya escribía, me recomendaba libros, me instruía. Elaboró para mí una lista con sus novelas favoritas del siglo XX y puso el broche final que yo no sabía darle a un cuento con el que gané un premio literario menor. También me regaló un abrigo de pelo de camello que conservo y, si bien oponía cierta resistencia y supongo que callaba lo más sórdido, se dejó sonsacar bastantes historias. Así me enteré de sus estafas bancarias más audaces, de qué modo se perpetraron y con qué cómplices; de sus argucias para eludir algunas detenciones: temerarias, como cuando se lanzó al mar en el puerto de Génova y pasó la noche agarrado al cabo de un bote; e ingeniosas, como cuando, cercado en París por la policía, aprovechó su conocimiento de las buhardillas del edificio donde se encontraba para pasar a las del colindante y ganar la calle por un portal distinto de aquel donde lo esperaban. Me explicó su método para desvalijar habitaciones ajenas de hotel; me describió los manejos que le permitían sobrevivir en prisión, sus sobornos a funcionarios para procurarse jamones y tabletas de hachís que escondía pegados al somier del camastro; y trazó hilarantes retratos de algunos presos, entre los que destacaba los componentes de la banda de Los Pepes, veteranos carcelarios que administraban la ley del hampa y compartían, además del nombre, afición por el dandismo.

Pero no todas sus conversaciones de aquella época feliz versaron sobre sus lances de delincuente o acerca de libros y escritores. Tuvo tiempo de comentar la actualidad; de disertar sobre política con argumentos que, partiendo de razonables postulados progresistas, a menudo degeneraban en histriónicas quimeras; de contribuir al caudal familiar de cuentos de antepasados; de relatar sus andanzas con gitanos y flamencos; de disertar sobre historia y tauromaquia; de burlarse de millonarios y aristócratas a los que había engañado en privilegiadas playas del Mediterráneo, y hasta de explayarse sobre fantasmagorías. Por ejemplo, la de sus tres encuentros con el diablo, a quien decía haber vendido su alma en un momento de apuro y, cumplido el tiempo estipulado, había identificado en la figura de un argentino que lo persiguió por distintas capitales europeas intentando entregarle un sobre. La última, en el andén de una estación de ferrocarril al que llegó demasiado tarde para encaramarse al tren donde él ya viajaba. Que el argentino, si era quien creía, no logró cobrar su alma lo demuestra que mi tío viviese para contarlo. Que se trató, sin embargo, de una aventura real que lo aterrorizó durante muchos meses, lo certifican las cartas densas de temores teológicos que envió a su padre por aquel entonces. Años después, difuminado el espejismo, el hecho de que el presunto diablo fuera argentino y las especulaciones sobre quién podía ser y qué pretendía dieron pie a extravagantes humoradas. Y, como las tertulias se alargaban hasta la madrugada, a menudo yo no acudía al colegio a la mañana siguiente y él se arrogaba la responsabilidad de telefonear para disculpar mi ausencia. Alegaba excusas disparatadas que me helaban el aliento: citas con políticos necesitados de mi asesoría, reuniones en consejos de administración, visitas a la Moncloa o la Zarzuela... Increíblemente tanta desfachatez no me acarreó sanciones. En los días sucesivos advertía cierta dubitativa suspicacia en la mirada de mis profesores, pero ni se me expulsó del colegio ni fui expedientado. Creo que la broma era tan desmesurada que sus destinatarios preferían suspender el juicio.

He repetido que fue una época feliz, y es cierto. Pero también extraña. No sé qué pensábamos mi madre, su mujer y yo, ni cómo es posible que le permitiéramos desmanes tales como las llamadas a mi colegio. Estábamos transidos, embelesados, hipnotizados. Él no. Él era un prestidigitador poniendo sus mejores artes al servicio de entretenernos para desviar nuestra atención de las actividades a las que se dedicaba durante el día. Fuimos ingenuos, lo conocíamos y sabíamos que su locuacidad se recrudecía con dinero en el bolsillo. Entonces aún no lo tenía, pero dispuso de él tras unos días –despertamos demasiado tarde– durante los cuales se mostró esquivo y prácticamente desapareció. Fue su último golpe, y el botín, creo recordar, cuarenta millones de pesetas que trajo a casa en una bolsa deportiva.

Después nos llevó de compras y a cenar.

Nunca lo cogieron. Pasó una larga temporada en Cádiz, regresó a Madrid y tuvo el acierto de comprar una casa y la mala idea de ponerla a nombre de su mujer. Mientras tanto, descubrí la botella de vino vacía, con el tapón encajado y la arpillera recompuesta; acusé la deslealtad, pero nunca fue tan leve una traición ni mejor pagada.

Siguieron luego tres o cuatro años pletóricos en que lo vimos con frecuencia. Venía a casa o íbamos a la suya, nos invitaba a conciertos de flamenco o a viajes al Puerto de Santa María y a Sevilla para ir a los toros.

Después se le acabó el dinero, su mujer lo abandonó, perdió la casa y empezó la decadencia que ya describí.

Primero con colaboraciones periodísticas de las que desertaba. Con encargos de guiones o de textos variopintos en los que no perseveraba. Con libros apresurados. Trabajos cobrados que se gastaba en una noche o, todo lo más, le proporcionaban fugaces paréntesis de tranquilidad.

Con mentiras cada vez más frecuentes. Sin dinero. Con llamadas a nuestra casa de gente perpleja a la que había engañado y se resistía a creerlo.

Seguía visitándonos intempestivamente, pedía cobijo y se lo dábamos, pero las risas habían cesado. Se servía de inverosímiles pretextos para pedir dinero que no devolvía. O lo robaba y desaparecía hasta la siguiente vez, cuando regresaba con la mirada baja y la dignidad maltrecha, pero siempre afanado en representar que andaba en un proyecto de éxito seguro y que solo necesitaba una ayuda transitoria.

Una novia fugaz a quien prometió llevar de vacaciones a Cádiz, donde le había hecho creer que tenía un barco y una casa, y a la que dejó esperando con las maletas en un bar, me contó que había sido muy despectivo con mi primer libro. Hablaba por ella el despecho, pero creo que decía la verdad y me dolió.

Tiempo después, tras salir mi primera novela, en la que uno de los personajes estaba inspirado en él, dijo haberla leído, si bien eludió darme una opinión.

Ya entonces nuestras relaciones se habían deteriorado. Sus sablazos a mi madre en un tiempo en que tampoco nosotros teníamos dinero me obligaban, como a ella, a pararle los pies y ponerme serio.

Y empezaron los conciliábulos familiares para sacarlo del hoyo. Los apartamentos, los hostales pagados, las dietas a cambio de encauzar su vida.

Pero él ni la encauzaba ni se administraba como debía: gastaba el dinero en un tiempo insensatamente corto, a veces sin haber pagado el apartamento o la pensión, y pronto nos llegaban noticias de que vagabundeaba por bares y plazas viendo pasar las horas, la mirada perdida en inescrutables ensoñaciones; alimento en los momentos felices de cuentos que garabateaba en una libreta sin dejar de vigilar por el rabillo del ojo la aparición de una presa a quien encandilar.

Y pasó en eso de los sesenta a los setenta años, y mientras se deterioraba su aspecto antes tan cuidado, fuimos cansándonos de ayudar a quien no se dejaba.

Fueron demasiados los engaños.

Fueron demasiadas las infidelidades.

Fue mucha la desesperación al comprobar que absolutamente nada lo haría cambiar, que su camino no tenía retorno desde el inicio.

Y lo sorprendente es que siguiera encontrando quien le diera de comer o lo alojara en su casa.

Aunque la mayoría de los dientes se le hubieran caído y oliera a rancio.

Tenía conversación.

Y carisma.

Y sabía cómo hacer que cualquiera se sintiese importante.

Pero no tardaba en cansarse, o se aburría de la candidez de sus benefactores, y entonces hacía alguna pifia y regresaba a la intemperie hasta que un nuevo ángel lo rescataba.

Y todo se repetía.

A esas alturas ni siquiera él esperaba nada de sí mismo.

No quiero insinuar que se hubiera endurecido totalmente. A veces se le advertía una mirada desvalida o se permitía algún tímido gesto de cariño, pero estos no eran garantía de nada.

De ninguna contrición.

De ningún propósito nuevo.

Antes al contrario, creo que había encontrado la justificación a su vida en no ceder, en ser tan radical como pudiera.

Era ya tarde para otra cosa.

Esa fue su apuesta. Diría, incluso, que su envite literario. Un desprecio ácido, profundo, hacia toda concesión, hacia todo lo establecido, hacia la estulticia del mundo.

Y los primeros que merecían su desprecio eran los escritores mediocres que conseguían hacer carrera.

Aunque él mismo siguiera escribiendo.

Para nadie, para sí mismo.

La expresión «escritor maldito», tan gastada y estereotipada, le venía pequeña.

El 26 de diciembre de 2011 murió a los setenta y seis años en una clínica de Madrid. Lo acompañábamos su hija española y algunos familiares. Había sido operado con éxito de cáncer de colon, pero complicaciones asociadas a su debilidad y a un alcoholismo que ninguno de nosotros había querido aceptar lo sumieron en un coma del que no saldría. Cuando el mismo día de su ingreso hospitalario mi madre entró en su habitación, recuperó para hablar con ella un lenguaje manual de signos que habían inventado en la infancia y que no utilizaban desde entonces. Supongo que fue su manera de decir que todo estaba bien entre ellos. Por mi parte, cumplí un encargo que me había hecho su hija francesa, a la que no conoció. Me acerqué a su cama y le susurré de su parte que lo perdonaba. No sé si lo oyó, nadie sabe lo que oyen los moribundos. También lo besé en la frente y le dije que lo quería y que fuera fuerte.

Esa noche escribí un obituario que se publicó dos días después en el periódico *El País* con un añadido a mi título original que pervertía su sentido: de «Una vida literaria», que era lo que yo había escrito, al burdo «La vida literaria del hijo del escritor». Decía mi texto:

> Gonzalo Torrente Malvido pasó toda su vida pensando obsesivamente en escribir, a la vez que trataba –a menudo con bastante éxito– de no hacerlo, y acabó por convertirse en un personaje de novela. Hijo de Gonzalo Torrente Ballester y de su primera mujer, Josefina Malvido, nació en 1935 en Ferrol. En la solapa de algún libro hizo figurar que era escritor por influencia familiar, lo cual, si *grosso modo* es verdadero, no debe tomarse demasiado literalmente. En un aficionado, como él, a escabullirse, una declaración así, más que un autorretrato fidedigno, es una forma de aliviar la propia responsabilidad. En cualquier caso, lo que sí parece cierto es que la profesión de su padre determinó su vida, igual que nacer en Galicia o que crecer junto al mar. Sus comienzos literarios fueron tan exitosos como prolijos. En 1960 quedó finalista del Premio Nadal con su primera novela, *Hombres varados*; en 1963 ganó el Premio Café Gijón con *La raya*, y en 1969 el Premio Sésamo con *Tiempo provisional.* De esa misma década son *La balada de Juan Campos,* su segunda novela, y el volumen de cuentos *La muerte dormida*, un género, el del relato, por el que sentía una predilección especial. Los años setenta no fueron tan fértiles literariamente, pero sí lo fueron en peligrosas aventuras vitales que lo llevaron a pasar temporadas en prisión, acusado de estafa mediante falsificación de documentos bancarios.
>
> Literariamente se sentía hijo de Camus, del Malraux de *La condición humana* y de Jean Genet, si bien desde mediados de los ochenta les había añadido el nombre de

Italo Calvino. Como estafador, sablista y sisero era un aventajado epígono de esos ladrones de guante blanco que retratara Hitchcock en alguna película y que tenían su centro de operaciones en la Costa Azul. Siempre apuesto y elegante, la misma sangre fría de la que se valía en las ventanillas de los bancos donde dio sus golpes le servía para cruzar fronteras con documentación falsa. Así pudo vivir y delinquir no solo en España sino también en Francia, Italia, Alemania, Portugal o Marruecos; a veces para ser detenido y, otras, para zafarse de la persecución policial gracias a intrépidas huidas que, cuando tenía confianza, relataba con patente orgullo. En los ochenta publicó en la mítica editorial La Gaya Ciencia el que probablemente sea su mejor libro, *Cuentos de la mala vida*, inspirado en personajes y peripecias de su vida carcelaria. Luego siguieron *El crimen de la herradura*, *Sonata en muerte menor*, *Teorema del mal*, *Cuentos recuperados de la papelera* y, ya en los noventa, *Doce cuentos ejemplares* y *Torrente Ballester, mi padre*. Suyo es el guión de la adaptación cinematográfica de la novela de este, *Crónica del rey pasmado*. Nunca dejó de escribir, aunque su vida a salto de mata, sin domicilio fijo, que le hizo alternar períodos cada vez más precarios con otros en los que derrochaba sin freno, lo llevó en los últimos años a conformarse con llenar cientos de libretas de apretada letra que no se molestaba en llevar a ningún editor. Su último libro, *Puro cuento*, es de 2005.

Le gustaba navegar a vela y era un excelente patrón de yate, aunque por supuesto nunca tuvo un documento que lo atestiguara. Le gustaban los toros, el flamenco, la noche, la buena vida y la calle. Le gustaba reír y hacer reír, la conversación, el cannabis y desconcertar a los desconocidos con su cultura libresca. Era un seductor y tuvo innumerables amigos, uno de los más cercanos el cantaor Camarón de la Isla. No siempre se portaba lealmente con ellos, pero su irresistible encanto le permitía ser fácilmente perdonado, y cuando no era así, encontrar recambio. Pero sobre todo era y se sentía escritor, aunque lo fuera a su modo un tanto trágico. Cuando hace dos días agonizaba a los setenta y seis años en un hospital madrileño, su cerebro, confundido por los sedantes, le hizo creer que venían a verlo algunos de sus escritores preferidos: Valle-Inclán, Bergamín, Aldous Huxley... Con ellos mantuvo sus últimas conversaciones.

Quienes lo quisimos, echaremos de menos su figura inspiradora, su generosidad y sus comentarios iconoclastas sobre todas las cosas.

Años después de escrita la necrológica sigo creyendo que lo más justo con él y con su obra literaria fue no ocultar su faceta de delincuente. Hubo gente, sin embargo, que lo consideró innecesario y me hizo llegar su malestar. No lo entiendo. En una de sus últimas entrevistas dijo que la vida era más dura que la madera de muchos bancos en los que había dormido y que él era el único culpable del rumbo de la suya. Que afirmara esto último tan rotundamente me lleva a pensar que, al menos en algún momento, su opinión había sido distinta.

CUATRO
Arena, partículas de polvo

Sabemos que lo experimentado en carne propia nos moldea. Tendemos a olvidar, sin embargo, que la cadena es mucho más larga y que un suceso acontecido antes de que viniéramos al mundo puede tener mayor incidencia en cómo somos o cómo sentimos que cualquier decisión, por concienzuda que sea.

Una muerte, por ejemplo, si es prematura o inesperada, representa un giro violento. En una novela, en una película, puede ser un revulsivo que enderece una narración que iba a la deriva. Tal vez suceda igual en la vida. Lo que es seguro es que quien se va casi siempre deja a sus deudos el equívoco legado de que todo cuanto les depare el porvenir pueda ser evaluado a la luz de esa ausencia irreparable.

Yo nací en una familia con esa herida.

Yo conocí desde muy pronto una rara paradoja: la presencia de lo ausente.

Yo aprendí a tener en cuenta, antes siquiera de imaginar cuán de improviso puede golpear la desgracia, que nuestra vida tenía una versión alternativa que probablemente habría sido mejor.

Daba igual que no fuera cierto. O que resultara imposible saberlo.

Si su madre no hubiera muerto, probablemente mi tío J. no habría dejado colgada la carrera de Física para irse como voluntario a la Armada, y al terminar el servicio, no habría encadenado una ristra de ocupaciones insensatas que, a cambio de ráfagas de tranquilidad, más constantemente le proporcionaron insolvencia económica y desesperanza.

Si su madre no hubiera muerto, probablemente mi tío G. habría sido menos indulgente con sus debilidades, no se habría convertido en estafador, no habría pasado casi diez años en prisión ni al final de su vida, sin agallas para reingresar, habría devenido en un curtido sablista al que, como herencia del talento que una vez tuvo, solo le quedaba la labia para sobrevivir.

Si su madre no hubiera muerto, probablemente mi tía M. no se habría encerrado en casa, rodeada de libros; habría elegido metas asequibles que le proporcionaran un suelo donde enraizarse y no la colección de artificios moldeados de literatura que fueron cortando los hilos que la unían al mundo.

Si su madre no hubiera muerto, probablemente mi madre...

¿Probablemente?

Hace años habría utilizado el adverbio como una concesión retórica. Hoy lo utilizo para dejar una pista de mis dudas. Si bien proliferaban los signos que me conducían a considerar la muerte de mi abuela el punto de inflexión que había modificado la vida de mi familia materna, nadie me inculcó la creencia en el efecto pernicioso que tuvo sobre el destino de sus hijos. La adquirí por mí mismo, buscando explicación a las disfunciones familiares, y ya no estoy seguro de que fuese tan determinante. No solo porque la cadena de la causalidad tiende al infinito. Sobre todo, porque desde hace tiempo me ronda la convicción de que aquel 28 de enero de 1958, cuando murió mi abuela, sus cuatro hijos ya portaban la semilla del mal, si se permite calificar tan gruesamente una deriva vital que, partiendo de perspectivas diversas, los condujo a una existencia alimentada de sueños, de brumas o de convicciones incompatibles con la pragmática de la vida. Mi madre me censurará estas líneas y argumentará que a su modo los cuatro vivieron plenamente: que mi tío J. fue feliz al menos mientras ponía en marcha cada uno de sus desatinados negocios; que mi tío G. hizo lo que quiso, pues tuvo talento para dedicarse a otra cosa, así como incontables posibilidades de reformarse y las despreció; que mi tía M., con su casa rebosante de libros, llevó una vida conforme a su ideal; o que ella misma no cambiaría una línea de la suya, pues, dejando a un lado baches puntuales, se siente satisfecha. Eso aduciría y quizá tendría razón. Pero ¿por qué ninguno fue médico, abogado o profesor? ¿Por qué ninguno hizo suya una profesión? No creo pueril preguntármelo sin censura moral y concediendo que, de ser el caso, no habrían sido necesariamente mejores.

Me faltan respuestas, solo tengo preguntas.

La sacudida por la muerte de su madre tal vez torciera el camino de los hijos menores, que con dieciocho y diecinueve años aún estudiaban, pero dudo que fuera el caso de los mayores, de veintitrés y veinticuatro, los cuales ensayaban ya los embozos con que transitarían la vida. El desvío de lo convencionalmente esperable, o por lo menos su fermento, debió de ser anterior. Tuvo que acontecer en la infancia y ser responsabilidad de sus dos progenitores indistintamente, del modo en que las debilidades e inhibiciones de cada uno, sus limitaciones, fantasías y excesos, se entrelazaron con los del otro para tejer el cobijo donde crecieron.

Así como de él tengo claro casi todo, mucho de lo que conozco de ella debo ponerlo en duda. Su ausencia y algunos silencios son lo único seguro a lo que aferrarme.

Al principio apenas fue una falda y un flequillo agitados por el viento en una fotografía que un día apareció colgada en el dormitorio de mi madre. A mis cinco o seis años, mi abuela solo comparecía en nuestras oraciones nocturnas y casi no le presté atención. Habría sido distinto de haber tenido con quién compararla, pero, como también me faltaba mi otra abuela, carecía de referentes. Aparte de la dificultad de los niños para imaginar la muerte y otorgar una entidad real a quienes la han cruzado, había otra cuestión: la presencia a su lado de alguien que, me decían, era mi abuelo, pero a quien me costaba reconocer. La fotografía había sido tomada a los veintiún años de ella y a los veintitrés de él. Difícilmente identificaba en su rostro de muchacho al abuelo sesentón que yo conocía, un abuelo casado desde antes de mi nacimiento con otra mujer a la que siempre llamé por su nombre de pila.

El pasado se deshace al alejarse. Se embellece o se afea. Recibimos historias heredadas que nuestra memoria transforma y las implementamos con las propias, igual de dudosas. Para explicarnos, más importantes que los hechos son los mitos que nos forman. El de mi abuela fue tomando cuerpo unido al de la villa gallega donde nació en 1912. Allí había conocido a mi abuelo, allí había ambientado este una de sus novelas, allí había pasado mi madre frecuentes estancias infantiles y, convertida la villa en destino turístico estival y vivero de pescadores de altura, allí me llevó en el verano de 1980 con el propósito de enseñarme tan significativo pecio de su memoria.

Si todavía hoy me cuesta desenmarañar esa trama de la que provengo, en 1980 me resultaba aún más difícil. Acuden a mi memoria los lamentos de mi madre al descubrir las calles arruinadas por un urbanismo de rapiña, la búsqueda infructuosa de la vivienda de su abuela, su consuelo tras constatar que al menos seguía en pie la de su abuelo paterno... Y tanto como eso recuerdo mi dificultad para orientarme en la retahíla de nombres. Era consciente de la vieja lesión que amparaba su nostalgia, la pérdida de su madre a una edad en la que el pasado aún no interesa, pero yo era más joven que ella entonces, y frente a las historias familiares, para las que siempre dispondríamos de tiempo, había un presente tentador de playas, de bateas fondeadas adonde llegar nadando, de verbenas, de amigos recientes y de chicas con las que intercambiar miradas petrificadas por la timidez.

Y, sin embargo, además de la foto del muelle, en ese verano de 1980 necesariamente debía de conocer otros vestigios de mi abuela a los que mi madre anclaba su recuerdo. Sabría ya que un bolso de ante marrón que mi madre usaba a veces, un sobrio estuche de Loewe con herraje plateado y asa de cordón, había sido suyo. Y una Cipraea Tigris con parte del nácar estallado que guardaba en un cestito sobre su mesa de noche. Y un huevo de madera para zurcir que sobresalía del costurero de casa e impedía cerrar la tapa. Pocos elementos y muy dispares. Un sofisticado complemento de moda, la valva de un molusco marino y una humilde herramienta manual. Cócteles, tardes de labor con el acompañamiento de la radio, solitarios paseos susceptibles de desencadenar estados exaltados de la sensibilidad. Residuos de escenarios sociales, de interiores domésticos y de evocadores exteriores de yodo y salitre. Es probable que olvide algo, una fuente de porcelana, una pluma estilográfica, un anillo... La variedad dificulta hacerse una idea precisa de la personalidad de mi abuela, de sus gustos y aficiones, de sus resquemores y esperanzas: eso que, adquirido o innato, determina el lugar que creemos ocupar en el mundo.

Y, junto a los objetos que la voz de mi madre conseguía devolver a la vida, los cuentos propios o heredados que la ayudaban a anudar los hilos dispersos del pasado, dar coherencia a lo incoherente, explicar lo inexplicable, cocinar lo crudo. No sé si ya los escuchaba con suspicacia. El carácter casi fabuloso de la mayoría de ellos fue acicate imaginativo, amplificó mi campo de visión hacia relaciones causales distintas de las convencionales; probablemente me aturdiera el exceso de información adulta, pero no creo haber dudado de su veracidad. Mi madre decía que su abuela, una campesina orgullosa de su sangre, había querido revitalizar su estirpe casándose con un hombre fuerte al que, después de nacer su madre, despidió con dinero para que emigrase a América, y a mí no se me ocurría sospechar razones distintas. Decía que su abuelo había regentado hoteles para inmigrantes en Nueva York y Miami y que, al morir su abuela, regresó a Galicia y se quedó con la herencia de su madre, y yo no ponía objeciones, no recelaba.

¿Qué herencia? ¿Y el dinero que él hizo? ¿Por qué no se defendió ella?

Supongo que haría preguntas parecidas, y que mi madre trataría de responderlas, aunque los enigmas resueltos seguramente sembraban la semilla de otros. Algo parecido sucedía cuando la forzaba a describir a mi abuela. El primer adjetivo con que la definía era *alegre*, pero, si nos metíamos en profundidades, enseguida surgían *austera* y *puri-*

tana. La forma de conciliar ambos extremos la confiaba a mi capacidad de entendimiento, igual que la connotación de los últimos dos adjetivos, que en su boca no calificaban aspectos convencionales del decoro social, sino una coherencia íntima, refractaria al fingimiento, a la ostentación y a la autocomplacencia, que condicionaba el carácter de mi abuela sin incapacitarla para incurrir, gracias a la seguridad en sí misma sobre la que no cesaba de incidir, en tantas licencias como le consentían sus convicciones. Y si por mi parte insistía en profundizar, en acotar algún detalle, no tardaba en toparme con el adjetivo *especial*, que quiere decir todo y nada, y que mi madre usaba de comodín cada vez que trataba de justificar una contradicción de la suya.

Mamá era muy especial, alegaba cuando me extrañaba de que, habiendo sido su madre tan liberal en el noviazgo con mi abuelo, atara tan corto a sus hijos, sometidos a menudo a arbitrarias limitaciones surgidas del capricho o el prejuicio social.

Mamá era muy especial, argüía cuando le señalaba el sinsentido de que les vetase a ella y sus hermanos el trato con un primo bastardo y al mismo tiempo no tuviese inconveniente en considerar al irresponsable padre su cuñado favorito.

Mamá era muy especial, respondía si le preguntaba por qué nunca pidió ayuda a su propia madre, a pesar de las necesidades por las que pasó y de las presiones en ese sentido de mi abuelo.

Mamá era muy especial, zanjaba cuando le señalaba lo poco que les había contado de sí misma.

Mi madre callaba para frenar las especulaciones a las que mis preguntas daban lugar, y el silencio donde encallaba lo secundaban otros silencios: el rotundo de mi abuelo, que circunvalaba el recuerdo de su primera mujer para no contrariar a la segunda; el quebradizo de mi tío J., que a duras penas contenía la humedad de sus lacrimales si se la mencionaba; el sospechoso de mi tío G., que se refería a ella con emotividad mudable, sumando a las distorsiones de la memoria las suyas propias; el desapegado de mi tía M., quien prefería corregir los recuerdos de otros antes que destapar los suyos...

Josefina Malvido Lorenzo; hija única de Teresa Lorenzo Agulla y de José Malvido Ferradás. Si bien no he regresado a la villa donde nacieron, una somera pesquisa en internet me revela que los cuatro apellidos abundan. Hay vendedoras de pescado y abogadas y marineros y camareras y peones y constructores y periodistas que los llevan. Gracias a un conocido, dispongo de un árbol genealógico que se remonta a cinco generaciones. No incluye las profesiones, solo los nombres de los individuos, acompañados a veces de la fecha de nacimiento. Ninguno aparece en un censo de 1870 colgado en la red y, aunque numerosos indicios indican su condición humilde, la memoria familiar, con sus penumbras, continúa siendo mi única guía.

En su libro biográfico, mi tío G. calificó a su madre de «señorita de pueblo *por educación y consideración*», la definición de un rango que, si cierto en su caso, no aplica en el de sus padres. Antes de irse a América, de él no se conocía fortuna ni profesión, y ella era una campesina que, a fuerza de trabajo, había alcanzado suficiente prosperidad para disponer de jornaleros en la labranza de sus terruños, así como de algunas barcas que arrendaba a cambio de un porcentaje en la lonja de pescado. Suyo fue el empeño de convertir a su hija en algo distinto, de darle una educación para la que no ahorró medios.

Las mujeres fuertes que asumen el sostén de la familia frente a maridos ausentes, dubitativos o simplemente débiles constituyen un estereotipo del campo gallego, y más entonces, con la emigración a América en su apogeo y una pertinaz estructura social de carácter matriarcal que, salvo por la influencia de los avances técnicos, apenas había cambiado desde el medievo. En ese contexto, la pareja formada por los padres de mi abuela no era tan singular, y no obstante poseía connotaciones peculiares que me han llegado entreveradas con el mito. La razón es simple: el misterio prende allí donde los porqués quedan sin respuesta o la única que avizoramos nos parece insuficiente o demasiado anodina. En el primer año de vida de mi abuela, su padre se fue a vivir a Estados Unidos, de donde regresaría en dos ocasiones: unos meses a mediados de los años cuarenta y, de modo definitivo, el mismo día de 1958 en que murió ella. ¿A qué se debió una ausencia tan prolongada? ¿Marchó como emigrante, abandonó a su mujer o fue esta quien, cumplida su función fertilizadora, lo expulsó de su lado? En este último relato me he formado y no lo cuestiono. La fortuna familiar se fundaba sobre bienes de su mujer, y si él quería beneficiarse, no sería contraviniendo los deseos de esta. Pero es cierto: juzgada hoy, resulta rara su aquiescencia. No es lo esperable de un padre. Y tampoco que incumpla el deber de transmitir a sus nietos los bienes que le llegaron por una alteración en el orden natural de las muertes. Imagino que era distinto entonces, en una sociedad acostumbrada a medir la distancia en millas marítimas y a la que llegaban antes las noticias de La Habana o Buenos Aires que las de Madrid.

Mi madre lo describe en su primera vuelta a España tocado con un sombrero de ala ancha, traje milrayas y tantos accesorios de oro como permitía su masculinidad de baja condición: cadenas con medallas y un crucifijo, anillos, el reloj, el pasador de corbata, una pulsera. Apoyándose en este derroche áureo, en su rostro anguloso, en la tez y el cabello oscuros y en su primer apellido, una derivación de *malvedo* (campo de malvas), mi tío G. le atribuía ascendencia gitano-portuguesa. Aunque case con ciertas características físicas que alcanzan a mi madre y hermanos, no es verificable. Leo en su libro antes citado una descripción de mi abuela: «una hondura como agitanada en el semblante». ¿No se explayó debido a que dudaba o porque sabía que no era cierto? Yo mismo, afecto al virus familiar de completar los huecos inacabados de la realidad, he hecho mío el cuento.

¿Cambian los hechos el adorno que incorporamos al narrarlos? ¿Importan los motivos de un padre para marcharse a América? La huella en su hija habría sido similar. No estuvo cuando crecía, no estuvo cuando se casó y dio a luz a sus hijos, no estuvo cuando pasó apuros. Parece que alguna vez sí le escribió y le envió productos difíciles de encontrar en la España pobre de la posguerra. Mi madre recuerda una tarde en que sorprendió a la suya escribiéndole una carta, en compañía de una amiga, donde le pedía medias de nylon y carmín. Ignoro si la correspondencia era regular y en qué términos se desarrollaba. Pedir medias de nylon y carmín a un padre con el que apenas has tenido trato resulta raro. Más que permitirle gastarse tu herencia.

¿Qué herencia? Unas tierras de labor con sus casas, unas barcas, acciones de una conservera, nada muy sustancial. ¿Y el dinero que él hizo en América? No debía de ser poco, ya que mi abuelo, cuando planeaba traerse a la familia a Madrid, intentó que les comprara una casa. Si poseía dinero propio, ¿por qué devoró la herencia materna de su hija? ¿Por qué no se defendió ella? Demasiados cabos sueltos que los adornos no explican.

Me rechina la palabra *bisabuelo* aplicada a alguien que no aprendí a apreciar. Hay una foto tomada en el verano de 1970, dieciséis años después de la muerte de su mujer y doce de la de su hija, en la que aparecemos juntos. Según la leyenda, los ahorros de la aldeana Teresa Lorenzo Agulla, que, por cierto, era aficionada a los conjuros, usaba de amuletos y dejaba un recipiente con agua a la puerta de casa para ahuyentar a los duendes, no llegaron sino en una mísera pedrea a sus descendientes y fueron disfrutados por aquel al que había apartado de su lado años antes. Aunque hoy mi madre diga que estábamos veraneando cerca y que se trató de una visita de cortesía, los motivos que nos llevaron a su casa no fueron, seguramente, tan desinteresados. He sabido que hubo otras visitas de ella y de sus hermanos dictadas por el propósito de ablandar el corazón del viejo emigrante: obtener su autorización para una venta o una cesión que permitieran a mi madre y sus hermanos sacar algún dinero. En la foto, tomada por mi padre, sale mi madre, salgo yo metido en un capacho y, en primer plano, un viejo barbilampiño con la cara afilada asomada a unas gruesas gafas de pasta. Se le ve más sorprendido que turbado. Incluso impaciente. Desde luego no trasluce un atisbo de sentimentalismo. Al contrario: tiene los carrillos metidos hacia dentro, como chupados, y los labios proyectados en un amago de silbido que parece desafiante. Se diría que mi madre y yo no somos para ese hombre de gafas oscuras otra cosa que la herramienta dispuesta por el destino para tomar revancha de la campesina que más de medio siglo antes lo usó como semental. Orgulloso como ella, y además herido, le es indiferente que por nuestras venas corra su propia sangre.

Tal vez no hiciera tanto dinero o el que hizo lo perdió, puede que realmente necesitara el de su mujer; o puede que actuara por venganza, por atolondramiento, por avaricia o por simple primitivismo.

Lo adornemos o no, el origen social difuso que subyace es fundamental para entender a mi abuela. Difuso por esquivo, esquivo por descosido. Padeció, está claro, los síntomas del desclasamiento. Sus padres tenían un lugar en la sociedad donde nacieron: la una era una campesina adinerada, el otro un buscavidas al que sonrió la suerte. Ella, en cambio, gobernada por su madre en el empeño de alcanzar el estatus que esta no podía comprar para sí misma, estudió magisterio tras cursar el bachillerato en un internado de monjas, y en consecuencia ni pertenecía por derecho al mundo burgués de sus condiscípulas ni al rural donde nació. Al decir de los cuentos con los que crecí, heredó de su madre una inusitada confianza en sí misma y en lo que era, como acaso solo poseen quienes –los pies bien clavados a la tierra– conocen los ciclos naturales que les procuran el sustento. Y en esto la mitología no debe de mentir, ya que la misma firmeza, aunque el nexo con las mareas y las cosechas sea más remoto, la he observado en mi madre. No sé si mi abuela sufrió el desdén de quienes la consideraban demasiado o demasiado poco, pero, si lo sufrió, no creo que padeciera en exceso, que llevara mal su condición híbrida, heterogénea o como convengamos llamar a quien perteneciendo a varios mundos no es propiamente de ninguno. Es una intuición nacida del parecido que le presumo con mi propia madre. Lo que sí creo es que tuvo que sentirse sola, tanto por ser hija única como por la dificultad de encontrar amistades genuinas en una época en la que las mujeres de la burguesía llevaban vidas de interior y los prejuicios sociales condicionaban su entorno.

Además, era una mujer enferma. Murió consumida por el asma a los cuarenta y seis años.

Pues bien: pensemos en ella de jovencita. Una chica que ha crecido como planta de invernadero, tan alejada de las flores silvestres de su vecindad como de las que engalanan las galerías de las casas más encopetadas del otro lado del río. Más allá de los entretenimientos y relaciones inocentes con que se distrajera, casi seguro que era solitaria; lo sugieren un padre en América y una madre comprometida con una misión –la del ascenso social de su hija–, que a lo mejor despierta suspicacia y resentimiento y quién sabe si murmuraciones. Más allá de sus esfuerzos para integrarse, debía de sentirse distinta; su horizonte era más amplio, había estudiado, leía y creo que era sensible. Imaginemos su soledad vigilada, sometida a los vetos maternos: *no hables con aquel, que no te merece; aléjate de esa casa, que solo buscan tu dinero*, e imaginemos la huella del padre. Esta sería distinta dependiendo de si él marchó a América inducido o por voluntad propia. Incluso la relación con su madre sería más bronca y difícil si la responsabilizaba de la separación familiar. De cualquier modo, bastan ese padre ausente y la madre protectora hasta la hipérbole para calibrar la medida de su soledad.

Hay que imaginar también su hartazgo discontinuo, su moderada rebeldía, el vapuleo de fuerzas antagónicas, la carga heredada que evitas replicar, contra la que te construyes. Hay que imaginar la pequeñez de la villa donde se abre al mundo, su misma insignificancia, una excursión escolar a la frontera francesa, los años de magisterio en la cercana capital de provincia, algunos libros... Esa chica quiere agradar a su madre, le está agradecida por los sacrificios que ha hecho por ella, pero tiene sus propios sueños románticos y rechaza los cálculos para elegir a la persona con quien compartir su futuro. Como referí páginas atrás, el noviazgo con mi abuelo, a quien la enfermedad literaria y la escasez de fondos habían impedido terminar sus estudios, suscita el rechazo seco de mi bisabuela, y si culmina en boda, es a costa de un cisma difícil de mesurar entre madre e hija. Que no fue baladí lo demuestra la negativa de mi abuela a pedir ayuda a su madre en los prolongados períodos de penuria que pasó más tarde junto a mi abuelo. Pedir dinero o aceptarlo como regalo equivalía a legitimar retrospectivamente los recelos de su madre. Aunque no evidencias, guardo nociones de que, además del encono mutuo, la pugna incluyó amenazas y represalias de quien fue desobedecida; la idea de que necesitaron un plante rotundo o quizá una fuga para doblegarla.

Utilizo el *quizá* de modo testimonial, ya que aquí el mito reaparece. Magnificar la resistencia de su suegra al matrimonio debió de representar para mi abuelo una tentadora revancha, sobre todo a partir del momento en que consiguió una posición. Y no resulta extraño que sus hijos, al hacer suyo el relato, reforzaran la épica implícita. Una fuga es tremendamente sugestiva. Coaligada con la mojigatería de la época, la sospecha del acercamiento físico a que puede dar lugar constituye la coacción perfecta. Uno de mis tíos aseguraba que el viaje a Valencia tras la boda en realidad había sido previo, el otro que durante su aventura habían perdido un hijo. Ninguno preguntó a mi abuelo, pero esgrimían conversaciones recordadas, fechas y documentos que los respaldaban, y en lo que a mí respecta así quedó establecido hasta que en los preliminares de este texto le pregunté a un conocido del pueblo de ella. Su respuesta: «Nadie de mi familia mencionó nunca nada parecido». Y añadió: «Si algo así hubiera sucedido, necesariamente tendrían que recordarlo. Habría sido un escándalo».

Por cierto, el mismo conocido, en la misma conversación, me dijo que durante sus años universitarios mi abuela no se había alojado en una residencia, sino que la habían acogido en la casa donde años antes su madre había servido como criada. La mía lo niega rotundamente.

¿Malentendidos? ¿Ecos sobredimensionados de mal entendidas confidencias paternas? ¿Fantasías? El viaje a Valencia existió. Lo que no está claro es la cronología. Más allá, destaca lo que trasluce la historia entre bastidores. El sexo, por ejemplo. Parece evidente que, si mi madre y sus hermanos aceptaban con naturalidad la posible fuga, era porque completaba un retrato poco convencional de su madre que les agradaba. Hablamos de la década de los treinta del siglo pasado en un pueblo del norte de España. Tal vez solo fuera un amago, unos pocos días, los imprescindibles para amedrentar a la terca campesina. Lo que no es una suposición es atribuir a su madre el carácter pasional necesario para llevar a cabo una audacia así. Se sustentaba en las lecturas clandestinas que de niños habían hecho de la correspondencia entre sus padres. Convertir a su madre en heroína de novela fue un paso natural. Igual que exagerar las rarezas de su entorno familiar. Al fin y al cabo, el resto era una llanura donde proliferaban los *mamá era muy especial.* Me refiero a su vida de adulta, casada y con hijos, cuando su carácter indómito retrocedió, junto con su romanticismo, ante los obstáculos: su enfermedad, que la limitó gravemente y en muchas ocasiones la condujo al abatimiento, y, tanto como esta, un marido escritor que tardó en encontrar asiento a su ambición. Tiempos de escasez y moralismos, aún marcados por la guerra reciente, en los que seguramente se sintió sola y quién sabe si minusvalorada.

He aquí algunos contrastes de carácter entre ambos al inicio de su relación: él, sin un billete en el bolsillo, pero inflamado de literatura y devoto venido a menos de intangibles grandezas heredadas; ella, empachada de madre y de las soledades impuestas por esta; recta, honrada y práctica, pero asimismo idealista, romántica y supongo que impresionable. Mi tío G. escribió que su no pertenencia a una clase social concreta representó un aliciente para alguien como mi abuelo, que no pertenecía a ninguna. Con trayectorias familiares opuestas, la de ella ascendente y la de él descendente, compartían el mismo limbo. Ella no era una campesina, cosa que él no habría aceptado, pero tampoco era una verdadera señorita, ya que, de serlo, difícilmente habría estado en disposición de aceptarlo a él. Mi impresión es que esta complementariedad actuó como pegamento, pero que las asimetrías implícitas no desparecieron. Él continuó teniendo gustos, automatismos y prejuicios propios de su clase de origen, agravados por su temperamento artístico y por la aguda conciencia de su desclasamiento, y ella continuó conservando los de la suya. Él era derrochón, inseguro y pretencioso, y ella prudente, equilibrada y terca de creencias. Él andaba a la busca de metas que lo devolvieran al lugar de prestigio social al que creía pertenecer, confundiendo a menudo el desarrollo de su carrera literaria con atajos políticos y administrativos, y ella anhelaba una vida sencilla y se resentía de las complicaciones. La negociación constante, las promesas de él, sus incumplimientos; las renuncias de ella, sus melancolías, el enfriamiento romántico, su menor predisposición a los raptos de la carne; el ensimismamiento de él. De ello queda rastro en sus cartas, así como de un amor que se resiste al cliché por la obcecación imprevista con que renacía.

Nada fue fácil, y los desengaños y las esperanzas recobradas, las reconciliaciones, los tropiezos, las iluminaciones proliferaron en los recodos, un día igual que el anterior. La vida impuso su monotonía y hubo que aceptarla. Imagino las revueltas, las epifanías, los aprendizajes, e imagino que todos, incluidos los hijos, tuvieron cosas que reprocharse; de ahí el silencio, lo que ignoraban porque no preguntaron. Un enfermo crónico trastoca la vida de quienes le rodean. No solo por los cuidados que requiere, en igual medida por su incapacidad para integrarse como uno más en la vida en común. La familia debe renunciar a lo que este es incapaz de hacer o hacerlo sin su compañía, con el consiguiente pesar. Y es posible que asumirlo provoque en el enfermo una amargura especial, un deseo de compensar las ausencias multiplicando su presencia en los asuntos donde puede permitírselo, sobreactuaciones o intromisiones que sus destinatarios no siempre percibirán con igual generosidad.

Me atrevo a decir que en cierto modo descansaron cuando sucedió lo que durante años fue una amenaza, la muerte de la madre. Más allá del shock, de la cima de tristeza, disfrutaron de más libertad, aunque tuvieran que construirla sobre un pacto de olvido. En eso estaban unidos el padre y los hijos, aficionados a ocultar tras detalles pintorescos el pasado que rehuían recordar: el negociado de sus culpas, que eran diversas; cada uno la suya. Pero en el camino, mientras los hijos tomaban el pulso a su propia vida, quedaron jirones, vivencias que no volverán porque no se salvaguardaron a tiempo. ¿Dejó algún libro en la mesilla de noche al morir? ¿Cuándo bailó por última vez? ¿Cuál era su color favorito? ¿En qué pensaba cuando recordaba su niñez? ¿Qué sensaciones le despertaba su matrimonio? ¿Le quedó algo pendiente?

Me viene a la cabeza la heroína de *Los muertos*, el cuento de Joyce, cuando al llegar con su marido al hotel después de una fiesta de Navidad se emociona recordando la canción que le cantaba su primer novio. ¿Experimentó ella algo parecido? Como la mujer del cuento, era una chica de aldea, necesariamente tendría añoranzas de su vida pretérita; como aquella, estaba casada con un intelectual, alguien adepto a edificar teorías hermosas y no tanto a sentir sus implicaciones emocionales o a ponerlas en práctica. Como aquella, pese al supuesto feminismo de su marido, fue rehén de su rol de mujer y seguro que más de una noche de insomnio lo vio tan pequeño y débil y afanoso como era.

¿A qué le olía la piel? ¿Se perfumaba? ¿Deseó a otro hombre? ¿De qué habría estado dispuesta a prescindir? ¿Veló cuanto pudo por sus hijos? ¿Lamentó haberlos hecho cautivos de un padre dispensador de mitos? ¿Se fue con alguna deuda? ¿Repetiría sus pasos?

En cierto modo, y se trata de una suposición, los hijos no echaron la mirada atrás hasta que sufrieron su segunda orfandad. Su padre volvió a casarse, se salió de la foto familiar, organizó un universo paralelo en el que se les reservaba un asiento meramente simbólico y los dejó en la gobernanza de sus vidas con el equipaje de unas cuantas historias. Lo que sucedió luego es fácil de imaginar. Cargaron con la herencia sin cuestionarla y pusieron en funcionamiento su propia máquina expendedora de mitos, entre los que surgió un nuevo género: reivindicar la memoria de su madre y erosionar la del padre. En ese punto me crié yo. Sin embargo, ocupados en los suyos, no desafiaron los viejos mitos. El sesgo sospechoso de algunas historias, su foco en lo atávico, en lo extraño, en los condicionantes sociales, en las herencias no cobradas. Convivieron con ellos, limitándose a superponerles el suyo. El de una madre con ideas y creencias firmes, proclive a los goces pequeños; guapa, elegante y coqueta hasta donde le permitía su inclinación por la sobriedad, capaz tanto de vestir vaqueros cuando pocos los llevaban, como de buscar durante días la modista adecuada para copiarle el traje de una revista; libre y avanzada dentro de esos márgenes acotados por ella; generosa y vital, pese a la enfermedad, y con coraje para el sacrificio. Un retrato idealizado, justo en lo fundamental, que en ocasiones no concordaba con el recibido en herencia, el cual, junto a exageraciones, probablemente también contenía justas dosis de verdad. Y allí donde uno y otro se repelían surgían los *mamá era muy especial.* Cuando no parecía fácil, por ejemplo, conjugar su exagerado respeto de algunos tabúes con la liberalidad exhibida ante otros. Cuando su condición de chica de ribera, aficionada al mar y la naturaleza, refutaba su espíritu hogareño y su introversión. Barrunto que fue todo eso a un tiempo, con sus contradicciones. Que cantaba y era alegre y se hundía en pozos de melancolía; que era retrógrada y esclava del qué dirán en algunas cosas e insumisa en otras; que era capaz de saltarse las recomendaciones maternas para entregarse a quien quería, y tan convencional como para plegarse a las imposiciones de su marido sobre cómo vivir; que era orgullosa y una madre responsable, y que, llevada del mismo orgullo que le impedía pedir ayuda, en algún momento privó a su familia de una situación más holgada.

El caso está abierto, arena, partículas de polvo. Caben otras preguntas: ¿adoptó un lugar secundario a conciencia, con el objetivo de reforzar en sus hijos aquello que ella no tuvo, la figura de un padre? ¿Fue consciente de que a lo mejor había renunciado a demasiado? ¿Intuyó que tal vez no era un buen ejemplo? ¿Se dio cuenta de que la firmeza con que sostenía sus contradicciones dejaba poco espacio para la empatía? ¿Anticipó las dificultades de sus hijos para desarrollar una vida conforme a sus capacidades? ¿Lo vio venir? ¿Se consideró parcialmente responsable?

Mi impresión, si cabe reprocharle algo, es que padeció

uno de los síndromes del hijo único: su dialéctica con el mundo desde un parámetro de soledad. Da igual cómo estemos de acompañados, nos creemos solos y, en consecuencia, o nos refugiamos en el estoicismo para abstraernos de un *afuera* en el que abundan las relaciones incomprensibles, o intentamos intervenir del único modo a nuestro alcance, mediante la manipulación. No sabría formularlo de otra manera ni señalar en qué indicios me baso, pero intuyo que en ella primó el estoicismo. Cumplió. Fue una madre concernida y una esposa leal, aunque en el fondo de sí mantuvo una preventiva distancia. La de alguien que ha pasado tanto tiempo sintiéndose diferente que, sin darse cuenta, camina medio paso por detrás de la realidad.

¿Tuvo ese carácter elusivo algo que ver en el desigual acomodo de su recuerdo en sus hijos? Se perfumaba, eso lo sé, aunque nadie haya sabido decirme con qué fragancia. También que vio tres veces *Lo que el viento se llevó*. O que era una lectora ferviente de Santa Teresa. (El volumen que le pertenecía de sus obras completas está hoy en mi biblioteca.) Y que le gustaban tanto la poesía del Siglo de Oro, en especial Quevedo, como los poetas de la generación del 27. O que era una gran nadadora, hasta que su enfermedad la privó de su afición.

Especular acerca de cómo habría sido la vida de sus hijos de no haber muerto tan joven no es una empresa exenta de sentido. Minusvalorar el papel de una madre para atemperar, encauzar o frenar a sus hijos no parece sensato. Especialmente en contraste con una madrastra que da a luz sus propios hijos y con un padre que, considerando a los primeros ya criados, otorga a esta el gobierno entero de su vida. Ahora bien, ¿de verdad cae la nieve por igual, como concluye Joyce su cuento, sobre todos los muertos?

¿Dictaba desde su lecho de enferma la marcha diaria

de la casa? ¿Acogotaba a sus habitantes más jóvenes con normas intempestivas? ¿Preguntaba a su marido sobre la vida social en la que ella no participaba? ¿Lo animaba a salir, a no desaprovechar las invitaciones? Y si lo hacía, ¿habría preferido una mayor resistencia? ¿Se quedaba en soledad con sentimientos ambivalentes?

¿Qué le hacía reír? ¿Pensaba en el pasado? ¿Tenía presentes a sus padres? Al parecer apenas los mencionaba, pero, cuando murió su madre, la mía la descubrió llorando y, ante la pregunta de qué le pasaba, le respondió que se había quedado sola. Exageraba: le quedaba su padre ausente. Sin embargo, ¿cuál es el efecto que causa en unos hijos tan taxativa declaración de soledad?

Cuenta mi madre que, la tarde previa a la muerte de mi abuela, ella y su hermano menor entretuvieron la espera dando vueltas por Madrid en un taxi. Diluviaba y, al regresar a casa, cenaron y se fueron a la cama hasta que su padre los despertó. Presenciaron la extremaunción junto a sus hermanos mayores y, cuando se produjo el óbito, mi abuelo les hizo jurar que siempre permanecerían unidos. Después, tras la marcha del sacerdote y del médico que la atendía, se dedicaron a limpiar como autómatas la casa. Del día siguiente cuenta que amaneció soleado y que la comitiva fúnebre y el entierro fueron multitudinarios.

Han transcurrido más de sesenta años y su tumba, en donde la acompaña desde hace quince uno de sus hijos, sigue sin lápida. Olvidó mi abuelo encargarla, pero también los hijos cuando repararon en ello y no lo subsanaron. Siento que esa extraña culpa me alcanza y que tal vez deba ser yo quien la repare.

CINCO
Aire de familia

Primero estaban los otros.

Hoy mismo, mi madre rompió a hablar de su hermano mayor. Cuando terminó, aseveró lacónica: «Me acuerdo mucho de *Gonga*». Y enseguida –sentimental y rodeada ya de muertos–: «Me acuerdo de todos, me acuerdo también de Javier. Lo quería mucho, pero Javier era más triste».

Mi madre ha visto desaparecer gran parte de lo que conformaba su mundo: los padres, sus hermanos, la mayoría de sus amigos. No obstante, al margen de artificiosas equidades retrospectivas, la memoria establece sus jerarquías y sería absurdo traicionar la suya. Primero estaba G., el favorito, con quien tejió complicidades infantiles que el tiempo preservó a pesar de los sabotajes de él; luego estaba M., la primogénita de vida inamovible que asumió el rol simbólico de la madre desaparecida, y finalmente él, el verso suelto.

El hecho de que fuera el menor es irrelevante en el orden de la preferencia. O no lo es si fue esa condición la que lo hizo distinto, el que menos rasgos compartía con sus hermanos, el más desvalido. Había sido el favorito de su madre y su muerte lo dejó a la intemperie.

La mía sostiene que era el más loco, pero se trata de una aseveración surgida de indiscernibles comparaciones postreras. Mi impresión es que era el más sentimental y, tal vez por eso, el más dependiente. No creo que el menos dotado; en todo caso, quien afrontó con menos recursos imaginativos la construcción de su personalidad, el único de los cuatro que, por incapacidad o desinterés, no atinó a procurarse una fachada que respondiera al afán familiar por la diferenciación patricia. G., el hermano mayor, robó bancos, pasó años preso, pero además era escritor y se vestía y comportaba como un hombre de mundo. M., la primogénita, adoptó desde joven la pose de una intelectual y a ese propósito más estético que real dedicó su vida. A mi madre, conversadora, optimista hasta la médula, le bastó con su belleza y su flemática elegancia.

Calificar a alguien de triste es de por sí triste, ya que engloba, oculta o sugiere asuntos con los que resulta complicado lidiar: nuestras deslealtades, las derrotas de aquellos a quienes queremos y una imagen de nosotros mismos que no es como la que elucubramos en la juventud. Hoy –24 de abril de 2017–, quizá porque era consciente de ello, mi madre guardó silencio durante unos instantes y se corrigió:

–No siempre fue así –dijo–. De pequeño era muy travieso.

A poco que se le empuje, recita anécdotas ilustrativas.

–¿Qué se torció?

–Tenía una cabeza práctica y le atraían cosas distintas, lo cual acentuó su aislamiento en la familia. En vida de mamá no representó un problema, pero, cuando ella faltó, se quedó sin apoyos. Abandonó la carrera de Física y tomó decisiones precipitadas que nadie frenó. Se fue a la mili en la Marina y, al regresar, papá se había vuelto a casar.

Hace años mi madre habría empezado ahí. Ahora bien, ¿basta con ello para explicar el enigma de su hermano? Si alguna vez creyó que sí, su opinión ha variado. Ante un panorama falto de respuestas, esgrime la que más le conviene, pero no se engaña ni me engaña. Sus palabras dejan resquicios.

Distinto tal vez, pero no lo suficiente.

Mis primeros recuerdos provienen del verano de 1974 en Formentera, donde vivía con su mujer y sus hijos mayores en una casa payesa del interior. Regentaba un par de chiringuitos playeros y, con otro socio, un restaurante. Además, tenía un desordenado almacén desde el que distribuía bebidas y bolsas de aperitivos a otros negocios. Formentera era una isla remota a la que aún llegaban pocos turistas y mi tío se desplazaba en motocicleta para atender hasta el más recóndito pormenor de su negocio. Por su mediación conseguimos las casas que alquilamos los tres veranos que pasamos allí, y de su mano vino el comandante de la Guardia Civil cuando nos robaron en una de ellas. Mi tío se ganaba la confianza con su franqueza, conquistaba con su campechanía y perdía el crédito cuando ambas lo conducían a abusar de la comprensión. Era una de esas personas que solo tienen un modo de relacionarse y que, incapaces de ocultar nada, despiertan simpatía con facilidad. Personas que tratan de la misma forma a un jefe de la Policía que a un camarero que a un académico o que a un niño.

Conservo el recuerdo nítido de la primera vez que reparé en él con ojos desleales. Habíamos ido a la playa con mis primos. Era una playa nudista y tanto mis padres como yo estábamos desnudos. En un momento avanzado de la excursión, cuando ya recogíamos, llegó en moto, tomó asiento, se quitó la camisa y se remangó los pantalones. Como antes sus hijos se habían negado a prescindir del bañador, no me sorprendió su recato. Me repelió la blancura cremosa de su piel, tostada solo en las zonas que la camisa exponía al sol: la cara, el cuello, los brazos desde los bíceps....

Otras rarezas: no llevaba a sus hijos al mar, ya que sus idas y venidas por la isla acaparaban su tiempo, pero tampoco permitía que lo hiciera la madre: si insistían, los dejaba bañarse en una laguna salada cercana a su casa. Por defectos propios o por réplica del modelo paterno, mi tío era una de esas personas autoerigidas en patriarcas de su entorno; controladores que, convencidos de su mayor aptitud para detectar los peligros, no consienten quedar al margen de ningún asunto. He escrito *controlador* y no *manipulador*, ya que no manipulaba con el fin de obtener un provecho: se inmiscuía porque quería que la vida de quienes apreciaba transcurriera del mejor modo y, con un empeño que el porvenir se encargaría de cuestionar, se creía capacitado para conseguirlo. Si perseguía alguna ganancia personal era el confort, grato a los inseguros, de sentirse necesario. En consecuencia, era un padre totalitario que no sospechaba su condición. Regañaba con frecuencia a sus hijos y les imponía atrabiliarios castigos. Pensando que así se alimentaban mejor, no les permitía beber agua, solo leche y zumos, y, en pos de insondables compensaciones filiales, mostraba un favoritismo demasiado notorio hacia el menor de ellos.

Pero la extrañeza era mutua, de ida y vuelta. Nos separaban diferencias de temperamento, de recursos, de gustos, de hábitos, incluso de moralidades... Perduró a través de los años, pese a la costumbre. No me resulta fácil describirlo. Si tuviera que quedarme con un rasgo suyo, destacaría su tensa búsqueda de la normalidad (en su rol como hijo, en su rol como hermano, en su rol como padre). Le gustaba sentirse querido, estar con amigos, hacer favores y que lo necesitaran. Llevaba su naturaleza cordial al extremo de ser cariñoso con quien quiera que hubiera tratado mínimamente, y desde luego lo era con mi madre y conmigo (a ella la llamaba Trusca o Trusquita y a mí Cuse, diminutivo de Marcuse, el filósofo de la escuela de Fráncfort que pocos años antes había triunfado como icono del izquierdismo contestatario en el campus de la Universidad de Berkeley). Bebía coñac, fumaba, era capaz de contar chistes y de cantar, pero no era un trasnochador ni un juerguista ni alguien que llevara una doble vida, como no fuese la de quien trampea con el dinero pidiendo prestado aquí para devolverlo allí. Era lo que aparentaba. Eso sí: sobre su cabeza y en los rasgos de su carácter planeaba un sentido convencional de la rectitud que lo impregnaba de gravedad. Era un puritano, aunque él jamás se habría reconocido así. Lo intuí innumerables veces: en su censura de no pocas amistades y gustos de mis padres, en su insistencia en considerar frívolo casi cualquier rasgo de mundanidad, en su alarma durante alguna etapa de mi adolescencia en la que avizoró un impreciso desorden.

El invierno posterior a nuestro tercer verano en Formentera, dejó la isla y se instaló con su familia en Madrid. Eligió nuestro barrio, una urbanización de pisos en colmena con un amplio jardín donde los niños jugábamos solos. He oído que salió huyendo, que su tinglado empresarial se derrumbó, que de la noche a la mañana pasó de capo a proscrito. Imagino deudas y enconadas enemistades insulares. ¿Por qué Madrid y por qué nuestra vecindad? Probablemente necesitaba una referencia y la cercanía le resultaba cómoda.

De ese modo intuitivo mediante el que los niños identifican el estatus de los adultos, yo ya percibía una diferencia económica entre su familia y la mía, pero en Madrid la impresión se agudizó. Incluso su indumentaria contrastaba con la de mi padre y sus amigos. Mientras estos vestían conforme a la moda bohemia de los setenta, él lo hacía de manera anodina. Además, caía por casa sin avisar para llamar por teléfono o quedarse a comer. Vivía en el alambre y se le notaba, y como mi madre creía caminar por otro alambre, supongo que no tuvo la acogida esperada. El matrimonio de mis padres daba sus últimas boqueadas y mi madre, con treinta años y un trabajo de galerista que a menudo se alargaba hasta la madrugada, difícilmente dispondría de tiempo para él si apenas lo tenía para mí. Mi tío no cabía en la vida de su hermana y la misma falta de encaje la sufría en otros ámbitos. En cierto sentido era un desclasado y, acaso por nostalgia de pertenencia, sintió atracción por la militancia política. Se afilió al Partido Comunista y acabó trabajando en su sindicato a cambio de un sueldo que imagino escaso.

Según mi madre había leído mucho de ciencia política y de economía y conocía en profundidad la obra de Marx.

Me pregunto en qué época lo hizo.

Debido a mi condición de hijo único, he dedicado un tiempo considerable a observar las similitudes entre hermanos, y he advertido que incluso los más diferentes no lo son tanto. Ese parecido, que reside, más que en el físico, en las cosmogonías y los hábitos compartidos, era evidente entre él y los suyos. Sin embargo, engañado por el cariz melancólico que asomaba a la voz de mi madre al tratar de explicarme los malos pasos que lo habían conducido a ser lo que era, durante años no supe verlo. Afanada en aquilatar al personaje, destacaba sus estudios de Física, atribuía su abandono de la carrera al mal digerido duelo por la muerte de su madre y se explayaba sobre su servicio militar en la Marina –que había cumplido en parte en EE. UU., integrado como marinero ayudante en una comitiva oficial– y su estupor dieciocho meses después, cuando al regresar descubrió que ya no disponía de dormitorio en la casa paterna. Reseñaba, complacida, su paso por una editorial de ensayo en la que había trabajado como editor y se lamentaba de que la hubiera dejado para enrolarse en una naviera alemana. Al parecer, sirvió en mercantes, en una empresa que recogía y traía a puerto yates de lujo y, si no recuerdo mal, en un ballenero. Después, a mediados de los sesenta, se instaló en París, donde probó suerte con la escritura y malvivió con una novia. Debió de ser entonces, elucubraba mi madre, cuando incluyó el oficio de escritor en el apartado correspondiente de su carné de identidad. Que sepamos, hasta que el dato desapareció del documento, nunca figuró en los suyos profesión distinta de esa. ¿La perpetuó como recuerdo de su fracaso, como *desiderata* o como coartada administrativa para presentarse con una fachada de respetabilidad ante las ventanillas? Dice mi madre que de su experiencia parisina le quedó un buen francés del que se sirvió en diversas épocas para traducir con solvencia algunos libros. Recurso de urgencia, no dedicación constante.

Estas son las traducciones suyas que he encontrado en la red: *La música del siglo XX*, de Stuckenschmidt; *La vuelta al mundo en ochenta días* y *La esfinge de los hielos*, de Verne. Hubo otras, al parecer, dos o tres novelas de Simenon.

Mi madre no habla, mi madre construye mitos, y los mitos se sirven de la exageración. Su insistencia, por ejemplo, en recalcar su desempeño como editor o traductor no obedece solo a la necesidad sentimental de mostrar orgullo de hermana. Es una arquitectura de valores la que revela, y es probable que detrás se esconda un deseo inconsciente de reintegrarlo al lugar que durante años se le negó.

Era distinto, pero no lo bastante.

Carecía de las pretensiones de sus hermanos, pero, pese a su rebeldía, era cautivo del mismo origen; lo suficiente como para que soslayarlo no le dejara impune. Sus silencios eran más densos.

Y, en el margen que le quedaba una vez descontadas las rémoras, era un hombre de acción. Un vitalista.

A finales de los setenta, en Madrid, salía con un bolso de piel donde llevaba, desde documentos o el tabaco negro que fumaba sin pausa, hasta ropa, libros o herramientas. Siempre con prisas y siempre dispuesto a abarcar más. El mono tití que me había regalado un novio impulsivo de mi madre acabó en su casa tras dos semanas de maltratar la nuestra, y cuando hizo lo mismo en la suya, le buscó acomodo en la sede del sindicato. Si algo se estropeaba –la lavadora, una mesa, el calentador de gas–, era imposible disuadirlo de venir a arreglarlo, a menudo con un operario o un supuesto técnico del partido a los que trataba con amistosa camaradería. Lo malo era que, al faltarles cualificación y realizar su labor desinteresadamente o a cambio de una magra propina, bastaba un mínimo imprevisto para que dejaran el trabajo empantanado durante semanas. Generoso, y con el exacerbado sentido del ahorro de quienes casi no tienen, no entendía que para evitar esos daños colaterales mi madre prefiriera pagar un arreglo riguroso y rápido.

Es probable que nuestros intentos de evitar sus intervenciones, nuestras prevenciones y recelos, le hicieran mella. Si así era, las heridas no se ulceraban. Había algo profundamente amoroso en su inclinación hacia mi madre, una querencia fraternal nacida de un agudo sentimiento de orfandad que lo llevaba a perdonarle casi todo. Lo cual no lo eximía de sufrir estallidos de genio ni de embarrarse en peleas que a menudo zanjaba con un portazo y una marcha airada de casa. Ponía tanto de sí mismo en cada opinión, en cada decisión, y, paralelamente, su necesidad de reconocimiento era tan acuciante, que un simple retroceso dialéctico le suponía una derrota. Convencido de sus razones, se enquistaba sin atender argumentos. Lo sufrieron sus hijos y sus amigos, lo sufrieron sus socios y sus compañeros, lo sufrieron los proyectos en que se embarcó y lo sufrió él mismo, pues su vida fue un frecuente cerrarse puertas por el procedimiento de dejar atrás gente que, a partir de cierto momento, pese a las inconsistencias de su mal carácter, pese al cariño que también derrochaba, pese a sus atenciones y la conmiseración que despertaba tan infecunda amalgama, simplemente prefería tenerlo lejos. Otros ni siquiera lo pensaron, se fueron al primer desplante.

Pero tuvo amigos que lo desnudaban de autoridad, a los cuales regalaba un ascendiente que invalidaba cualquier pretensión de imponerse. Amigos cazados al vuelo, que no esperaban el obsequio de su amistad o ni siquiera lo deseaban, pero que, sin embargo, sucumbieron a las acometidas de su terco afecto. Amigos fieles y otros no tanto. Andaba tan necesitado que se entregaba a fondo por muy poco. Su protagonismo en la intimidad se transfiguraba en sometimiento si daba con una personalidad más fuerte que la suya.

En los primeros ochenta se fue del sindicato siguiendo a quien había sido su mentor allí. Volvió a encontrarse en el aire y tuvo que inventar maneras de sobrevivir. Había dejado nuestro barrio para trasladarse a uno más alejado y casi no lo veíamos. Reuniones familiares aparte, sabíamos de él por teléfono. Se separó, tuvo un romance con una mujer que abandonó a su marido por él y trató de poner en marcha diversos proyectos para los que con frecuencia requería la intermediación de mi madre. No era modesto, apuntaba alto, soñaba con fundar editoriales o periódicos, con recibir subvenciones para cooperativas, y, aunque en el ínterin tuviera que conformarse con salarios de hambre haciendo chapuzas, acarreando muebles o trabajando como obrero, su capacidad de fabulación no tenía fin. E igual que liaba a conocidos suyos para arreglarnos una lavadora, demandaba que mi madre correspondiera poniéndolo en contacto con políticos y funcionarios, con directivos y empresarios a los que conocía por razón de su trabajo. No lo exigía, pero lo pedía sin considerar las diferencias de matiz, si eran amigos o conocidos, si la petición era conveniente o significaría para mi madre malgastar una bala que habría preferido reservar. Llamaba y preguntaba: *¿Conoces a Fulanito?* Mi madre titubeaba: *Un poco, ¿por qué?* Mi tío le explicaba su idea y ella debía decidir en segundos si facilitarle el contacto. Por lo general aceptaba a sabiendas de que nada saldría. Llamaba a la persona en cuestión, concertaba una cita y acudía en compañía de mi tío a despachos en los que su cordialidad no siempre bien calibrada, sus maneras proletarias, el manoseado periódico que invariablemente llevaba consigo o su afán por saltarse los preámbulos para ir directo al meollo contrastaban como un peluche en un glaciar.

En 1984 el viejo PCE, de tendencia eurocomunista, sufrió una escisión prosoviética, y mi tío acabó en el nuevo partido como segundo en la secretaría de relaciones internacionales. Ganaba poco, pero sin duda supuso un alivio para alguien ansioso de actividad y, detrás de sus enérgicas caretas, afectado de una frágil autoestima. Con la guerra fría aún vigente, tenía entre sus responsabilidades fomentar los lazos con otros partidos hermanos, lo cual le obligaba a viajar en misiones de confraternización a los países de la órbita comunista, donde lo recogían en coche oficial y lo agasajaban. Como cuadro dirigente de un partido amigo, se beneficiaba de los privilegios de la nomenklatura: atendía su maltratada espalda en un balneario checoslovaco de Bohemia, mandó a un primo menor a estudiar Filología Eslava en Kiev, invitó a mi padre, junto con su otro cuñado, a un congreso de artistas celebrado en Varsovia y a su hijo mayor lo internó en un instituto internacional moscovita. A mí nunca me tentó formalmente, no de una manera seria, tal vez porque me consideraba más blando que su hijo y este no lo había resistido. A mi madre, en los tiempos en que la oftalmología soviética lideraba la corrección quirúrgica de la miopía, le reservó cita en un hospital de Leningrado al que ella no acudió. Fue su mejor época. Después llegó la perestroika, el bloque comunista se disgregó, su partido perdió el sostén de la URSS, y él, que durante años había satisfecho su desordenada querencia de ser alguien –aunque fuera para una causa sectaria y ya agonizante como el marxismo leninismo auspiciado desde Moscú por añejos afanes imperialistas–, de pronto se vio devuelto a ese abismo difuso en el que uno no sabe cómo se las ha compuesto para llegar donde está y tampoco imagina los enredos que le permitirán sobrevivir en el futuro; regresó, en suma, a la búsqueda de una vida que no empezase cada día con la temida pregunta: ¿de dónde voy a sacar lo necesario para llegar a mañana?

Las fechas son aproximadas, estoy seguro de que equivoco acontecimientos o los conjugo erróneamente, pero la música era esa. Entre el fado y la balada irlandesa. Con penalidades y una imperturbable resignación. Lo refiero con detalle porque esa es la música que sonaba también en nuestros últimos encuentros de principios de 2005.

El dinero, su carencia, está detrás de casi todas las injusticias que se perpetran y es la carcoma que destruye las vidas de quienes se consumen en su búsqueda. Mi tío no hizo otra en la suya que buscar dinero, el dinero suficiente para pagar sus deudas y procurarse una vida, y nunca lo consiguió. Era probablemente la persona más esforzada que he conocido, la más trabajadora, solo que su esfuerzo pocas veces le permitía alcanzar sus metas, lo aturullaba en los preámbulos. De terminar sus estudios, habría podido ejercer de físico de laboratorio o como profesor. Y, ya que no lo hizo, pudo haber prosperado en el negocio del cabotaje de yates de lujo. O convertirse en empresario turístico o en uno de esos personajes que prosperan en las organizaciones políticas con la misma rapidez con la que cambian de convicciones. Sin embargo, a veces porque los tiempos no esperaron, otras por mala fortuna y otras por incapacidad, se quedó en el camino. Y su prisa cada vez era mayor. Sus hijos padecían su insolvencia mientras él seguía fabulando un porvenir mejor. Y, entretanto, cualquier cosa valía: jornales de obrero o de mudancero. Para un marxista como afirmaba ser tuvo que resultar una paradoja depender tan a menudo de la fuerza de sus brazos. En 1985, cuando mi madre compró esta casa donde ahora escribo, vino él mismo a tirar tabiques y a acarrear escombros. Uno o dos días trajo de ayudante al mayor de sus hijos y, en un intento inútil de desagraviarlo de su condición de mano de obra forzada, me repartí con él las tareas que su padre nos encomendaba. Al final mi madre nos dio una propina injustamente equitativa. Cuando me despedí de mi primo en la calle, sentí en su mirada nerviosa, impaciente por marchar, que se abrían entre nosotros varios abismos. A veces pienso que nuestro escaso trato posterior se originó en esa tarde, que ni él ni yo la hemos remontado. Los dos habíamos cumplido diecisiete años, yo estaba en mi penúltimo año de instituto y, tras una adolescencia dedicada al baloncesto, él comenzaba a vislumbrar que no era tan bueno como para convertirse en profesional. Tengo idea de que regresó brevemente a los estudios con objeto de opositar a un cuerpo donde se valoraran sus aptitudes físicas, y la intuición de que su padre, gran instructor de vidas ajenas, estuvo allí para acogotarlo con consejos que sonaban a orden. Impeliéndolo a estudiar o a buscar trabajo, como al final hizo.

En casa de mi madre entraba con aires de propietario. Tenía una forma aparatosa de sentarse, de suspirar, de hacer ver su cansancio, de estirar los pies, de curiosear sin rubor lo que tuviera a mano, de ponernos a su servicio: *tráeme un vaso de agua*, *alcánzame la guía telefónica*, *cógeme ese cenicero*, *dame la agenda de tu madre*, *léeme los nombres que figuran en la g*, *¿tenéis coñac?* Yo cumplía sus mandatos mientras por el rabillo del ojo buscaba cobijo en un vago sentimiento de culpa: los zapatos negros ajados por la acumulación de maltratos, los calcetines de fibra demasiado cortos, los pantalones caídos con los fondillos desgastados, la cartera metida a presión en el bolsillo de la camisa, el manojo de llaves colgado de la trabilla y, coronándolo todo, la sonrisa en la que se abrían varios huecos. Nunca le negué nada. La naturalidad de su proceder provenía de un acérrimo sentimiento tribal. La casa no era suya, pero éramos su familia, se presumía una cierta comunidad de intereses, y eso bastaba, debía de pensar, para dejar fuera recelos o secretos.

Iguales privilegios se arrogaba en la que había sido su casa, solo que allí incrementados, imagino, en proporción a la hostilidad que despertaban. No era para menos, considerando que, desde antes de la separación de su exmujer, su única contribución al sostén familiar, aparte de las intromisiones, se sustanciaba en el cariño implícito: los llevaba tan incrustados en su interior que no concebía resultar incómodo. El menor de sus hijos varones, cuando lo hemos hablado, me ha recordado las ocasiones en las que su padre acudió a pedirle dinero al supermercado donde, aún estudiante, ganaba un sueldo como reponedor. Aunque su laconismo le impida expresarlo con palabras hiladas, lo que recuerda –a eso resuena en el teléfono el tartamudeo de sus silencios– es su estupefacción cercana a la ira al ser extorsionado por quien, contraviniendo las leyes naturales, recoge con vergüenza el fruto del árbol que no ha regado.

Aun así, cuando fue padre, mi primo no pudo evitar ponerle a su hijo el nombre de su abuelo.

Hay etapas de la vida en que las promesas del porvenir parecen una copia de lo que ya ha sido, tramos que podríamos saltarnos sin que la pérdida afectase al cómputo final, segundas partes que se alargan sin matices. Y, aun así, raramente faltan en ellas detalles o sucesos que no merezcan vivirse, soplos de sosiego o de plenitud que nos sacan del rutinario arado de nuestro destino. Estoy convencido de que él vivió muchos; no pudo no vivirlos. Sin embargo, a tiempo pasado, si nos atenemos a lo superficial, solo se aprecia en su trayectoria el cumplimiento del recorrido previsto, las diversas formas de interpretar una y otra vez el mismo calamitoso guión.

Fueron diversas las empresas en las que se involucró

desde que a finales de los ochenta concluyó su aventura comunista. El principal desastre, una granja de gallinas ponedoras que abrió con un socio gracias a créditos cogidos con alfileres y que, tres fatigosos años después, lo dejó en la bancarrota, acuciado por las deudas con prestamistas y usureros. Es probable que ese fuera su verdadero canto del cisne. La resaca lo atrapó y le robó energías que no recuperaría. Los defectos de su carácter, la terquedad, la precipitación, el maximalismo, alargaron el naufragio, y seguramente este habría tenido consecuencias definitivas de no ser porque en esos años –principios de los noventa– apareció en escena su segunda mujer, tuvo una hija, y el sueldo de ella, aunque insuficiente para tanta vía de agua, le procuró un cobijo. En consecuencia, siguió fabulando modos de abrirse camino. Durante una época diseñó juegos cifrados de recompensa y, por mediación de mi madre, un periódico estuvo a punto de comprarle dos. La sentencia fue que eran buenos, pero demasiado complicados, y si bien los simplificó, para entonces la moda había pasado. En otra época tuvo en la punta de los dedos adjudicarse el contrato de renovación de las marquesinas de las paradas rurales de autobús en Galicia, pero, después de idas y venidas, de conversaciones con personajes dudosos, de comilonas y halagos, algo volvió a fallar.

Hoy, cuando escribo esto, a finales de 2018, muy lejos de ese 27 de abril de 2017 en el que empecé a esbozar este retrato, le resumo a mi madre una carta de su hermano al padre de ambos enviada desde París alrededor de 1966: «Siempre he intentado demostraros a vosotros y a mí que sentía desprecio por todas esas cosas que os gustan y son vuestra vida, como la pintura, la literatura, la filosofía... Pero ahora creo que mi desprecio, o mejor dicho, mi indiferencia, no era más que un modo de ocultarme que en realidad soy un verdadero inculto. ¿Comprendes? Ahí puede estar la explicación de mi ansia de vivir fuera de casa. Viviendo en un medio vulgar olvido ese sentimiento inconsciente de ser un ignorante. Resulta que aquí en París me he relacionado con gente parecida a vosotros. Nuestros debates no son sobre fútbol ni sobre Brigitte Bardot, sino sobre cosas de interés. Por educación no puedo mantener con ellos la indiferencia que mantenía con vosotros, y ahora, al tomar parte en sus conversaciones, me he dado cuenta de que las cosas que digo son atendidas, y, aunque pueden ser equivocadas, se escuchan y discuten. ¿Qué me dice esto de mí? Solamente que no soy tan bestia como podía pensar».

Y en otra, de las mismas fechas: «Estoy empezando a leer a Robespierre, a Lenin y a algún otro tipo. En una palabra, empiezo mi etapa cultural. Espero que, cuando esta acabe, pueda escribir la novela que tú no dudas que escribiré algún día».

¿Qué sugieren esas líneas juveniles?

Hablan, creo, de un chico tan terco como inmaduro, que se siente solo ante la responsabilidad de vivir y ensaya diversos caminos en busca de aprobación. Tan frágil como para no atreverse a pedir ayuda y tan orgulloso como para no exigir, censurar ni recriminar.

Hablan de sus complejos y del peso inaudito que le procura su familia, una familia con tan fuerte conciencia de sí misma que los lazos entre sus miembros parecen supeditados al cumplimiento del ideario común. Fatigosa y opresiva, aunque no lo pretenda.

Y hablan, me atrevo a pensar, de la insensatez de quien alentó, siquiera por un momento, el propósito de escribir en alguien con tan pocos recursos. Da igual si convencidamente o como enunciado retórico para despojarlo de mérito. ¿Qué enfermedad contagiosa era esa? ¿Por qué la servidumbre literaria, o llevar al menos una vida acorde, parecía la única posibilidad de vida aprovechable? ¿Era un virus inoculado o se adquiría de manera espontánea? ¿Interpretaron correctamente los hijos a su padre o fueron ellos quienes, para apropiarse de él, le plantearon batalla en su propio campo? En realidad, ambas hipótesis son posibles. El padre, para hacerse perdonar, oficiaba ante sus hijos de sacerdote de su propio culto, y los hijos, necesitados de un origen, obedecían como buenos feligreses.

Los matices de mi madre no son enjundiosos, en lo fundamental está de acuerdo. No acepta los adjetivos *fatigosa* y *opresiva* aplicados a su familia, salvo como expresión metafórica de la subjetividad de su hermano, y tampoco atribuirle a este escasos recursos expresivos; dice que la carta que le he resumido es una excepción. En cambio, al igual que yo, identifica en ella la desasosegante premonición de un destino cumplido.

El mismo chico que en su veintena luchaba desde París por obtener la aprobación paterna a sus erráticos pasos había consumido sus últimos años pugnando por reparar su honor filial del daño sufrido cuando la lectura del testamento de su padre dictó desheredarlo y descontar de la legítima las ayudas que –mediante giros y transferencias– había recibido siendo adulto.

Fue un golpe duro que no amortiguó el hecho de compartirlo con su hermano mayor y en menor medida con sus hermanas, que también perdieron, aunque más disimuladamente. La conciencia de que habría quien juzgase adecuado el escarmiento incrementaba la vergüenza y el escozor. Como nada tenía, nada arriesgaba, y a lo largo de cuatro años obstaculizó con mi madre el reparto de la herencia, hasta conseguir que quienes habían resultado favorecidos se abrieran a negociar. Mientras tanto, en su condición de patrono de la fundación encargada de velar por el legado de su padre, encabezó una revuelta para abolir el padrinazgo de la familia. Una causa noble: acabar con su posibilidad de influir a cambio de acabar con la de otros. En esta ocasión no lo logró, como tampoco lograría terminar –murió antes– el que debería haber sido su triunfo postrero: el rastreo y recopilación en un volumen de la obra periodística perdida de su padre.

Toda su vida había andado a la busca de un éxito que lo reivindicara, y no lo obtuvo ni antes de la muerte de su padre, cuando cualquier podio le valía si le daba una posición desde la que decirle: *He salido adelante a mi modo,* ni póstumamente, tras dejar inconcluso el libro de artículos del padre (mitad expiación, mitad homenaje) mediante el que se proponía recuperar el lugar simbólico que le correspondía bajo su sombra protectora.

¿Pudo el padre impedirle dejar los estudios? ¿Por qué le privó de su cuarto? ¿Quiso amedrentarlo para que siguiera estudiando: *O estudias o te vales por ti mismo*? Interrogarse por otros motivos traería a colación, aunque fuera para refutarlas, palabras como *cobardía*, *debilidad* o *egoísmo*. ¿Habría terminado la carrera si su padre hubiera sido más firme? ¿La habría retomado si al regresar del servicio militar hubiese encontrado la casa familiar como la dejó? ¿Habría sido su vida mejor?

Fue lo que fue y también lo que pudo haber sido, como es norma. Y tan leal como para no reparar en que nada sustancial lo distinguía de sus hermanos.

Tenía un sentido arcaico de la lealtad, no conducía y era un pasajero incómodo, de los que atosigan al conductor. Entre enero de 1999, fecha de la muerte de su padre, y abril de 2005, fecha de la suya, Galicia ocupó un lugar central en su lucha legitimista. Viajaba por carretera casi cada semana, con su mujer de sufrida conductora, y, como en el último tramo de ese período a menudo tuve que hacer el mismo trayecto para atender la reforma de la casa donde mi madre había decidido retirarse, siempre que quise encontré acomodo en su coche.

Fue entonces cuando reparé en su capacidad para recuperar la conversación en el punto donde la hubiéramos dejado. Si ignoraba el desarrollo de algún pormenor, no olvidaba inquirir por él. Retenía hasta el mínimo detalle que le confiaras, lo cual, asumida la consideración, según el momento podía resultar inoportuno. Afortunadamente ningún interrogatorio era muy exhaustivo. Sentado en el asiento del copiloto y con un cenicero de bar sobre el salpicadero donde acumulaba las colillas de incesantes cigarrillos, se interrumpía de continuo para intervenir en los avatares de la conducción: *acelera*, *adelanta*, *frena*, *a la derecha*, *a la derecha...*

He olvidado mencionar que muchas veces me enfadé con él a distancia, lo evité para no hacerle un desplante y, sin embargo, cuando nos encontrábamos, bastaba un instante para reconciliarme. Su ternura torpe, su fragilidad áspera, su parquedad ruidosa, su cariño a prueba de bomba.

He olvidado señalar que sus quejas y fatigas no erosionaban su sentido del humor. Altisonante sin llegar a bronco, con notas agrias pero de intención conciliadora, mucho más blanco que negro, adepto a la complicidad y no al escarnio. Era de risa fácil y tan ingenuo como para ilusionarse cada vez igual que si fuera la primera.

He olvidado contar infinidad de momentos gratos pasados con él. Y los padecimientos de otros exasperantes.

Y al niño travieso que recuerda mi madre: el que con seis años se encerró en el baño con una pistola y quebró la tranquilidad de la familia pegando un tiro que atravesó la pared y reventó en la cocina.

Pero sobre todo he olvidado algo fundamental en lo que solo ahora reparo. Uno se sentía protegido a su lado. Yendo con él sabías que, si surgía un peligro, sería el primero en batirse por ti sin preocuparse de arriesgar su vida.

Es un dato relevante.

La mayor parte de la gente de nuestro entorno no lo haría.

Y pienso que debería haber empezado este relato por ahí y que es injusto no haberlo hecho.

Y reivindicar la rebeldía con que perseveró en abrirse paso a su modo hasta que ya no le quedó tiempo.

¿Torció su camino la muerte prematura de su madre? Creo que él sí lo pensaba.

Estamos a comienzos de 2005. Hace unos meses he dejado Madrid para seguir a mi mujer a su primer destino de funcionaria. Acabo de publicar un libro y, cada vez que una excusa me permite volver, acudo a verlo. Esgrimiendo mi agenda repleta de compromisos, lo hago con premura. En ninguna de mis visitas llego a sentarme, creo que no quiero que se haga ilusiones. La casa es pequeña, con dos ventanas abiertas a un patio de corrala, y en el salón, invadido por los enseres de proyectos vitales menos austeros, no quedan asientos libres, apenas un hueco en el sofá biplaza donde yace arropado junto a un batiburrillo de legajos de fotocopias, medicinas, periódicos, crucigramas... Su mirada es apremiante, como la de los moribundos que imploran un desmentido del final que ya barruntan. Ha encogido, y al hacerlo se ha depurado. Su rostro, allanado por la enfermedad, parece más joven. El pelo, peinado hacia atrás, deja la frente despejada y resalta la angulosidad de las facciones: las cejas, con el vértice marcado allí donde el óvalo de los ojos se inclina ligeramente hacia abajo; las cuencas profundas; los pómulos prominentes; la nariz larga con las aletas anchas; los labios finos; la sonrisa agradecida de quien se presenta sin velos ni artificios, inmune al *acanallamiento* de la dentadura.

No le faltan motivos para la desesperanza: miedo a la muerte y a no lograr lo que una vez anheló. Es mi tío, confía en mí y, porque me respeta y valora quién soy y qué he hecho, me otorga cierto ascendiente. Si echa la mirada atrás, encuentra poco de lo que enorgullecerse. No lo dice, casi ni lo sugiere, no le hace falta. Sus dos hijos treintañeros han logrado por caminos imprevistos el equilibrio económico que él no supo proporcionarles. Aun así, subsisten heridas no cerradas, y apenas lo visitan. Su hija menor, por quien se desvive, le profesa el amor incondicional de sus trece años. Ella y su madre son prácticamente su único bien. Quienes lo ayudan y lo sostienen. Ellas y el apellido paterno, que aún le abre puertas con su aura ya gastada de prestigio literario. Más allá solo acumula derrotas. Incluso su último proyecto corre el riesgo de terminar siéndolo. Si nadie lo remedia, quedará inconcluso. No solo necesita mis ánimos, no solo busca reforzar su impronta en mí. No lo formula, pero está claro: me pide que, llegado el caso, termine su libro. Quiere evitar que tanto trabajo desaparezca por el sumidero, y, mientras le doy entender que lo haré, en el fondo sé que lo estoy engañando.

¿Qué hago allí, entonces? ¿Por qué acudo? Me empuja el afecto, agudizado por el sentimentalismo, así como un afán reparador que desborda, por su trasfondo catártico, las connotaciones convencionales del verbo *confortar*. Catártico porque intento expiar mi complicidad con el lugar secundario al que tradicionalmente se le ha relegado en el orden afectivo familiar. Más allá de entretenerlo y animarlo, intento transmitirle que en lo que a mí se refiere solo hay agradecimiento por su desinteresado cariño.

Reivindicarse. Corregir. Enmendar. Reconducir postreramente el relato hacia un final en el que pueda decir *al menos eso sí lo hice.* Se queja de que su solitaria labor de los últimos años, la recopilación de la obra periodística perdida de su padre, quede inconclusa; se queja de que una investigadora portuguesa le ha pedido la referencia de los inéditos y teme que sea la avanzadilla de otros buitres que intentarán apropiarse de sus descubrimientos: los seudónimos tras los que se embozaba la pluma paterna en sus marginales principios como articulista, los arrabales del oficio que frecuentó.

Él no es escritor ni académico, su pesquisa no le reportará dinero ni le servirá para ascender en ningún escalafón, pero no está dispuesto a dejarse arrebatar el mérito. Lucha para hacerlo suyo porque quiere mejorar su autoestima en relación con su padre y sus hijos. En cuanto al padre, que lleva muerto seis años y lo desheredó, su meta es despojarse del estigma de quienes malbaratan los esfuerzos invertidos en ellos. En cuanto a los hijos, que llevan cuentas tristes de las veces que les falló, ofrecerles un asidero donde colgar algún orgullo que compense tanto desastre de esperas y esperanzas malogradas.

Sabe que el enfado de sus hijos varones tiene raíces profundas, pero se queja del abandono en que lo tienen. Se queja, vuelve a hacerlo, de las decisiones pasadas del padre. Se queja de cualquier cosa que se le ponga a tiro, y entonces, en un momento determinado, me pregunta si creo que Pala, su hermana, mi madre, ha sido feliz.

–No lo sé. Supongo que sí –respondo–. Ha atravesado dificultades y algunos momentos malos, pero tiene capacidad para sustraerse a los tropiezos, y creo que sí, que ha sido sustancialmente feliz. ¿Y tú? –pregunto–, ¿has sido feliz tú?

Esperaba mi pregunta, la ha provocado, y, como la esperaba, lo que contesta lo contesta con rotundidad.

Esta es su descripción física, tal y como ha quedado fijada en mi memoria: moreno, alto, fibroso, fuerte, de caminar erguido aunque cansino, con las manos esbeltas, pese a los abusos, y la piel tostada por el callejeo constante. Solía servirse de ellas para palmearme las mejillas en demostración de cariño.

Qué perturbador que al final de la vida siempre aparezca el niño, en los esforzados, en los alegres y en los tristes. Si pienso en él, pienso en un niño al que amedrentaron las decepciones con las que se abrió al mundo adulto. Y también pienso que mintió, que, si la felicidad es algo más que la ausencia de infelicidad, fue feliz o lo parecía en las comilonas, en los bautizos, en las reuniones familiares, en la celebración de los éxitos ajenos de los que se sentía partícipe. Seguro que en las tertulias con sus amigos y cada vez que encontró un auditorio generoso. Cada vez que se le permitió darse aires, representar lo que sin duda era y pocos le concedieron: un personaje. Que lo fue, es mi deseo, en sus ensoñaciones y en los preámbulos de sus arrebatos de acción. No solo en dispersos ecos de su memoria infantil ni en un pecio concreto que pasó la vida intentando reproducir. En todas las ocasiones en que se concedió un descanso. Cuando dejaba atrás el realismo con el que batallaba trágicamente y se entregaba sin complejos a la fabulación.

SEIS
La memoria heredada

Mi recuerdo de él abarca recuerdos que no son míos. Mi mirada incluye jirones de otras miradas.

Sé que nació en 1910 en una aldea vecina de Ferrol donde su abuelo materno poseía un caserón que antaño había formado parte de un pazo. Por este motivo, y por ostentar un apellido mallorquín blasonado, y a pesar de contar con poco más que su dignidad para sostenerse, su familia materna se tenía por hidalga, convicción que hizo suya tiñéndola de cierto aristocratismo estético tras el que encubría los trazos de un secreto complejo social. Sé que su padre, oficial de marina educado en el Romanticismo finisecular, exaltado, extravagante y proclive a las debilidades del corazón, se quedó en una graduación modesta debido a los excesos inducidos por tan indisciplinada mezcla. Sé que su padre y su madre pasaron años sin hablarse. Que tanto su padre como su abuelo fueron mujeriegos y que, tal vez por eso, a contracorriente de su natural sensual, él desarrolló un ambiguo puritanismo con respecto al sexo –gracia divina cuando se origina en el amor, y pecado, falta o caída si es promiscuo o furtivo–. Sé que admiraba a su padre por la generalidad de lo que era, pero que guardaba grandes dosis de resentimiento contra algunas de sus concreciones. Sé que era liberal, progresista y católico pragmático observante de los ritos. Que era escritor y persiguió la fama desde joven, y que sufrió por no conseguirla hasta tardíamente. Que hizo la Guerra Civil en el bando equivocado por confusas razones entre las que lo ideológico pesó menos que los cálculos personales. Que era inteligente, socarrón y un agudo conversador, pero muy poco resolutivo, perezoso y nada práctico. Que el reconocimiento literario, cuando le llegó, socavó la arrogancia intelectual en la que su despecho se había embozado. Que era descreído. Que tendía a la autocompasión y a juzgar cualquier suceso por sus efectos sobre él. Que era cariñoso, sentimental y fantasioso. Que otorgaba al pasado casi tanta entidad como al presente en el que vivía, y que era tan irresponsable como para haber tenido once hijos de dos mujeres, cuatro de la primera y siete de la segunda.

Durante mucho tiempo estuve enfadado con él.

El siguiente texto lo escribí durante la noche y la madrugada posteriores a su muerte (mientras lo hacía, no dejé de fumar; también fui a tomar impulso a un bar cercano donde un conocido me invitó a una cerveza y a una raya de cocaína):

> Tengo entendido que no siempre fue igual, y que mucho antes de que yo naciera, en los tiempos duros de Madrid en los que solo se le reconocía como crítico teatral, era de temperamento melancólico y a menudo caía en largos períodos de abatimiento que le hacían dudar no solo de la repercusión futura de su obra, sino también de su talento como escritor. A pesar de eso era un padre cariñoso, que llevaba a sus hijos al teatro y al Mu-

seo del Prado casi todos los domingos, y que disfrutaba recitándoles poemas del *Romancero gitano*, cantándoles coplas y tangos, y narrándoles cuentos que o bien inventaba para la ocasión, o bien recuperaba de su niñez. Pero también sé que era algo maniático y que en ocasiones podía llegar, incluso, a ser tiránico. Cuando estaba encerrado en su biblioteca no soportaba, por ejemplo, los ruidos de la casa, y tanto mi abuela como sus hijos y las dos mujeres de servicio debían hablar en susurros y caminar descalzos para no provocar su enfado. Aunque no case bien con lo abundante que luego ha sido su obra, parece ser que le costaba escribir y que tenía cierta tendencia a la vaguería; se valía de excusas peregrinas para abandonar el trabajo, y con mucha frecuencia su familia descubría, tras horas de obligado silencio en las que lo suponían en liza con un párrafo o un capítulo especialmente complicados, que en realidad no había hecho otra cosa que fumar a oscuras o confesar sus cuitas a una inmensa grabadora que había traído de París.

Desde que guardo memoria era ya el novelista reconocido que es hoy, y aunque su carácter seguía siendo melancólico, no lo conducía al abatimiento. Se manifestaba, si acaso, en el escepticismo un tanto socarrón de que hacía gala ante el elogio ajeno. No sé si con sus hijos menores, nacidos de su segundo matrimonio, repetiría el autoritarismo exhibido con los mayores, si, como estos, se verían obligados a guardar un silencio conventual cuando trabajaba, pero lo cierto es que a mí, quizá porque la supuesta permisividad de los abuelos con sus nietos es cierta, no me recriminaba mis frecuentes incursiones en su biblioteca. Nunca dejaba de recibirme con alegría, como si mi llegada fuera la oportunidad que había estado esperando para abandonar la tarea que le ocupaba.

Hasta que perdió la vista y tuvo que empezar a dictar, la biblioteca era el centro de su vida, donde pasaba la mayor parte del día. En las cuatro casas que le conocí, fue siempre un espacio amplio que contenía lo necesario para pasar las horas con la máxima comodidad: una mesa camilla para escribir, un sillón de orejas para sestear, un escritorio para los papeles y los objetos queridos, y dos sofás en los que recibía y se repantigaba a leer o a mirar al infinito. Cuando mi edad demasiado escasa le dificultaba llamar mi atención con el verdadero tesoro que guardaba en ella (los libros que cubrían las paredes), recurría para entretenerme a otros secretos. Era el momento en el que me llevaba a un lugar de la librería y, de detrás de una fila de libros, sacaba un regalo imprevisto. Podía ser el mapa de una isla caribeña en la que, según él, había un tesoro escondido, un viejo puñal o un cuerno de ciervo que habían sido de su abuelo. Todo lo que me regalaba, o me permitía contemplar con reverencia de secreto compartido, procedía de escondites improvisados detrás de los libros. Más tarde, conforme fui creciendo, los tesoros hacia los que me dirigía pasaron a ser los mismos libros. Eran el *Tristram Shandy* en una edición francesa heredada de su padre, las *Memorias de Saint-Simon* o el *Ulises* de Joyce, que prefería enseñarme en el facsímil que reproducía los manuscritos y galeradas cien veces corregidas.

En los últimos años, la biblioteca permanecía cerrada y él pasaba la mayor parte del tiempo en el salón, donde dictaba los libros que siguió escribiendo. Como si ese alejamiento de su antiguo santuario entrañara otro alejamiento más íntimo, nuestras conversaciones, que mayoritariamente versaban sobre literatura, fueron dirigiéndose cada vez más hacia el pasado. Me hablaba de los muertos de la familia y en especial de su abuelo Eladio, un mallorquín de barba decimonónica y talante liberal en política, al que admiraba sobremanera y con quien de pequeño pasó innumerables tardes, acurrucado bajo la mesa de su despacho, escuchándolo hablar embelesado. Como yo a él cuando me dejaba entrar en su biblioteca y descorría los libros de su estantería.

El texto citado constituye el obituario que le dediqué el 29 de enero de 1999 en el diario *El País*. Estaba terminando mi primera novela tras publicar cuatro años antes un libro de cuentos que, gracias a la benévola repercusión crítica, me había permitido entrar a colaborar en el suplemento cultural del periódico. Era el nieto escritor del célebre novelista, y el encargo de la redactora jefe de Cultura, aunque no lo esperara, era previsible. Dudé si aceptarlo, y de hecho lo rechacé inicialmente debido a razones diversas: no quería alentar la sensación de que me aprovechaba de la fama de mi abuelo, desconfiaba de mis capacidades –perjudicadas por la jornada de duelo– y temía evidenciar que, si bien lo admiraba y quería, guardaba hacia él reticencias crecidas en los conflictos propios de familias en las que cohabitan dos estirpes, cuando quien es su eje de unión y debiera administrar la controversia no lo hace con la equidistancia debida. Parte de esa dualidad, central en mi relación con él y nada pacífica pese a no habérsela demostrado jamás, aflora en el texto que escribí. Como casi todas las necrológicas, estaba dictado por una amalgama de sentimientos: la exasperación de unos y el menoscabo de otros. No mentí al retratarlo como un abuelo cercano, pues conmigo lo fue, ni exageré el cariño que le profesaba, pero sí tuve que callar los aspectos privados de su personalidad donde se anclaban mis desavenencias, y para compensarlo, incapaz de ahorrármelo, apunté al trasluz el origen de algunas. Me refiero a la mención innecesaria a sus dos matrimonios, en la que dejaba claro el de mi procedencia, así como a la alusión más o menos velada al trato desigual dispensado a los hijos de uno y otro. Con la frase que abría el texto –«Tengo entendido que»– buscaba introducir el origen diverso de mi experiencia de él, la recibida a través de la memoria de mi madre y sus hermanos –que hablaba de un padre joven y afectuoso, proclive a perder el tiempo con sus hijos, pero también algo déspota al hacer orbitar la vida familiar en torno a sus mudables necesidades de escritor–, y la observada directamente a través de mi frecuentación de su segunda familia, cuando, menguadas las fuerzas y seguro ya de su carrera, ni era tan estricto en las disciplinas y caprichos impuestos a su prole ni acaso tan dadivoso en su paternal inclinación.

Parecidas intenciones, pero formuladas con mayor nitidez, gobiernan una semblanza que me pidieron con motivo del décimo aniversario de su muerte en el suplemento cultural del diario *El Mundo*. Esta vez no la rechacé de entrada, pero tuve las mismas dudas que diez años antes con la necrológica, y si acepté fue por miedo a que un *no* me enajenase encargos futuros. En consecuencia, me salió desganada:

> Tendemos a pensar que los muertos que conocimos fueron siempre tal y como eran en el tiempo en que los tratamos, cuando lo cierto es que, más allá de que ciertos rasgos del carácter sean inalterables, nadie permanece idéntico a sí mismo toda la vida. También nos conformamos con pensar que la idea que tenemos de las personas procede de la observación, y sin embargo a ella contribuye de manera sustancial el parecer de otros. En los recuer-

dos que un nieto tiene de su abuelo se mezclan los recuerdos propios con los recuerdos transmitidos por la generación intermedia, la de los padres.

Tenía casi treinta años cuando murió mi abuelo, lo cual significa que, si prescindimos de mis primeros diez años de vida, en los que mi entendimiento estaba demasiado verde, solo lo traté de manera autónoma durante los últimos veinte años, entre sus sesenta y ocho y sus ochenta y ocho. No era ya joven, tenía un estómago delicado, un corazón que le había dado algún susto y manías de viejo, como la de caminar con bastón, que adquirió bastante antes de que sus piernas lo necesitaran. No era una persona dinámica, al parecer nunca lo fue. Al llegar a un sitio buscaba asiento, pero desde ese asiento, ya fuera el sofá de un salón, la silla de un restaurante o la de una cafetería de las que frecuentaba por las mañanas para corregir el trabajo del día anterior, capturaba la atención del auditorio más reacio. Era un narrador oral portentoso, de los que explican la realidad a través de historias. Una simple anécdota le valía para hilvanar un cuento, y atesoraba un amplio repertorio de mitos y leyendas constantemente reelaborados. Muchos de sus cuentos escritos fueron antes narraciones orales. Se inspiraba en viejas historias familiares, ya que, como mitómano, se sentía atraído por el pasado. Le gustaba acumular objetos que se le hacían valiosos por su carga sentimental o porque reflejaban algún aspecto de su personalidad. Vestía con elegancia, aunque esta había sido más acusada a sus treinta y cuarenta años, cuando rozó el dandismo. En esos tiempos durante los cuales aún vivía su primera esposa, mi abuela, de quien enviudó en 1958, luchó denodadamente por abrirse un hueco como escritor, supeditando todo, la vida familiar, a ese objetivo. Consiguió ganarse el respeto de la sociedad intelectual de entonces, pero el éxito popular le llegó mucho después, cargado ya de hijos, con siete de su segunda mujer sumados a los cuatro de la primera. El tiempo mitigó otros aspectos de su personalidad, como la excentricidad, que a menudo lo había llevado a tomar decisiones escasamente prácticas, pero nunca lo libró de un enfermizo escepticismo que a veces lo hacía parecer despegado del mundo, contemplarlo desde una barrera. Como abuelo no pudo ser mejor.

Más allá de recordar los dos linajes de su descendencia y de volver a señalar el mío, el meollo del texto se halla en la frase final –«como abuelo no pudo ser mejor»–, un justo reconocimiento a su trato conmigo que incluye elípticamente la insinuación de que quizá no fuera tan buen padre; así como, líneas arriba, en la expresión referida a sus años de matrimonio con mi abuela –«luchó denodadamente por convertirse en escritor, supeditando todo, la vida familiar, a ese objetivo»– que, unida a la siguiente –«pero el éxito popular le llegó mucho después, cargado ya de hijos, con siete de su segunda mujer»–, establece de soslayo una comparación entre ambos períodos con la que buscaba resaltar los mayores sacrificios que hubo de afrontar mi rama familiar. Dichas frases representaban un intento extemporáneo de reivindicar la memoria de mi abuela y sus hijos, mi madre entre ellos, convencido como estaba de que habían recogido los peores frutos de la relación de mi abuelo con la escritura y de que este, sin detenerse a considerarlo, había agravado la condena faltando a la debida ecuanimidad en el momento solemne de disponer sus últimas voluntades. Mi propósito, pues, era advertir de que había un relato secreto y molestar, si era posible, a quienes en mi opinión contribuían a silenciarlo.

¿Obedecía mi resentimiento a una realidad? ¿Era necesario mostrarlo, aunque fuera de forma críptica, en un artículo de homenaje?

Mi respuesta a la primera pregunta sigue siendo sí. Es al responder la segunda cuando mi yo de ahora difiere de mi yo de entonces. Mis reticencias actuales hacia mi pasada intemperancia no se deben tanto a un cambio de opinión respecto a los hechos que la alimentaban como a que ahora, enfrentado al mismo reto, no me habría desviado del panegírico solicitado.

El paso del tiempo conlleva olvidos y prioridades nuevas que nos hacen considerar a otra luz experiencias pretéritas.

Ignoro si algún lector, más allá del círculo íntimo, detectó el mensaje encriptado en mis artículos. Como es natural, nadie me pidió aclaraciones. Si me las hubieran pedido, no habría tenido inconveniente en revelar lo ya insinuado: la iniquidad de mi abuelo con aquellos que más habían padecido por su causa. Dejados a un lado imponderables como la escasez de la posguerra o el desclasamiento propio de los hijos de artista, las principales dificultades que mi madre y sus hermanos afrontaron en su época formativa o fueron evitables o pudieron atenuarse. Habría contado que crecieron en Galicia, con su madre enferma de asma, mientras su padre, tras renunciar a su cátedra de instituto, pasaba la mayor parte del tiempo en Madrid persiguiendo la fama literaria. Habría abundado en mi convencimiento de que esa infancia hendida había influido de forma negativa en los hijos tanto como luego les influiría la muerte temprana de su madre y la desintegración del hogar común por la nueva boda de su padre, y, ya lanzado, habría dado ejemplos de los melifluos caminos mediante los cuales, desterrada la memoria de su infancia y barrida la de su madre, se consumó su desplazamiento. En realidad, ni ellos mismos se dieron cuenta; entretenidos con sus propias vidas, se convirtieron en espectadores desapasionados de una intriga que, más allá de desencuentros puntuales, solo sería perceptible en su entera dimensión años después.

Así de enfadado estaba. Durante los diez años posteriores a la muerte de mi abuelo, quienquiera que me hubiese preguntado por mis relaciones con él habría obtenido una respuesta crispada. Y muchas veces, aunque no se interesaran, solo con que pronunciaran su nombre.

Pero ¿por qué me remontaba tan lejos? ¿Por qué me iba hasta la infancia de los cuatro hermanos si había razones de enfado mucho más cercanas?

Este es un asunto que no debo esquivar. La justificación sobre la que se asentaba la injusticia seca del testamento, y que amparaba asimismo el modo de actuar de quienes resultaron favorecidos. A saber: la presunta carga económica y fuente de preocupaciones que los cuatro hermanos mayores, y singularmente los varones, habían representado para su padre mientras vivió; ninguna cosa de la que se les privase cubriría ni una mínima parte de lo que se había dilapidado en ellos.

El día que mi madre recibió la copia del testamento, retiró y guardó en un cajón todas las fotos de su padre. Luego se pasó cuatro años al teléfono, a los mandos de la estrategia de resistencia que, un desagradable juicio mediante, permitió finalmente convertir en papel mojado las cláusulas más ofensivas; cuatro años en los que el motor que la movió no fue tanto la razón económica, aunque también, como la sentimental. Peleaba contra quienes manejaron los tiempos con instinto depredador, pero en particular contra el anciano que puso la rúbrica, olvidado de su deber paternal, y por eso la victoria consistió más en el simbolismo de haber hecho valer sus derechos que en el beneficio económico obtenido.

Y, sin embargo, la herida infligida por el padre al que habían venerado permaneció abierta. Aunque en vida de este habían abundado los signos reveladores de que su entereza no era tanta, de que concedía ventajas irreversibles, jamás pensaron que daría el paso de sancionar la discriminación en su testamento, de otorgarle carta de naturaleza y legitimidad. Frente a esto ya no cabía excusarlo en su poco aguante al goteo de la persistencia, en su debilidad refractaria al enfrentamiento con quien supiera pulsar los resortes adecuados. Adentrarse en el circunspecto despacho de un notario y firmar unas disposiciones testamentarias que tuvieron que leerle representa un paso más allá. Es un acto sin vuelta atrás. Es dejar escrito, aunque sea a contraluz, que esos hijos a los que despojas de sus derechos los consideras merecedores del castigo. Es conceder a sus antagonistas, además de la hacienda y los enseres, la patente del discurso. Todo lo que sucede en casos similares, cuando la codicia aliñada de rencores se desata, sucedió. A mi madre y sus hermanos los condujo a replantearse la relación con su padre. Y lo que me parece revelador es que lo hicieran, igual que yo, aceptando la premisa sobre la que se había construido su discriminación. Solo así se explica que, en lugar de rebelarse fríamente, echaran la mirada atrás para atribuir al padre la causa de su peculiaridad: que ninguno hubiera desarrollado una carrera profesional, que los cuatro hubieran atravesado momentos de penuria en los que requirieron la ayuda del padre, que siendo este y la madre universitarios ninguno hubiera terminado sus estudios.

Pasado el tiempo, y disipadas algunas nieblas, reconozco que, deseando hacer justicia, no fui tan justo como pretendía. No diferenciaba los diversos grados de culpabilidad y tendía a priorizar la de mi abuelo. En cierto modo, hice lo que mi madre cuando leyó el testamento: descolgar las fotos de él que había en casa.

Es verdad: ni todos los años de su segundo matrimonio estuvieron exentos de apreturas ni mi abuela solo vivió penurias. Las vivió, y no desdeñables, los doce años en que la familia permaneció separada. Antes pasó por breves momentos de holgura: cuando mi abuelo ejerció de catedrático en Santiago y Ferrol, y, el más prolongado, en sus últimos cuatro años de vida –ya instalados todos en Madrid–, cuando el asma la tenía ya muy maltratada.

Y lo reseñable es que, pese a las esperas prolongadas, esos cuatro hijos crecieron adorando al padre, sin resentimiento. Imagino el porqué: no iban a tenerlo si su madre no lo tenía. El padre se cuidaba de no estar del todo ausente, ejercía su influencia a distancia. Mandaba cartas semanales a cada uno y, cuando regresaba a Galicia, los complacía con regalos capitalinos y con un sinfín de historias que afianzaban su prestigio ante ellos y los ponía en relación con un mundo más grande y atractivo que aquel en el que vivían: el legendario de los viejos cuentos familiares, donde resonaban lejanas ciudades como Buenos Aires, La Habana o San Petersburgo; el fantástico de sirenas y aparecidos; el histórico de las batallas marítimas recreadas con viveza de testigo; el literario de los mitos clásicos, y el cosmopolita de sus andanzas, no siempre ciertas, en París, Berlín o Madrid.

A ojos de sus hijos, el padre era un personaje importante. Además de sus dotes de narrador, influían en esta percepción su tendencia a la mistificación autoensalzadora, al adorno de sus cualidades, así como cierta infatuación, visible en su querencia por exhibir modos y gustos patricios, mediante la que salvaba sus inseguridades. Y, principalmente, el lugar central, incontestado, que ocupaba en la familia y que sus prolongadas ausencias, lejos de menoscabar, apuntalaban. Era un hombre con una ocupación elevada. Cada vez que llegaba, acudían con la familia a la estación dos mujeres del pueblo, encargadas de acarrear su lujosa valija, uno de esos baúles de viaje que, abiertos verticalmente, se transforman en un armario completo: a un lado, cajones y baldas para camisas, jerséis, ropa interior, sombreros..., y, en el otro, una barra con perchas para los abrigos, los pantalones, las chaquetas... Años después, los otrora niños recordarían con golosa añoranza el olor de la madera y la naftalina, junto a otros aromas; probablemente a tabaco, a colonias y cremas de afeitado; probablemente al papel y la tinta guardados con la máquina de escribir en un compartimento *ad hoc*; probablemente al cuero de los correajes y al aire de Madrid, que, liberado en la humedad gallega, estimulaba las pituitarias con lejanos trazos de polvo y gasolina. En Galicia se vaciaba el baúl y, si el viaje coincidía con un cambio de estación, se sustituía la ropa. En caso contrario, antes de emprender la vuelta, que otra vez se realizaba en comitiva hasta el ferrocarril, se lavaban, planchaban y almidonaban las camisas, se repasaba el apresto de cuellos y puños, se zurcían calcetines, se cosían botones, se embetunaban y lustraban zapatos, se cepillaban a conciencia los paños, se daba la vuelta a las chaquetas y al abrigo que lo necesitaran, o se les cambiaba el forro, y, cuando tocaba, se incorporaba al ajuar algo nuevo, ropa interior caliente, jerséis tejidos por mi abuela o prendas a medida con telas traídas a propósito de Madrid.

Las estancias de mi abuelo en Galicia rompían la monotonía, atraían visitas distintas e instauraban hábitos provisionales: los niños se dormían tarde, acompañaban al padre a paseos y tertulias donde se le atendía con respeto y, aunque sufrían vetos –el obligado silencio cuando trabajaba–, el aura misteriosa de su quehacer de escritor avivaba la admiración que le profesaban. Su marcha, en cambio, restauraba la rutina de la espera. Espera de la próxima visita y, más allá de esta, espera del venturoso momento en el que todos lo siguiesen adondequiera que, dubitativo hasta la irritación, decidiera asentar la residencia familiar.

¿Merecía la pena? Tan solo si vivir alejado de su familia no era tanto un peaje como uno de los fines perseguidos. No faltan indicios en la correspondencia que parecen confirmarlo: alusiones, cada vez que se plantea su vuelta, a las algarabías infantiles; recordatorios de los estorbos domésticos... A solas en Madrid, sin obstáculos, podía permitirse la vida del diletante perfecto, del perseguidor de sombras, del observador dispuesto a aprovechar cualquier ocasión susceptible de incrementar sus habilidades mundanas.

Una intuición: sus escrúpulos de arribista ante el papel que habría jugado mi abuela, espartana y reacia a la frivolidad, en las reuniones donde él se refocilaba. ¿Habría estado cómodo con ella? En sus cartas dice anhelar su compañía, se siente una rareza en un mundo poblado por matrimonios, pero también la adoctrina sobre su modo de hablar o le dicta cómo ha de vestir cuando esté con él en Madrid.

Del otro lado, cabe preguntarse por la sinceridad de ella al animarlo a perseverar en su aventura madrileña, cuando, enferma y con cuatro hijos, el esfuerzo de educarlos debía de acarrearle considerables perjuicios físicos. Por no mencionar las molestias derivadas de planificar la economía doméstica sobre imprevisibles giros y transferencias, o los chismes a los que una mujer en sus circunstancias se exponía en una ciudad pequeña. En ninguna de las cartas de mi abuela se infiere, siquiera entre líneas, la expresión de una disconformidad demasiado acerada; en cambio, en muchas de las suyas él se muestra tan chirriantemente a disgusto con su propia soledad, y argumenta tan por extenso sus razones para perseverar en ella, que o bien su mala conciencia era mucha o bien el beneplácito de mi abuela no siempre fue tan generoso.

Deducciones aparte, tengo por cierto que los cuatro hijos se educaron durante años fundamentales con un Dios Padre que, aunque ausente la mayor parte del tiempo, ejercía a distancia su incuestionable influencia dictando por carta no solo los colegios a los que debían ir, sino también sus castigos y premios, las amistades que les convenían y hasta las medicinas que había que administrarles si enfermaban. Mi abuelo consideraba su familia una extensión de sí mismo, y con sus largos tentáculos movía los resortes vitales de quienes dependían de él tanto cuando sus decisiones las dictaba el sentido común como cuando respondían a su sola conveniencia, al capricho o a extravagantes creencias.

Mencionaré dos:

Cuando para paliar su sed de familia decidió que la hija mayor lo acompañara a Madrid como avanzadilla familiar, la metió interna en un colegio donde solo le era posible visitarla los domingos. Y más discutible: que no la matriculara en el bachillerato sino en Cultura General, un *cul de sac* destinado a formar futuras esposas que impedía su acceso posterior a la universidad.

Con mi madre fue más irresponsable: en la creencia de que había heredado la mala salud de mi abuela, la dejó en casa, sin escolarizar, hasta los catorce años, y después, una vez instalada la familia en Madrid, quizá por ser la guapa, la envió al colegio más caro de la ciudad, donde sus condiscípulas, hijas de millonarios y aristócratas, carecían de otra preocupación sobre su futuro más allá de la próxima fiesta o el próximo crucero.

¿Tan escasa era la confianza de mi abuelo en las facultades intelectuales de sus hijas o es que no supo eludir los prejuicios de género de la época? ¿Se paró a considerarlo? Probablemente no. Entre el disfrute de los entretenimientos urbanos, los apretones intensos de trabajo y los períodos de abatimiento de quienes, creyendo tener una obra por hacer, dejan que los días se les escapen en otros menesteres, su vida no daba para más.

Mi madre sí estudió un bachillerato, lo terminó cuando la suya ya había muerto y mi abuelo estaba casado con su segunda mujer. La memoria heredada me dice que no recibió, en cambio, ninguna orientación ni estímulo sobre lo que hacer después, nadie se planteó su paso a la universidad. Esperaban, supongo, que en las casas y fincas de la alta sociedad encontrara un marido capaz de darle una vida acomodada.

Tampoco mi madre dio muestras, imagino, de querer una cosa diferente.

A propósito de incongruencias: sin darme cuenta, he dado un considerable salto temporal. He dejado las apreturas de Galicia, he desembocado en Madrid y me he referido a su viudedad de mi abuela y a su segundo matrimonio. Enseguida daré un salto mayor. Antes debo cerrar algunos puntos. Ignoro, por ejemplo, si mi abuela intervino para moderar los despropósitos de mi abuelo, si los respaldó o si fue mera consentidora. Mi abuela es una figura evanescente, y la razón de que sea así no se halla solo en su muerte a los cuarenta y seis años. Esta influye, igual que influye su carácter discreto de pueblerina o que, hija única, careciera de hermanos que, cuando faltó, pudiesen hablar por ella. Su opacidad se debe en mayor medida a algo que facilitó: la centralidad de mi abuelo en la constelación familiar, su protagonismo avasallador. El relato que he recibido le reserva poco espacio porque casi todo lo ocupa él. El carisma de su marido la oscurece retrospectivamente porque, así como ella representa poco más que una ausencia, las ausencias de él cuando vivía apartado de la familia, su estar sin estar, lo invistieron de una solidez inmune al paso del tiempo y a las traiciones que este trae consigo. Y porque, mientras ella encarnaba para sus hijos el orden cotidiano y la rígida mesura, él simbolizaba la imaginativa laxitud.

Hasta donde me alcanza la memoria, no albergo dudas del protagonismo que, más allá de los matices, ocupó mi abuelo en la arquitectura intelectual y afectiva de mi madre y sus tres hermanos. Que la vida de todos pueda leerse, según creo, a través del manido prisma de «su relación con el padre» es un reflejo de ello. Hasta a mí me alcanza.

He oído infinidad de veces el relato: la madrugada en que mi abuela murió, mi abuelo reunió a sus cuatro hijos frente al cadáver y los hizo jurar que permanecerían unidos. Apenas dos años después volvió a casarse, la casa pasó con su contenido a ser la de su nueva esposa y en los nueve años siguientes tuvo siete hijos con ella sin que eso diluyera la aguda dependencia de los primeros. Lo último es una inferencia, pero así lo creo: de la misma forma que en el pasado la separación no había minado el ascendiente sentimental de su padre, no lo socavaron ahora las consecuencias negativas que acarreó para ellos la usurpación de su espacio.

También he oído, y le otorgo la misma credibilidad, que, poco antes de morir, mi abuela previno a su hija mayor de que su padre volvería a casarse y le entregó sus ahorros con instrucciones de que los mantuviera a resguardo de él. Estaban avisados, pero el aviso solo les sirvió para atar cabos pasado el tiempo. Por retazos cazados aquí y allá, deduzco que ninguno de los hermanos estuvo demasiado pendiente de él cuando enviudó: eran jóvenes y tenían otras urgencias que atender.

Se divertían.

Aunque en ocasiones se resista, intento apartar la maleza para trazar a tientas mi propio camino en el relato.

Mi abuelo poseía cuantiosos dones, y uno de ellos, que lo ayudó a gestionar los afectos de manera casi siempre favorable a sus intereses, fue el de la disociación; es decir, su habilidad para mostrarse disociado y fomentar en los otros parecida capacidad a la hora de juzgarlo. Lo describo así porque no sé de qué otro modo hacerlo. Tras una infancia afilada de contradicciones, pletórica de provechosos resortes imaginativos, aunque mediatizada por la áspera relación entre sus padres y por su pertenencia por línea materna a una clase social –la baja nobleza rural– que llevaba más de un siglo contemplando el descalabro de su modo de vida, había tenido una primera juventud imprevistamente dura. Obligado a estudiar y salir adelante por sí solo, la escasez y la incertidumbre acerca de su futuro amartillaron su carácter, y creo que, como es frecuente entre quienes superan obstáculos similares, había desarrollado cierto egoísmo existencial –podemos llamarlo autismo ontológico: la sensación de que el mundo le debía algo–, que lo ensimismaba y llevaba a actuar atendiendo principalmente a sus apetencias, sin apenas considerar los efectos adversos sobre los otros. Creo que, inteligente y sensible, no era ajeno a ello y que intentaba compensarlo multiplicando las atenciones superfluas, las intromisiones protectoras... Y, como además era un sentimental celoso del prestigio de su propia imagen, no solo respondía con prodigalidad cuando lo ponían entre la espada y la pared: andaba siempre a la caza, con cartas y llamadas, de signos reveladores de cuánto cotizaba su afecto entre aquellos a quienes quería, lo cual creaba en estos una ambivalencia o disociación que era fiel reflejo de la suya. Se dolían de los olvidos y perjuicios ocasionados por su pensar sobre todo en él, pero al mismo tiempo se creían destinatarios de un amor incuestionable.

No hace mucho leí unas cartas suyas a mis padres, escritas entre 1964 y 1966; ellos residían en Brasil y él en EE. UU., donde tenía plaza de profesor invitado en una universidad del norte del estado de Nueva York. Son en su mayoría misivas de un padre exaltado que exige noticias o ruega recibirlas, según cuál sea la retórica elegida, y que se duele de su escasez: le urge saber de mi madre e inquiere, vehemente, por sus hermanos, en particular por el menor. El menor, a quien había privado de su cuarto al regresar del servicio militar.

Hubo más asuntos feos que prefiero callar. Las nuevas vidas se construyen sobre el cuestionamiento de las vidas anteriores y, puestos a ello, no hay límites. Si no nos movemos, otros nos harán cambiar. ¿Actuó mi abuelo con autonomía o fue débil y, por tanto, maleable? Afirmar cualquiera de las dos cosas sería impropio. Me inclino por lo segundo, pero se trata de una elucubración. No acuso, *nos* describo, y por eso es justo señalar que en esas misivas dejó muestras de su disposición –rezagada pero inexorable– a compensar a sus hijos con dinero cuando alguno de ellos lo requería. Dinero distraído sobre el que pedía guardar secreto.

¿Cómo fueron de verdad las cosas? Las miserias ajenas contagian su hedor a quienes hacen cómputo de ellas. Se anotan en un cuaderno con el que negociamos al peso.

De esto, que le atañe, sí hay constancia:

Pocos años después, en 1967, al abandonar EE. UU. para regresar a España, donó a la biblioteca de su universidad americana los tres cuadernos de un diario que había escrito entre mediados de los años cuarenta y finales de los cincuenta. Además de la propiedad, cedía los derechos de publicación, que, según el escrito legatario, en ningún caso debía llevarse a cabo antes de la muerte de los cuatro hijos que compartía con mi abuela. Desconozco, ya que mi madre está viva y el diario sigue inédito, la razón del veto, si proteger la intimidad de sus hijos o evitar que lo leyeran. Fuera cual fuese, resultó poco considerado. ¿No habría sido menos rudo establecer una restricción temporal lo suficientemente holgada para asegurarse el mismo objetivo sin señalar a sus hijos, sin crear en ellos innecesarias dudas?

Torpeza, supongo. Y no ver más allá de uno mismo.

Todo lo anterior sucedió antes de mi nacimiento; sin embargo, la dialéctica de la mutua dependencia, de la ambivalencia recíproca, de los descuidos narcisistas corregidos con prodigalidad intempestiva y del perdurable amor alimentado en las infantiles esperas de la húmeda Galicia continuó vigente hasta la muerte de mi abuelo, retroalimentándose sin cesar, pese a los cambios dictados por el transcurso del tiempo, el embrollo de las emociones a medida que su nueva familia ganaba peso en detrimento de la primera y las callosidades que sobre las viejas lesiones creó en los cuatro hermanos su tránsito a menudo dificultoso por la vida adulta.

Pobre abuelo mío, Dios Padre y villano ocasional a partes iguales, y pobres sus hijos, costillas desgajadas de él y, como Eva, diversas y, como Eva, víctimas a la vez que culpables de sus propias y erradas decisiones.

En ese nudo crecí yo, con una nítida conciencia de la estirpe a la que pertenecía, una estirpe –hijos fieles de su padre– tan descabellada o tan venturosa como para otorgar a los frutos de la ensoñación más entidad que a los tangibles de la realidad. La misma estirpe de mi tío G., quien mejor conocía a mi abuelo como consecuencia de haberse beneficiado, gracias a su temprana inclinación literaria, de atenciones que los otros no recibieron; la misma estirpe de mi tía M., parapetada entre montañas de libros, practicante de una austera estética wittgensteniana opuesta al sentimentalismo; la misma estirpe de mi tío J., quien profesaba a su padre una devoción ilimitada tras la cual se adivinaba la esperanza de ser algún día resarcido, y por supuesto la misma de mi madre, la tercera por edad, privilegiada en el cariño en virtud de su belleza y de un carácter tercamente infantil que preservó su corazón hasta casi el final.

También yo adoré a mi abuelo en cuanto supe hacerlo. Mi madre me incrustó en su vida y, gracias a eso, disfruté de una cercanía inalcanzable para otros nietos menos avisados de que no tira tanto la sangre como la costumbre. Al igual que mi madre, encontré en la perseverancia mi mejor argumento, y él me premió con su amor desganado pero intenso de viejo patriarca. Le gustaba sentirse solicitado, arrullado con preguntas, y si estas merodeaban los temas que le interesaban, se le soltaba la lengua y dilapidaba su tiempo. Yo jugaba con ventaja, pues, entrenado en las melancolías tan parecidas de mi madre, en los caudalosos regatos de las historias heredadas, sabía bien qué resortes tocar y lo hacía con juvenil insolencia. Quería gustarle, ganármelo, y ponía todo mi afán en ello. Era mi abuelo, el padre de mi madre, y un tótem en disputa por dos legitimidades antagónicas. Había, lo reconozco, algo de territorial en mi cortejo desde antes incluso de que fuera consciente, una memoria heredada que instintivamente me llevaba a posicionarme, dispuesto a batirme por mi clan, sobre un imaginario campo de batalla. De un lado estaban ellos, disfrutando de las tapicerías donde mi abuela había reposado su cuerpo de enferma, y del otro nosotros, el ejército vencido pero orgulloso.

Qué injustos fuimos, también, con nuestro desdén, qué poco prácticos, qué ingenuos.

Así me convertí de niño en adolescente, y cuando la vocación por la escritura prendió en mí, ya me esperaba tanto como yo lo buscaba. Le preguntara lo que le preguntara, sobre política, sobre cine, sobre historia, me respondía, pródigo como un conferenciante, con el mimo esmerado de un maestro a su discípulo. El mundo rural decimonónico del que provenía la base de su imaginario era muy distinto del urbano que alimentaba el mío. Mis referencias literarias no eran las suyas. Yo le hablaba de Thomas Bernhard, de Nabokov, de Carver, y él mentaba a Chesterton, a Swift o a Tolstói; yo esbozaba maniqueas teorías sobre el compromiso de la literatura con la realidad, y él contraatacaba alertándome contra el costumbrismo, la tentación moralizante y el abotargamiento estilístico. Me contagió entusiasmos, me dio claves que he hecho mías, libros, puntos de vista... Cualquier momento era bueno para el cortejo –un viaje en taxi, una espera en una cafetería, un aparte en un acto social–, pero donde más lo aprovechaba era en su casa. Solía ir en fin de semana, dormía allí las noches del viernes y del sábado y regresaba el domingo a Madrid, tras acaparar su tiempo. Durante años realicé esos viajes con mi madre. Luego, tras vetarse la entrada de mis tíos en el hospital durante un ingreso de mi abuelo que pareció definitivo, las relaciones entre las dos familias se emponzoñaron y mi madre dejó de acudir. En lo que a mí respecta fue la primera humedad que horadó mi aprecio por él. Un aviso de lo que cabía esperar, como si nos dijeran: *el poder es nuestro, nosotros administraremos el futuro, someteos*. Mi fidelidad estaba clara, sabía cuál era mi bando. Sin embargo, no quería perderlo, y el esfuerzo debido a la doblez necesaria, los silencios obligados para no cerrarme la entrada a su casa, tuvieron secuelas imprevistas. La principal, que creció en mí una desconocida frialdad, un profundo cuestionamiento de su figura. Ocurrió, además, que en esos tiempos mi madre sufrió el más grave descalabro de su accidentada vida laboral, y cuando nos faltaron otros recursos, el tradicional de apelar a la ayuda de mi abuelo nos fue negado por sus hijos menores, unidos en conciliábulo. Demasiado sentimental para cortar el lazo, seguí yendo a visitarlo, pero en mi interior sucedían tormentas y supongo que en el suyo también.

Desconozco cómo serían las suyas. Las mías eran como las galernas en mi casa gallega: la irrupción de un frente frío empujado por fuerte viento del noroeste que hace bajar bruscamente las temperaturas, desatranca las lluvias y levanta montañas de olas.

Ese anciano que tan manifiestamente se alegraba al verme, que me preguntaba «¿Qué hay Mar-que-tes?» separando las sílabas del diminutivo en tres enfáticos golpes de sonido y, tras los besos, coronaba el recibimiento propinándome dos vigorosas palmadas en las mejillas; ese anciano que llamaba a mi madre Palita, que mesuraba sus palabras frotando los dedos índice y pulgar de la mano derecha y que, cuando callaba en la mecedora del salón, mantenía el compás del pensamiento con un movimiento similar de la lengua entre los labios resecos; ese anciano de nariz grande y pelo abundante, cuyo físico corpulento guardaba parecido con el de mi madre: el cráneo redondeado y generoso, los ojos marrones con la mirada crispada por la miopía, las manos de hueso largo, carnosas y sanguíneas en las palmas; ese anciano que untaba mantequilla en el pan y compartía su gusto por las gachas y por la mermelada y las patatas cocidas y el jamón de York y que, igual que ella, musitaba un *ay* seguido de otro *ay*, *ay-ay*, para expresar las quejas de su cuerpo; ese anciano del que provenían buena parte de las creencias, de los hábitos y mimbres que nos sostenían; ese anciano que se preocupaba por mí, que me tutelaba y me regalaba sus consejos, de pronto nos dejaba zozobrar, desentendido de nuestro destino, y a mí, pese a sospechar que de serle posible habría actuado, como en otras ocasiones, amparado en la sombra, me era indiferente que no fuera suya la decisión de negarnos el socorro. Suyas eran las decisiones pasadas que lo permitían. A mi modo de ver, su historia reciente estaba salpicada de un reguero de claudicaciones paulatinas, y mi corazón no era tan limpio ni tan maduro como para no tenérselo en cuenta cuando las consecuencias nos alcanzaban de manera tan inequívoca. Había sido adoctrinado en el amor por él, continuaba visitándolo y me sentía hijo de su sangre, lo admiraba, llevaba orgulloso su apellido, me compadecía de sus fatigas e imaginaba que nuestra suerte no le era indiferente, le preguntaba por libros y escritores y por todo lo que me pasaba por la cabeza salvo aquello que nos distanciaba, le leía el periódico y los artículos que empecé a publicar, lo escuchaba con la reverencia de siempre y lo trataba tan afectuosamente como él a mí, pero el veneno de la discordia, de la sangre que maldice su propia sangre, me contagió sin que le opusiera apenas resistencia. Lloré ante la serena emoción de mi madre la madrugada invernal en la que recibimos la llamada anunciadora de su muerte; viajé a su ciudad apresado de una congoja por momentos autoinducida; entré en la casa aturullado por sensaciones diversas, reboté de una cara compungida a otra y, sin saber cómo, desemboqué en el cuarto de estar por la salita, de aire y muebles decimonónicos, a la que llamaban el salón romántico. Avancé entre gente que me franqueaba el paso con semblante solemne y, al ir a enfilar la curva que conducía al rincón vecino del comedor donde manteníamos la mayoría de nuestras conversaciones, en la intersección entre las dos zonas, me topé con el féretro abierto y el cadáver expuesto. La nuca se me heló y experimenté un aluvión de calor que me aceleró el pulso, pero no me detuve. Sabiendo que me observaban, seguí adelante con la indecisión de un actor primerizo y, al inclinarme y dar al cuerpo que fue mi abuelo un aprensivo beso en la frente, no sentí otra cosa que la mórbida dureza de su piel.

Durante algún tiempo pensé terminar este capítulo en el párrafo anterior. Me parecía un final adecuado a mi estado de cosas con él. Luego, se abrió una fisura en mi resentimiento, lo juzgué abrupto y decidí matizar la frialdad, sin invisibilizarla, con un final reposado, más amable, que incluyera un artículo reivindicativo de su obra que publiqué ocho años después de su muerte. No lo llevé a término porque entretanto me rendí a la evidencia de que acabar con un elogio de su figura literaria suponía un cierre en falso que no se correspondía con el balance de mis sentimientos hacia él, que la escritura había avivado memoria enterrada, desplazado interrogantes y moderado ímpetus, y que dejándolo en ese punto me arriesgaba, incluso, a no ser entendido.

En los cuatro años de enconada lucha que desató el testamento, no me limité a observar. Yo no había sido señalado, yo no había sido inicuamente discriminado, pero sí mi madre, de modo que participé de su lucha, alentándola y fabulando estrategias con ella, porque me dolía su huérfana desazón de hija defraudada y porque sospechaba que mi abuelo, tan vigilante de su propia estima, no se habría atrevido *motu proprio* a un desplante tan perdurable. La sospecha de que había consentido y no urdido nos invistió de legitimidad, aunque no eliminó el escozor hacia él ni tan siquiera cuando la refriega entre las dos familias terminó con un acuerdo equidistante entre las pretensiones de ellos y las nuestras.

En ese estado estremecido acomodé el recuerdo de mi abuelo, y en ese mismo estado arranqué, tantos años después, a escribir este texto.

No contaba con que la memoria que ha sido artificiosamente contenida, al estimularse, encabrita ecos que la escritura embrida de imprevistas maneras.

O tal vez sí lo esperaba y por eso lo empecé.

Dos recuerdos me han perseguido durante la escritura. Son parecidos; ambos se sustancian en la inesperada respuesta de mi abuelo a sendas preguntas mías y deben de ser coetáneos de su última época, si bien no se originaron en la misma conversación, pues los escenarios son distintos y también lo es mi percepción de él, más menguado en uno que en otro.

En el primer recuerdo estamos en un dormitorio de su casa, yo sentado y él de pie. No sé cómo hemos llegado hasta allí ni de qué hablamos, sé que en un momento determinado le pregunto si le interesa mi tío como escritor, si aprecia su obra, y que él contesta que no. Lo dice así, «No», y los matices, escasísimos, meras concesiones a mi desconcierto, tan solo vienen cuando le obligo a explicarse.

El segundo recuerdo contiene otro *no*. La situación, sin embargo, es más habitual: estamos en el salón. Él en la mecedora y yo en el sofá. Tal vez a la espera de que sirvan el almuerzo. Desde luego hay una espera y, en medio de la espera, le interrogo por mi abuela, le pregunto si era inteligente; luego viene el *no* inesperado y, de inmediato, un apremio exterior –¿la llamada a comer?– que me priva de los matices que deseo ardorosamente escuchar. Como antes me había negado que fuera alta y me consta que solo se la habría podido considerar baja a condición de que él también lo fuera, transfiero mi suspicacia a su desconcertante *no* de ahora. Para forzarlo a retractarse, vuelvo a preguntárselo de otra forma: si era lectora, si la consideraba una buena interlocutora, pero él se reafirma cansinamente en el *no* y, mientras se levanta para acudir a la llamada, me atrevo a objetarle y le arranco una impaciente acotación que viene a significar que mi abuela tenía lecturas, pero que no era una lectora ni metódica ni constante y que, si bien opinaba sobre lo que él escribía, su agudeza no era tanta. En este punto acaba mi recuerdo y lo que de él perdura es un poso amargo. En sus cartas a mi abuela abundan las alusiones a lecturas de ella, incluidas las de sus propios manuscritos, y en consecuencia no puedo sino considerar su respuesta una deslealtad. Así juzgo el menoscabo de quien ligó su destino al suyo, compartió sus desasosiegos y asumió su dedicación a la escritura con mayor generosidad de la que sus anhelos, más sencillos, le habrían dictado. No me detengo a dirimir las capacidades de mi abuela. ¿Cuáles? ¿Las que conservaba en la noche después de acostar a los niños, suponiendo que no estuviera enferma? Es cierto: el tono de él al mentar en la correspondencia cuestiones elevadas es condescendiente, de Pigmalión. No puntúo, no califico, me da igual. Lo que me molesta es su inadvertencia de que, si le pregunté por ella, yo que no la conocí, es porque de verdad quería saber y que eso merecía una respuesta más compleja –más justa–. Lo que me molesta es su olvido de ella porque es un olvido también de mi madre y por extensión de mí. Por esa razón el recuerdo se hace sólido.

Lo afirmo sin fisuras: los atenuantes alegables –el sinsabor de haber compartido su vida con una mujer enferma, el paulatino hartazgo por el prolongado sostén económico que tuvo que prestar a alguno de sus hijos...– no son suficientes. La mujer enferma había sido su compañera, y la ayuda a los hijos necesitados, un deber paternal incrementado por la orfandad materna de estos. Si la memoria heredada es cierta, podría entenderse como el pago diferido de la herencia no saldada a la que habrían tenido derecho tras la muerte de su madre. Que no fueran totalmente inocentes de su insolvencia, y que en sus dificultades intervinieran circunstancias históricas y sociales, no diluye la responsabilidad de él.

Y, sin embargo, una parte de mí comprende. No justifica pero comprende. Comprende las tribulaciones del niño fantasioso venido al mundo en una casa donde sus padres no se hablan..., educado en decadentes valores señoriales que su verdadera condición no respalda; comprende el solipsismo nacido de insondables traumas infantiles; comprende la ambición artística; comprende las dudas juveniles, comprende los complejos, comprende los espejismos; comprende la aridez de una realidad cotidiana no tan holgada como la idea acerca de uno mismo demanda; comprende la determinación de quien no se conforma con ser solo un buen padre y un buen marido y, a riesgo de no serlo, persigue glorias que lo resarzan de sus incertidumbres; comprende el peso que en esa liza representan los seres queridos; comprende el cansancio y comprende los olvidos.

Comprende incluso el distinto trato dispensado en su infancia a los hijos de sus dos matrimonios. Los unos tuvieron un padre joven que todavía no era quien quería ser y los otros un padre viejo que había cumplido holgadamente sus aspiraciones. Pérdidas y ganancias a consecuencia de esa disparidad las hubo en los dos lados.

Me resisto a entender, en cambio, la falta de equidad retrospectiva que gota a gota trajeron los años con esos niños que crecieron en la húmeda Galicia embriagados por el olor de sus baúles de viaje.

¿Debilidad de carácter? ¿Influencias ajenas? ¿Demasiados hijos?

El número de contratos firmados no nos libera de los compromisos adquiridos en ellos.

Contadas una a una, y excepción hecha de su testamento, quizá fueran leves sus faltas. Es en su suma y en los vanos del sentimiento que la razón no atiende donde crece el resquemor que me ha sido legado. En quién pensaba mi abuelo, se pregunta mi madre, cuando, siendo ella jovencita, la esperaba hasta la madrugada con la luz encendida. ¿En ella o en su propia tranquilidad? ¿A qué temía? ¿Prefiguraba catástrofes o su vigilia era un tributo a sí mismo, la ventajosa punición por su deserción en otros ámbitos? Responderlo no es posible. No obstante, el hecho de que la pregunta pueda formularse es en sí una respuesta: las heridas abiertas en sus hijos no se han cerrado; algunos marcharon con ellas a la tumba.

A mí no me esperó jamás con la luz encendida, nunca vivimos juntos. Yo tenía un padre, nuestra relación fue más limpia. No estaba obligado a compensarme de nada, y en consecuencia he de mostrarme agradecido por su atención. No se trata solo de un deber. Es el reconocimiento de algo que me ha estado persiguiendo desde que empecé a escribir: el recuerdo de las toneladas de tiempo que puso a mi disposición, de sus cuentos, de su curiosidad por mí, de su manga ancha con mis ínfulas juveniles, de sus consejos, de su cariño. Como el día en que reprobó la obra literaria de mi tío, o como el otro en que minusvaloró la valía intelectual de mi abuela, se tomó la libertad de darme su verdadero parecer, y me la otorgó a mí. Aunque fuera para disentir. Aunque me doliera. Aunque se olvidara de quién había sido. Si cierro los ojos y voy a su encuentro por los túneles de la memoria, es esa certeza la que sale en primera instancia a recibirme. Ser capaz de valorarla, junto con lo demás que me regaló, no constituye el reverso de mi memoria heredada: tal vez sea su mismo centro. Al fin y al cabo, las oscuridades que proyectó en sus hijos, las emboscaduras en las que estos se internaron, sus reticencias, se originaron en el amor.

Y, de todas formas, el tiempo se deshace a nuestro paso. El presente impone leyes que el pasado no comprende. Lo que queda atrás tarde o temprano se desvanece. Es así en el transcurso de las generaciones, pero también en el de una vida.

Espectros que caminan con nosotros hacia su disolución. Como dice Beckett de las palabras: «Una innecesaria mancha en el silencio y la nada».

SIETE
Una mujer enamorada

No creo haber visto a mi tía M. a solas más de una o dos veces en mi vida, y de esas ocasiones guardo una sensación de extrañeza; en ausencia de quien era su pareja desde el mismo año de mi nacimiento, parecía una versión demediada de sí misma. Antes había estado casada cuatro años con otro hombre, al que primero engañó y luego abandonó, pero esa parte de su vida me resulta inimaginable.

Mi tío Z., su segundo marido, era panameño y pintor; hablaba sin jotas, con un acento suave, modulado por el humor, que salpicaba de expresiones exóticas como *qué vaina* o *vaya la verga*. Generoso en dar al otro su lugar, tenía una personalidad expansiva. Era curioso, vitalista, juguetón; poseía una inteligencia bondadosa de chamán bíblico, anclada en lo sensorial, afecta a la parábola más que a la intelectualización de conceptos; bailaba y hacía lo posible por pasarlo bien. Mi tía, en su decadencia, cuando todavía intentaba rellenar con recitados aprendidos los huecos de su raciocinio en desbandada, incidía en atribuir el éxito de su relación a la complementariedad entre ambos; cada uno era el reverso del otro: él el calor y ella el frío; de él decía que era dúctil, voluptuoso y versátil, y de ella, que era tan dura como el pedernal. Tenía otros recitados en esa época triste. Uno de sus preferidos, cuando para elogiarlo afirmaba sentenciosa que tenía lo mejor de las tres edades: la curiosidad del niño, la fortaleza del hombre y la sabiduría del anciano.

De todas las formas posibles de amor, mi tía eligió la más incondicional, la entrega absoluta; así era desde que guardo recuerdo. Defendía correosa sus zonas de independencia, se arrogaba la gobernanza de la razón y era dueña del discurso, pero en lo demás cedía el protagonismo a su marido. Le regalaba el foco. Reía sus gracias, le lanzaba cebos para su lucimiento y, por lo general, aplaudía o consentía casi cualquier ocurrencia suya. Por ejemplo: las ocasiones en que al bailar con una mujer o arrimársele para celebrar la complicidad de un comentario jocoso, el acercamiento resultaba demasiado estrecho y una mano se posaba donde no debía. Mi tío era un tocón, pero era un tocón sin disimulo, entusiasta del momento, festivo, carente de la sinuosidad donde habita la lascivia, y ante la risa de mi tía, su indiferencia o su inconsistente contrariedad, la mujer en cuestión raramente reaccionaba de forma airada.

Las había que sí, claro. Y con motivo. Había quienes los evitaban, quienes les tomaban tirria. Pero, excepción hecha de los indiferentes y de aquellos incapaces de superar el asombro, eran mayoría quienes caían seducidos o los juzgaban al menos con simpatía. Mi tía no era dura como el pedernal ni tan fría como declaraba. Era tímida y se había creado, para guarecerse, un personaje de hosca intelectual inconmovible, pero uno percibía que detrás del acartonamiento y la tramoya, en las oquedades de su interior, latía un corazón capaz de irrigar calor verdadero. En sociedad o como anfitriona era extremadamente solícita, se desvivía por resultar agradable, lo cual no la privaba de expresar sus opiniones heterodoxas con retadora contundencia ni la impelía a entablar disputa sobre las diferencias. Él era el ariete que rompía las defensas con su personalidad arrolladora, pero el papel de ella no era menor: recoger los pedacitos esparcidos tras el empellón y asegurarlos, darles otro sentido, domesticarlos. Por separado cada uno era víctima de los excesos propios: el de la intemperancia, él; el de la contención o la artificiosidad, ella. Juntos ejercían fascinación.

Existe un documental sobre él, rodado en su casa siete años antes de su muerte. En algunas escenas interactúan aparentemente ignorantes de que están siendo grabados, y en otras contestan a preguntas del realizador que el espectador no escucha. Más que crepuscular, es un testimonio póstumo. Una versión senil de quienes fueron; ella, enferma ya de alzhéimer, y él, ciego. Y, pese a todo, ellos aún. En las tomas grabadas en el taller suele aparecer él solo. Habla sobre su trabajo o atiende a la música caribeña que suena casi siempre en la cadena; tamborilea en la mesa con los dedos, sigue las notas pensativo o, extrañado de la pausa sin preguntas, pide aclaraciones al equipo de rodaje. En una de las últimas, aparece sentado en una silla. Es un escenario preparado, sin nada alrededor, solo un cuadro suyo a la espalda. El volumen de la música está un poco más alto que otras veces y él mueve las piernas y da palmas sordas con entusiasmo creciente. Llegado un punto, se alza y comienza a bailar; al principio insinuando apenas los movimientos, recogiéndolos con swing, y luego, a medida que la cintura y las caderas despiertan, alargándolos cada vez un poco más. Entonces se oye a ella jalearlo fuera de cámara. Está contenta. Él aminora el ritmo, la interpela, reclama su presencia, le insiste, y a continuación, tras una terca demora, mi tía aparece y se enredan a bailar. Pese a la ceguera y la edad, pese a que ya no es capaz de ejecutar los pasos que quisiera, él sigue siendo un excelente bailarín. Ella nunca lo fue. Le falta flexibilidad, no sabe soltarse, obedece. Se deja llevar con la desenvoltura de quien lleva años respondiendo al mismo reclamo. Su cerebro es capaz de reconocer la situación y de actuar en consecuencia. Ocurre de forma evidente cuando mi tío estira el brazo con el que la lleva para alejarla de él y ella acepta la invitación a lucirse enhebrando un par de giros airosos que propician el que quizá sea el momento más tierno y espontáneo del documental. Él, que no ha podido verla, tan solo sentirla, ríe en señal de aprobación, la trae hacía sí y la estrecha en un abrazo; ella se deja abrazar, y cuando mi tío busca sus labios, se los ofrece sin lucha.

Algo valioso del documental es que, aunque decrépita, muestra la atmósfera de la casa. Como está rodado en varios días, él aparece en sus dos versiones: enfundado en un mono azul de obrero, de los que vestía para trabajar, y engalanado como antes lo hacía para salir: tirantes, pantalones de traje un poco cortos, camisa de algodón o de seda, pañuelo anudado como una corbata, chaleco... Ella, menos atildada debido a la enfermedad, con ropa holgada, un jersey marrón de cuello alto y pantalones de pana del mismo color.

Antes de que otros empezáramos a decidir por ella, mi tía no consentía vestirse con fibras que no fuesen naturales –algodón, lana, lino– y de colores neutros –beige, ocre, musgo–; sin dibujos ni estampados. Sus gustos eran tan marcados que a menudo confeccionaba su propia ropa, la encargaba o la modificaba. Dominaba el punto, con el que tejía fulares, chaquetillas, gorros, vestidos, y en menor medida el ganchillo. A la ropa comprada le quitaba adornos y puños; rectificaba vuelos y solapas; reemplazaba botones. Tendía a los cortes masculinos, entallados de cintura y caderas, y prefería los cuellos redondos. Era raro verla con camisas escotadas, aunque en verano vestía sobre la piel desnuda chalecos de cuello de pico que ofrecían imprevistas panorámicas de sus pechos. Las faldas eran largas hasta más allá de la pantorrilla y ligeramente acampanadas; los pantalones, de pinza. Usaba medias, y calzaba zapatos de medio tacón, escotados y con cierre de botón. En verano, las alpargatas eran verde oliva o beige. En invierno, tenía predilección por las chaquetas de ante. No hacía concesiones. Si alguien le regalaba una prenda con una minucia de fibra o algún dibujo –bastaban unas simples rayas–, le costaba disimular el disgusto y a veces conseguía no probársela siquiera.

El pelo se lo arreglaba ella misma, llevaba las uñas cortas sin pintar y no usaba maquillaje, todo lo más un poco de carmín difuminado en los pómulos a modo de colorete.

Durante años, ir a su casa significaba sumergirse en un mundo donde las reglas se desvirtuaban o eran directamente ignoradas. La primera, el horario. Salvo en ocasiones especiales, era imposible visitarlos o llamarlos antes de las seis de la tarde, pues vivían de noche y de día dejaban el teléfono descolgado para evitar que los despertasen. En las visitas, regían dos protocolos. El de la tarde, para desconocidos y amistades poco habituales, en el que servían café con galletas, dátiles, queso o lo que tuvieran, y el de la noche, en el que cocinaban indistintamente uno u otro: ella, ceñida a un repertorio escaso –sopas de cebolla y de ajo, tortilla de patata, pimientos rellenos, arroz con leche...–; él, recreando platos chinos, peruanos, mexicanos, indios, españoles..., que condimentaba bien cargados de especias. Si los comensales éramos mi madre y yo, utilizábamos la mesa de la cocina, y si éramos más, un tablero con caballetes del estudio de él. Que recuerde, no se ponía mantel. Solo mantelillos de mimbre o de varitas de bambú. Las servilletas eran de lino o papel.

La casa era la misma donde murió mi abuela y donde mi abuelo vivió al principio de su segundo matrimonio. Tras abandonarla él, mi tía se había hecho con el alquiler, y años después la había comprado mediante una hipoteca. En los tiempos de mis abuelos la imagino abigarrada, con cortinas cubriendo las ventanas, paredes empapeladas o pintadas de beige y muebles recios al gusto de otra época. Además, estaba superpoblada –seis de familia y dos mujeres de servicio–, de lo cual se infiere cierto desorden al que contribuía la intendencia necesaria para atender a una enferma crónica como mi abuela: bacinillas, inhaladores, ungüentos, jeringuillas... La cocina era de carbón y siempre había una cacerola al fuego. A finales de los años cincuenta aún olía a posguerra. Los pavos se vendían vivos en Navidad y el trajín matinal de traperos y colchoneros, de afiladores y vendedores de temporada, era común en todas las casas. Como lo era dar la vuelta a los abrigos y viajar en tranvía para ir a cafés en los que se escatimaban las consumiciones.

A principios de los años setenta, el tiempo de mis recuerdos más antiguos, no quedan colchoneros ni vendedores de temporada, solo afiladores. Ya no hay tranvías, y los olores de la calle y de los edificios y de las casas tienen matices diversos. Han cambiado los cuerpos, han cambiado las costumbres. Mi madre y yo llegamos caída la tarde, y al entrar en casa, desde el mismo umbral, lo primero que percibimos es un olor dulzón: los efluvios de la pintura, de los barnices, de los disolventes, de los aceites, de las tintas y de las colas que emanan del estudio de él, mezclados con los que despide el acopio de hierbas y raíces, de semillas y frutos que utiliza para cocinar y elaborar infusiones y remedios medicinales de su Caribe natal. Después del olor, recuerdo la pérdida de luz al cerrarse la puerta tras nosotros. Ninguna bombilla iluminaba los espacios de tránsito, el recibidor o el pasillo. Las persianas solían estar a medio bajar, quizá porque, sabedores de que se acostarían con los primeros rayos matinales, nunca las subían totalmente. La claridad necesaria para dar un paso tras otro provenía de aquellas estancias donde se desarrollaba la actividad: el salón, la cocina, el taller... Y ni siquiera en estos lugares solía ser ni muy uniforme ni muy nítida: las luces de preferencia eran bajas, flexos de mesa y de trípode que asaetaban la penumbra con radiantes conos áureos donde el aire parecía visibilizarse.

En un vecindario de funcionarios adeptos al régimen franquista, el piso de mis abuelos seguramente descollaba porque abundaban tanto los libros que se les destinaba una habitación entera, la biblioteca, y porque los cuadros que adornaban las paredes no eran de caza ni religiosos, como predominaban en las demás, sino piezas de anticuario compradas por la mera razón del gusto –marinas, escenas mitológicas, retratos–. En tiempos de mi tía no faltaban los libros –se acumulaban en estanterías de mampostería que arrancaban desde la misma entrada o apilados en columna sobre los muebles– y, aunque menos de los previsibles, tampoco escaseaban los cuadros. En el pasillo, los carboncillos de dos criaturas harapientas de aspecto simiesco y mirada humana; en el salón, sobre el diván que cumplía funciones de sofá, cuatro aguafuertes de aire goyesco –aquelarres, comparsas carnavalescas, velatorios–; todos obra de mi tío. No incluyo los del taller debido a que allí su número era mayor, pero también cambiante, como corresponde a un estudio de pintor.

Y sin embargo, tanto en el salón, que mi tía llamaba «mi cuarto», como en otras estancias de la casa, la sensación era similar: donde mirases regía un orden austero, como si cada elemento hubiese sido elegido en razón de su funcionalidad, conforme a un criterio que rechazaba lo estridente, lo efímero, lo superfluo, lo ostentoso, lo nuevo; hostil al convencionalismo y a cualquier afán connotativo de estatus; afecto a la sencillez de los materiales humildes que no ocultan su condición tanto como al peso de los considerados nobles. Sin dibujos, sin molduras ni labrados y, cuando era posible, sin tintes.

En las ventanas, estores, no cortinas. El suelo, el original: tarima en el salón y azulejos hidráulicos o de terracota en el resto. Sin alfombras. El mobiliario, de líneas rectas y de madera. Los textiles –ropa de cama, trapos de cocina, delantales, toallas–, de algodón o lino. Los peines, de asta; los cepillos, de cerdas; las esponjas, genuinas; las ollas y sartenes, de hierro; los platos, de loza blanca y redondos. Un plato cuadrado, un archivador de aluminio, una mesita de vidrio o una bandeja de plástico habrían sido inconcebibles; un espejo fuera del baño, anatema. El único brillo permitido, el que daba el uso. En lo cuantitativo, la única prodigalidad, la de los libros. Lo demás, empezando por los cuadros, en la cantidad estrictamente necesaria. De igual forma, muy pocos objetos ocupaban un lugar si no desempeñaban un cometido específico. En una de las paredes del taller colgaban dos hileras de máscaras de carnaval panameñas, pero, como el mapa de Panamá en otra, no parecían tener una utilidad decorativa sino autorreferencial: anclas de memoria para mi tío. Uno de los pisapapeles de la mesa de ella era una plancha decimonónica de hierro; el otro, una piedra de alabastro pulida. Ahora bien, costaba imaginar esos objetos desvinculados de su función asignada. No la tenían tan clara las postales de escritores y de pintores –Rimbaud, Proust, Brancusi, Modigliani– que por temporadas se relevaban en la estantería (¿carta de presentación para el visitante?, ¿espejo aspiracional?). Tampoco la ristra de estilizados despojos marinos –maderas y ramas pulidas por el salitre– colocados en el alfeizar interior de la ventana del baño... Es probable que olvide cosas, pero, en tal caso, serían minucias. ¿Dónde estaba el sello de lacre con la forma de Buda? ¿Y el escarabajo egipcio de azabache? Seguramente en algún cajón de los que revolví tras su muerte; regalos olvidados. Sea como sea, aunque hubiesen estado a la vista, perduraría mi impresión de que en esa casa no se fabricaban altares. No materiales, al menos. El gusto se visibilizaba a través de la armonía sutil con la que se integraban los útiles de uso cotidiano; en ningún caso mediante la entronización de piezas cobradas a tal fin. Aquel viaje a la esencia obedecía a una opción de vida relacionada con el carácter, pero a la vez a una decisión estética y también económica. Preguntarse cuál de los dos extremos predominaba no conduce a nada. Son tantas las ramificaciones que los unen, tantas las sincronías, que resulta imposible establecer una exacta relación causal.

La sobriedad como disciplina y necesidad.

En mi memoria infantil ocupa un lugar destacado el cuarto de baño. Llegar hasta él exigía abandonar el calor de la conversación para volver a sentir la congoja de la penumbra –las voces, solo un rumor; las risas, un ruido–. El espacio era amplio, de otra época: al menos tres pasos entre la puerta y la ventana, y al menos dos entre el borde de la bañera y el lavabo. Un retrete esquinado con cisterna de cadena, un bidé, un armario de obra... Los azulejos eran negros, como las baldosas correspondientes del damero del suelo y la pastilla ovalada de jabón Magno del lavabo.

Buena parte de la luz, la que no reflejaban los sanitarios o las zonas sin alicatar de la pared, se perdía disgregada en apagados destellos. La calidez era mayor a costa de incrementar las sombras. Me intimidaba quedarme allí a solas, aunque generalmente me vencía la tentación de curiosear. A mi alcance, lo propio de un cuarto de baño reducido a lo esencial y dispuesto en el escrupuloso orden de un ambulatorio de primeros auxilios. En los estantes, peines y tijeras alineados, cajas de medicamentos, un frasco de colonia, una lata de crema, un vaso con limas y pinzas, otro con cepillos. Y junto a todo eso, detalles que permitían inferir hábitos de higiene peculiares: un frasco de sal en la esquina del lavabo donde debiera estar la pasta de dientes, una palangana con una cazoleta de bambú, una pera de goma de las que se usan para desatascar los oídos.

Había otros lugares de la casa que me atraían, pero en ellos mi presencia no habría sido tan fácilmente justificable: la vieja habitación de servicio, reconvertida en almacén y laboratorio para manipular los ácidos del aguafuerte, y el cuarto de estampación. A la primera me asomaba en temerarias escapadas furtivas. Con el segundo estaba más familiarizado, ya que a menudo encontrábamos allí a mi tío cuando llegábamos de visita. Durante unos pocos minutos, los que tardaba en recoger lo que estuviera haciendo, se me permitía observar, no más. Su mirada risueña podía tornarse severa si me veía tocar alguna herramienta o mover con disimulo las enormes aspas del tórculo.

Mi tía ejercía de traductora literaria del francés. La realidad es que lo fue de forma irregular y menguante a lo largo de los años y, salvo en circunstancias puntuales, apenas le proporcionó dinero. En consecuencia, el sostén principal provenía de la venta de las obras de él. Un goteo incierto, no obstante su fama de buen grabador, que se incrementaba cada cuatro o cinco años, cuando viajaban a Panamá, donde tenía galerista y ocupaba un lugar principal en el escalafón artístico.

Mi tía llamaba al salón «mi cuarto» no solo porque fuera el lugar donde transcurría buena parte de su vida. Al decirlo recordaba oblicuamente que los espacios restantes los ocupaba él. Pero ¿por qué proclamarlo? Por tres razones. Porque al reivindicar para sí un territorio, aunque fuera pequeño, reivindicaba la actividad que, se suponía, desarrollaba en él; porque levantaba una frontera simbólica a la que podía remitirse en caso de disputas domésticas o de querer estar sola, y porque proporcionaba una imagen mesurable, casi un gráfico, de la magnitud de su entrega a quien había elegido como compañero de vida.

Y su entrega era superlativa. Ambos formaban una de esas parejas a las que resulta difícil separar incluso en el pensamiento, a las que se invoca inexorablemente en plural, pero lo que mi tía daba para que así fuera, su aportación, era todo cuanto tenía. No me refiero a lo material sino a aquello que mejor define a una persona: su mundo interior, sus energías, sus ilusiones, su capacidad de diluirse en beneficio de otro. Mi tío nunca la desmereció, pero disponía de un centro de gravedad ajeno a ella donde solo él contaba: su vocación artística. En cambio, esos libros que se amontonaban en su cuarto y lo que querían significar, aun siendo su más esmerada trinchera, no proporcionaban a mi tía un cobijo equiparable. Su verdadero centro era él: celebrarlo, hacerlo brillar, gozarlo, mantenerlo a su lado. Él y la imagen de sí misma que completaba.

Es ahí, ahora que lo pienso, donde residía en parte su especificidad. Así como hay personas que encuentran en el seguimiento de una vida sin aristas, segura y respetable conforme al arquetipo burgués, un lenitivo que los compensa de la carencia de metas tal vez más seductoras, ella lo encontraba en la persecución de unos ideales que eran en cierto modo el reverso. Una vida *distinta.* Pese al afán de estabilidad, una vida bohemia. En eso consistía su idea de la distinción.

Mientras dictó la ley, en su casa no hubo televisor y solo un aparato telefónico que colgaba de la pared del pasillo. Si alguien ensalzaba la comodidad de ver una película sin salir a la calle o de telefonear desde la cama, lo refutaba rotunda. No quería ver películas salvo en el cine y para hablar por teléfono le bastaba la banqueta del pasillo. Su rechazo era visceral y lo extendía a casi toda tecnología más allá de la luz eléctrica. Por supuesto ni los móviles ni los ordenadores se contemplaron jamás. Sacar dinero de un cajero automático lo consideraba, en expresión prestada de él, una *agüevazón,* igual que pagar con tarjeta de crédito o encargar la compra por teléfono. Habían tardado años en tener lavadora y, si transigió, fue porque un amigo les regaló una sin consultárselo. En aras de preservar su libertad habían achicado el mundo para abarcarlo mejor, y temían alterar sus rutinas porque no querían crearse necesidades nuevas. Él, por su naturaleza hedonista, era más propenso a dejarse llevar, a explorar, a experimentar; era el último en abandonar las fiestas, quien planeó los viajes que hicieron y quien llevaba las novedades a casa –una máquina de feriante para cortar verduras, una vaporera, un cuchillo japonés...–, pero en general no se oponía a que ella ejerciera de freno, a que lo arrastrara a casa antes de cansar a los últimos noctámbulos, a que se mantuviera firme; a que le recordara, cuando él parecía olvidarlo, dónde estaba el centro.

De su casa, si te invitaban a cenar, se salía de madrugada, y cualquier acto social –una reunión con amigos, una inauguración, una fiesta navideña– lo vivían intensamente, como si no hubiera un mañana. Pero predominaban los días en que solo se tenían el uno al otro, una vida nocturna, iluminada por la luz eléctrica, en la que se cruzaban silenciosos por el pasillo, conversaban, comían, bromeaban, bailaban, peleaban, se acostaban... Debido a que se desarrollaba esencialmente en el interior, su rutina era conventual. Vivían recogidos, reconcentrados. Cada día lo mismo, sin variaciones significativas salvo cuando recibían visitas o una invitación los sacaba. Él, trabajador incansable, se pasaba las horas con el pincel, el buril o el lápiz en ristre. Colaboraba en la intendencia, principalmente para aprovisionarse de productos singulares, especias y cosas así, pero para lo cotidiano era mi tía quien salía. Por la tarde, tras el desayuno, se encargaba de las compras y a continuación se hacía fuerte en su cuarto. Allí leía concienzudamente el periódico, completaba el crucigrama de cortesía, se ocupaba de tareas burocráticas, escribía alguna carta, tal vez traducía, hacía punto o cosía, fumaba y, sobre todo, dedicaba horas a la lectura de dietarios, de memorias, de novelas, de ensayos, de poesía. Subrayaba los libros con desvaídas líneas a lápiz, les doblaba las esquinas para marcarlos o les pegaba post-it, y tomaba citas. Los cuadernos donde las recogía –escolares, de espiral, con tapas de cartón azul– colmaban los cajones de su cuarto. Citas cuantiosas, ingentes, literales, heterogéneas, indigeribles, excesivas. Agrupadas en el orden impuesto por sus libros de proveniencia, por lo general sin el apunte del título ni de unas líneas propias que ayudaran a interpretarlas en clave personal. Para hacerlo habría que establecer una cronología y, aun así, dudo que el destilado indujera conclusiones reveladoras sobre la persona que las compendió. Solo, tal vez, la que se desprende de su inexorable inocuidad.

Hasta hace no mucho, mi madre y mi tía aseguraban que dos o tres noches después de la muerte de mi abuela habían recibido la visita de su fantasma en el cuarto donde dormían. Contaban que la había visto primero mi tía, asomada al umbral de la puerta, y, tras despertarla, mi propia madre. Si se les preguntaba cuánto había durado la visión, no sabían precisar. *Un ratito*. Su madre se había acercado hasta casi tocarlas, las había mirado con dulzura y luego había retrocedido y se había desvanecido sin necesidad de alcanzar la puerta. El relato era coincidente, ninguna de ellas corregía a la otra. Retrospectivamente ambas tomaban la aparición como una demostración del cariño y la fidelidad de su madre hacia ellas, pero también como una suerte de augurio. Su madre había ido a despedirse, pero seguramente también a prevenirlas acerca del futuro.

¿Sucedió? Mi natural escéptico, mi materialismo, mi sentido común, me impiden considerarlo. Ahora bien, no insinúo que mintieran. Se sugestionaron. Acumulaban días de vigilia, estaban deshechas, adormiladas, oyeron un rumor, entrevieron una sombra..., y a la mañana siguiente su resistencia natural a exiliar a su madre del reino de los vivos, la necesidad de darle una existencia ultraterrena y probablemente el anhelo de obtener una absolución postrera a las desavenencias que cada una mantenía con ella transformó lo vivido en una de esas ensoñaciones –demasiado rudo llamarlas mentiras– que, a fuerza de referirlas, acaban pareciéndonos reales. Les bastaba compartir el relato para considerarlo posible. Luego lo adornaron.

Años después, al contarlo ante auditorios incrédulos,

estoy seguro de que no se engañaban acerca de la naturaleza psíquica de su experiencia. Preferían ignorarla. Igual que se complacían en sostener posiciones extravagantes sobre infinidad de asuntos, una vez más lo reseñable no era la fidelidad a lo acontecido, sino aquello que el suceso invocado, verdadero o no, decía de ellas. La realidad, ese territorio donde habitan las personas y conforme al cual trazan sus planes, siempre fue moldeable.

Mi madre dice a veces que no le habría importado ser monja de clausura. Sobrentendida la *boutade*, rehuidos los subterráneos freudianos, su afirmación se sostiene sobre una verdad: resiste la soledad, dispone de los recursos interiores necesarios. Y, sin embargo, posee también un infatigable apetito social. Le gustan el humor, la ironía, lo mundano, alternar. En pocas ocasiones ha dicho no a una fiesta. Disfruta con las situaciones en las que la vida se transfigura en literatura, y con casi cualquier construcción cultural, una ceremonia, un rito, en los que se aprecie la rugosidad del tiempo. Si le diese a elegir una novela donde vivir, seguramente escogería *Guerra y paz*, *El Gatopardo*, *El jardín de los Finzi-Contini* u otra que mostrase una civilización a punto de derrumbarse y una orquesta empeñada en seguir tocando. La decadencia, cuando representa una estilización de la derrota, siempre ha sido un territorio grato a su esnobismo estético.

Mi tía era más recóndita y austera. Su territorio era el Antiguo Testamento. Compartía con mi madre la pertenencia a un mundo nebuloso en el que lo inmaterial, las ideas, poseían mayor entidad que lo tangible; tenía un criterio propio sobre la mayoría de los asuntos, disfrutaba en sociedad, era alegre y divertida, simpatizaba con los heterodoxos, pero en ella el inmovilismo, incluso la rigidez, eran casi una estrategia de vida. Sus opiniones estaban hechas. En consecuencia, una vez familiarizado con la lógica que la gobernaba, difícilmente te sorprendía. Mientras mi madre, acostumbrada al favor del que gozan quienes salieron de la adolescencia acaparando miradas, se complace en cierto camaleonismo y, a su modo fantasioso, avanza por la vida como quien salta las casillas de un juego que cree ganado, mi tía desprendía la engañosa seguridad del que necesita atenerse a un guión. Como mi madre, adolecía de cierta autoconsciente impostura, solo que la de mi madre ocupa un lugar mudable, sometido al vaivén del capricho, y la de mi tía crecía en el mismo centro de su personalidad. Tímida y al menos quince centímetros más baja, se agazapaba tras una depurada liturgia.

Hace casi dos años, el 17 de marzo de 2020, escribí esto:

> La casa es la misma de mi infancia. No ha sufrido alteraciones sustanciales, tan solo un deterioro persistente: las paredes amarillean, las tapicerías necesitan reemplazo, la tarima del suelo luce mellados profundos... Los libros de las estanterías y los que se amontonan en columnas presentan un desorden polvoriento. Los muebles ocupan su lugar, pero se diría que han perdido coherencia. Sobre su elegante mesa de trabajo no están ya ni el atril con un libro abierto ni el vaso de latón atravesado por un manojo de lápices afilados, ni tan siquiera el flexo con el que se daba luz para leer o tomar notas. Cuando ejercía de anfitriona, si se requerían, mi tía abría sillas plegables de loneta y habilitaba una mesa supletoria con una bandeja posada sobre un taburete de tijera. La estilizada sencillez a que daba lugar ese despliegue oriental de economía doméstica se ha perdido y lo que queda es el

reverso áspero de la austeridad: un abrecartas de asta arrumbado por ahí, un par de espigas secas, una brocha de bambú...

Hace cuatro años que mi tía carece de un discurso coherente y tres desde que dejó de caminar. Reconoce a su marido, pero con mi madre y conmigo cada vez atina menos, nos confunde al uno con el otro o con sus hermanos muertos. Hoy mi tía traza improvisados crucigramas en el aire con palabras que no comprende. Hoy ha mandado a la mierda a un conocido que se asomó a su cuarto para despedirse. Hoy luce prendas de aluvión que en otros tiempos habrían merecido su olímpico desprecio, adiposidades elegidas sin criterio ni amor por sus cuidadoras.

Cuando se siente sola y quiere comunicarse, grita: «¡Vaya!, ¡vaya!». Grita: «¡Morralla!». Grita: «¡Toalla!». Si se le replica («Vitualla», «Agalla», «Atalaya»...) paladea las palabras nuevas, pero no las retiene. «¡Estoy harta!», proclama. Si le preguntas por qué, su respuesta es siempre la misma: «No lo sé. ¡Estoy harta!».

Desde hace ya mucho, mi tía se mueve entre la inopia y el hartazgo. Vive sin futuro ni presente en un pasado de ecos resbaladizos. Por lo general no sabe si tiene hambre, si ha dormido bien, si quiere comer o salir a la calle, no conoce el nombre de sus cuidadoras ni si hace buen o mal tiempo. Se siente rara y lo proclama con frecuencia: «Me siento rara». Y sin embargo todavía es capaz de recitar sus apellidos de cuatro generaciones, y si le preguntas qué está haciendo, aunque mantenga la cabeza gacha y los ojos cerrados, muy probablemente dirá que leyendo. A las preguntas donde resuenan disyuntivas que la confrontan con un pasado casi olvidado suele responder o con enfatizados síes o con noes inapelables.

Cuando la visito y le inquiero si sabe quién soy, exclama: «¡Cómo no lo voy a saber!». En la mayoría de los casos miente, lo cual no la exime de utilizar la ironía si la ayudo a recordar mi nombre: «Ah, ¿sí? ¡No me digas!». Otras veces lo repite alegre: «Hola, Marcos», «¡Claro, Marcos!». No obstante, el hilo del reconocimiento es frágil. Baja pronto el telón. Ante una disyuntiva la primera reacción es un no. «¿Quieres venir con nosotros a Galicia?» «No.» «¿Vas a leer la novela de fulanito?» «No.» Si le preguntas por qué, dirá que Galicia no le gusta y que fulanito no le interesa nada. Imposible arrancarle una razón ulterior. Y, sin embargo, sus respuestas casi nunca traicionan la persona que fue. En el caso de los escritores resulta evidente. Por un lado, están los que rechaza o no recuerda y, por otro, aquellos ante los que calla. Por supuesto ya no es capaz de citar una sola obra suya, pero si oye Proust, si oye Conrad, si oye Canetti, si oye Melville, si oye Leopardi, si oye Borges, si oye Balzac, si oye James, si oye Jünger, su mirada se afila y simula atención. Si pongo ante ella una revista, la mira con perezosa curiosidad; si le pongo un libro, finge leerlo.

Ya antes de enfermar, «no me interesa nada» era su forma habitual de mostrar un rechazo tajante. Durante años, entre los escritores incluyó a su padre. Presumía de no leerlo. Lo declaraba, desafiante, ante conocidos recientes que lo traían a colación para halagarla, pero lo sostenía también ante amigos de confianza.

¿Cuánto de lo que representamos responde a necesidades y creencias genuinas, y cuánto está mediatizado? ¿Cuánto surge insinceramente, pensando solo en lo que dice de nosotros? Mi abuelo no estaba solo. Lo acompañaban figuras eminentes. Un canon se construye sobre el desprecio de muchos y, tanto en su filias como en sus fobias, mi tía tenía sus faros guía. Lo fue Sartre, lo fue T. S. Eliot, lo fue Steiner. Era una lectora aplicada. Dicho lo cual, no creo que mintiera respecto a su padre. Es cierto que mostrar aprecio literario por él no habría aportado nada sustancioso a su personalidad y que tal vez exageraba el desdén. Sin embargo, creo que sinceramente no le interesaba. Es decir, carecía de la inclinación de ánimo necesaria para apreciarlo. Conocedora de los regatos donde bebía su literatura, descifrarla no le suponía un aliciente. O lo rechazaba porque le recordaba partes de sí misma de las que quería distanciarse. La región de brumas donde había nacido, el engañoso confort provinciano en el que transcurrió su infancia, el clasismo decimonónico de su ciudad natal, la pertenencia de su padre al bando vencedor en la Guerra Civil. Recuerdos poco inspiradores para alguien que desde el final de la adolescencia había hallado su devocionario en la rebeldía.

Deconstruyo la máscara, pero la máscara no es solo lo que nos representa. Mi tía siguió siendo quien era incluso recluida en una cabeza que se disgregaba.

Había nacido en 1934, lo cual significa que en 1944 tenía diez años; en 1949, quince; en 1952, dieciocho, y en 1955, veintiuno. Se hizo adulta cuando la escasez de la posguerra no se había disipado y quedaba lejana la apertura económica que, unida al turismo y a la explosión del pop, atemperaría en la década siguiente el sofocante moralismo auspiciado desde las estructuras eclesiásticas del Régimen.

Cinco años de diferencia no son muchos, pero sí suficientes para que mi madre apenas conserve recuerdos significativos de la infancia gallega de su hermana. Tenían siete y doce años respectivamente cuando mi tía se fue interna a Madrid. Era una gran patinadora, experimentó un arrebato de vocación religiosa, sus amigas triunfaban en insulso convencionalismo, padecía por un físico aniñado que tardó en estilizarse...

Sobre los años siguientes el caudal de información aumenta. Se llevaba mal con su madre, de una manera recíproca y enconada que no mejoró con el tiempo. No era buena estudiante, aunque este asunto es controvertido, ya que no cursó el bachillerato. Y, sin embargo, terminado el colegio, se inscribió como oyente en la Facultad de Filosofía y Letras. Allí hizo amigos entre los estudiantes más inquietos; afianzó su francés, leyó a Simone de Beauvoir, colaboró en iniciativas culturales de la oposición política, se aficionó a vestirse a lo *garçon* y llevó a la práctica, con implacable naturalidad, una parte de la teoría feminista absorbida en sus lecturas. En un tiempo, segunda mitad de los cincuenta, en el que incluso las hijas de la burguesía ilustrada crecían mutiladas por una educación que vedaba a la mujer casi todo autónomo hedonismo, ella se distinguió por propiciar con sus amigos varones relaciones de igualitaria camaradería en las que se arrogaba la misma libertad que estos para explorar los laberintos físicos del conocimiento amoroso; lo cual, al visibilizarse familiarmente –llegadas nocturnas tardías, alguna noche de ausencia–, fue causa de agrias discusiones con su madre.

Preguntas irresolubles: ¿por qué no intentó pasar por libre el examen de bachillerato para acceder a la universidad y estudiar de verdad una carrera? Mi madre, al teléfono, me dice que no es tan extraño. Que entonces no se otorgaba tanta importancia al hecho de completar los estudios. Y para corroborarlo cita a otras familias de su entorno. «Mira los Bergamín», dice, «salvo Pepe, no estudiaron. O los Panero.» Luego se da cuenta de que tampoco esos casos fueron un ejemplo de funcionalidad y toma aire para balbucear una duda: «No sé. Tendríamos que hablarlo cuando nos veamos. El porqué de que así fuera en familias como la nuestra, los Ferlosio...».

No es lo mismo dejar colgada la carrera que seguirla en calidad de oyente. Ya mayor, cuando le preguntaban por su formación, mi tía solía decir que había estudiado Filosofía y Letras. Es probable que sus amigos de aquel entonces desconocieran que no era una alumna como ellos. Lo que me intriga de su bagaje universitario no es esa posible impostura, al fin y al cabo menor: es ese modo tan familiar de flotar por encima de la realidad eligiendo solo lo que nos interesa para conformar una ficción más habitable.

Después de la universidad, que abandonó a la vez que sus amigos, podría haber tentado diversos caminos. Eligió irse durante unos meses a Alemania, a casa de una amiga de su padre. Cuando regresó, alquiló un piso en una colonia obrera donde vivían otros jóvenes progres y emprendió una vida semiindependiente. ¿Tenía un propósito? ¿Un plan? Yo diría que no, solo ansia de ser. Trabajó fugazmente en una editorial y tradujo dos novelas de Simenon. Era 1961 o 1962 y las firmó su padre porque le remuneraban mejor. Luego se casó con un operador de cine y, cuando su padre se fue a EE. UU., heredó el alquiler de la casa que había sido suya. Alrededor de 1966 conoció a su segundo marido y, tras dos años de relaciones clandestinas, abandonó al primero. Esa fue probablemente la decisión más trascendente que tomó jamás, su principal aventura. Lo asombroso es que durante los sesenta años siguientes su modo de vivir apenas varió. Continuó en la misma casa y su desempeño como traductora literaria del francés siguió siendo el de una postulante, no el de alguien interesado en hacer carrera; se especializó en la traducción de solapas y contras, de artículos y conferencias si se terciaba, y en la revisión de galeradas ajenas; labores que realizaba con seca aplicación pero que, de tan escasas, seguramente no le reportaban suficiente dinero. Para más inri, cuando los faxes y los ordenadores ya proliferaban, aún se valía de una pesada máquina de escribir y del correo postal. En verdad, parecía que hacía lo justo para poder decir que hacía algo. Después, ni siquiera eso. Antes que su cabeza, la jubilaron su premioso modo de trabajar y su rechazo terco a la tecnología.

El tiempo, ya lo sabemos, no pasa igual para todos. Hay quienes lo sobrevuelan espoleados por la ambición o acuciados por factores diversos; los hay que se pierden en circunvalaciones y no terminan de encontrarse, renuncian a su camino o no tenían otro distinto. Hace poco, viendo un documental sobre una escritora amiga, me conmovió el testimonio de una de sus compañeras de universidad. Adornada con un collar de cuentas de ámbar que acariciaba incesantemente, ya anciana, de una elegancia recia que tenía su correlato en el mobiliario circundante, concluía la remembranza de su vieja amiga con una ambivalente mirada hacia sí misma: «Yo no hice nada. Me casé, tuve seis hijos... Pero es la verdad: no hice nada».

¿Hizo más nuestra amiga escritora?

Mi tía no tuvo hijos –presumía de ello, con insistencia mayor a medida que la enfermedad la erosionó–. Aducía que no le gustaban los niños o que no sentía la necesidad de perpetuar sus genes, pero creo que en su decisión se escondía una razón más honda que ya apunté y que en parte la define. Podaba deseos superfluos para quedarse con lo que podía manejar. Nada que no fuese realizable en un plazo corto representaba un aliciente. Su tiempo era un tiempo indefinidamente postergado, ajeno al utilitarismo, desdeñoso con la idea de sacrificio supeditada a la consecución de un futuro mejor; sus renuncias las hacía para vivir en presente. No pretendía avanzar, recorrer un camino. Su único afán era ser, pero ser, ya de entrada, como ella quería. Así las cosas, su ámbito era el de la representación, algo difícil de conciliar con la maternidad. La representación no como un mero artificio para obtener un fin: la representación como una experiencia vital no tan distinta de la genuina.

Si pongo ante ella una revista, la mira con perezosa curiosidad; si le pongo un libro, finge leerlo.

He sabido, y me cuesta mencionarlo aquí, que en su primera juventud dio a mis padres el manuscrito de una novela supuestamente escrita por ella que resultó ser la traducción, españolizada en los nombres y localizaciones, de una novela francesa de éxito efímero. Su afán simulando un desempeño frecuente de su profesión de traductora era baldío: ¿dónde está lo que traducía? Qué más da. Lo segundo pudo permitírselo, y en cuanto a la novela *robada*, no haberla escrito no la vuelve menos interesante ni menos lista ni menos feliz que si efectivamente hubiese sido su autora.

Desde finales de los años sesenta, su amiga más cercana fue una pintora, de personalidad poderosa, que vivía en su misma calle, un portal más allá del suyo. De ella tomó buena parte de su refinamiento estético. En la casa, el seco confort sesentayochista se estilizó con armónicas reminiscencias orientales. En relación con su aspecto, dejó atrás la combativa androginia de su juventud rebelde y encontró una forma de presentarse como mujer más acorde a su edad. El pelo creció moderadamente, sus prendas ensancharon, aparecieron los vestidos de punto a medio camino entre el Bloomsbury prerrafaelita y la Bauhaus de Weimar. Más adelante recuperaría los pantalones y los trajes, hasta alcanzar una síntesis, un estilo, que sí le era propio.

A partir de cierto momento, mediados de los ochenta, me fue fácil seguir el rastro de los libros que leía, se informaba en los suplementos literarios y tenía amigos escritores que la aconsejaban.

No solo nos precede la genética. La suma de lo que somos, si nos remontamos lo suficiente, tiene una procedencia exógena.

¿Qué nos define? ¿Por qué ambicionar algo hasta el final es mejor que desistir a tiempo?

A decir verdad, nunca le oí que estuviera escribiendo algo o que se propusiera hacerlo. Creo que atribuirle tal deseo formaba parte del imaginario de quienes la rodeábamos, su familia y amigos, y que si acaso pecó de omisión al no contradecirnos con la rotundidad con la que afirmaba casi todo. Ya no padecía la ansiedad juvenil que la había empujado a pretenderse autora de un libro ajeno, pero supongo que todavía fantaseaba con dejar una obra oculta –unos diarios, unas memorias–, y que cuando el paso del tiempo impuso su ley, la careta había pasado a ser indistinguible de su propio rostro. Sonreía, cambiaba de tema, negaba débilmente... Quisiera poseer el don de describirla en esos momentos; la ternura que me invade al recordar su mirada elusiva, su breve rubor. Y, pese a ello, tengo la convicción de que estaba satisfecha con su vida. ¿Qué papel tenía él en la ecuación? Una parte considerable, era una mujer enamorada. ¿La imagino sin él? No. ¿Cómo habría sido su vida de no haberlo conocido? He ahí el misterio. Por lo general, no resulta difícil concebir a los miembros de una pareja por separado, adjudicarles otras vidas. Tratándose de mis tíos, solo me es posible en el caso de él. Ambos necesitaban la compañía de alguien, pero, así como a mi tío le bastaba con ser por sí mismo lo que era, creo que ella precisaba a alguien en quien proyectar una cierta idea de sí misma. ¿Un catedrático? ¿Un abogado? ¿Un médico? Puede ser, aunque lo dudo. Tal vez un arquitecto o un filántropo o un iluminado o, incluso –se me ocurre ahora–, una mujer con la que fingirse una Gertrude Stein. En todo caso, mi tío contaba con lo necesario. A su lado podía representar lo que quería ser, y serlo de una manera liviana, alegre, vital. Si bien en ocasiones se mostraba irritable –quién sabe si el preámbulo de su enfermedad–, en mi memoria prevalece su derroche de entusiasmo. La obsequiosidad con sus invitados; su grito al telefonillo cuando nos visitaban –*¡Somos nosotros!*–; su llamada, al regresar de su casa, para preguntarnos si habíamos llegado bien; su caminar apresurado, escorado, con los pies hacia adentro; sus profundas caladas a los cigarrillos extrayéndoles un humo que no inhalaba; su risa a destiempo con las ocurrencias de su marido o de quienquiera que privilegiara con su afecto; su temeraria glotonería; su terquedad al porfiar; su despiste en restaurantes y casas ajenas, en eventos multitudinarios, por la calle; su alborozo ante el halago... Poca gente he conocido más agradecida. O más quisquillosa cuando no se cumplían sus expectativas.

Aunque frecuente y afectuoso, durante mi infancia nuestro trato no siempre fluyó. Tras los saludos y los besos, no sabía disimular que le resultaba un estorbo y yo tragaba el sapo sin aspavientos, sabedor de que antes o después los brazos más acogedores de mi tío me arrancarían del tedio y me conducirían a su estudio, donde me enseñaría a tocar los bongos o me haría reír con historias improvisadas acerca de los objetos que llamaban mi atención, una navaja, una lata de bálsamo de Tigre, unas bolas chinas... La relación con ella se expandió en la adolescencia por efecto de mi afición lectora. De pronto, me gané el derecho a ser escuchado. Su torpeza al dirigirse a mí, su incapacidad para adoptar un tono adecuado, desaparecieron. Asumió el papel de cicerone y desplegó sus cartas. Por su influencia descubrí a Bernhard, a Céline, a Musil... Tardó en otorgarme el privilegio de recibir libros en préstamo, pero terminó haciéndolo sin remordimiento. Y más tarde, cuando me convertí en escritor, lo acogió con entusiasmo. Se interesaba por lo que escribía, recortaba mis artículos, se alegraba de mis éxitos, me corregía los manuscritos. El más celebrado de mis libros alcanzó a leerlo antes de que su cabeza se nublara, y aún pudo disfrutar el eco que obtuvo. Luego, ya enferma, recordarme lo mucho que había gustado a sus amigos engrosó el catálogo de recitados reiterados con los que intentaba disimular su insolvencia para involucrarse en una conversación.

El año 2012 es una fecha relevante. Viajaron por última vez a Panamá –ella repetitiva, él ojeador de sombras–, y a la vuelta mi tío terminó de perder la vista a consecuencia de un glaucoma degenerativo, corolario de los miles de horas dedicadas a arañar con el buril las planchas de grabado. Hasta 2017, a medida que la mente de ella colapsaba, vivieron en un equilibrio precario. Él ponía la dirección y ella los ojos. Así salían: agarrados del brazo, él indicando qué calle tomar y hacia qué lado –su osadía para dominar de memoria los espacios no tenía límites–. Así hacían las compras; así tomaban el autobús que ella no recordaba; así se acercaban a mi casa, cumplían con sus compromisos y asistían a las inauguraciones de sus amigos pintores; así, cercándola con preguntas, se formaba él una idea de la obra que ya no veía. Luego, en la primavera de 2017, mi tía se golpeó la cabeza, la enfermedad se agudizó y hubo que intervenir en su vida. Organizársela, teledirigírsela, contratar cuidadoras, buscar el dinero con el que pagarlas; prever el futuro, anticiparlo, decidir. Entre mediados de 2017 y diciembre de 2021, ocuparme de ellos se convirtió en una parte central de mi actividad. Los visitaba un par de veces a la semana, gestionaba la burocracia de las citas médicas, de los pagos y cobros; informaba a sus amigos, planificaba sus visitas; coordinaba la asistencia domiciliaria, los horarios y peticiones del centro de día al que mi tía empezó a acudir, y me involucré en buscar un futuro, con exposiciones y donaciones, a la obra de él.

Lamento mucho de esos días. El espectáculo de la decadencia no resulta gratificante. En particular me duele mi impericia para comunicarme con ella. Mientras me reconoció aún pude sobreponerme. Escrupuloso con los fluidos corporales que dejó de controlar, apesadumbrado por la tristeza, frustrado por entablar diálogos infantiles con quien antes se afanaba en mantener conversaciones elevadas, a partir del momento en que me olvidó, en que ya no me reconocía, empecé a evitarla, y mientras dedicaba horas a charlar con él, a ella tan solo le daba los besos de la llegada y la despedida y a veces ni siquiera eso.

La aceptación reacia, la negación reiterada: tuvo que resultarle durísimo asumir su enfermedad. Obligarse por vergüenza a llevarla en secreto, disimular las capacidades que iba perdiendo. Cuánto pánico debió de sentir cuando comenzó a desorientarse en la calle. Ni se nos ocurrió considerarlo hasta que un día la trajo un vecino. En un cajón suyo encontré rastros de los cuales se infiere que el proceso empezó tiempo antes de que en su entorno lo percibiéramos. Algunos puedo datarlos porque son recortes de artículos periodísticos relativos al alzhéimer; otros, citas literarias sobre la pérdida de la memoria o la dispersión de los sentidos. También infinidad de papelitos con palabras sueltas. Quién sabe si fue en esa misma época cuando la recuerdo almorzando tres postres en un restaurante. O cuando le dio por alimentarse de plátanos. Debimos haber sido más diligentes. Pero nos resistimos: si algo nos chocaba, preferíamos tomarlo por una excentricidad. Incluso después de asumirlo, siendo la situación ya alarmante, nos comportamos con perezosa imprudencia: durante unas Navidades en las que él estuvo ingresado, la dejamos sola. Cada mañana, antes de ir al hospital, la telefoneábamos para recordárselo e impedir así que se inquietara al no verlo en casa. Apenas tres meses después se accidentó, su vida dio un vuelco y la nuestra con la suya. Llegó esa época triste en la que solo caben los remiendos, las tiritas, en la que nos convertimos en el sostén de alguien que forma parte de lo que somos, y lo ayudamos, lo entretenemos, mientras en nuestro interior, a veces con impaciencia, aguardamos su muerte.

Una de las últimas veces que la vi, me preguntó con excitada emoción: «¿De verdad me quieres? ¿De verdad?». Yo venía de pasar la tarde con él en el salón y, antes de irme, había tenido un prurito de vergüenza y me había asomado al cuarto de la cuidadora, donde estaba la televisión frente a la que solían aparcarla. Me acerqué, tenía la cabeza gacha, se la acaricié, pronuncié su nombre –Marisé–, le di dos besos y le dije que la quería. Ella alzó la vista y me hizo la pregunta repetida: «¿De verdad me quieres? ¿De verdad?». Le dije que sí, le pregunté por qué se sorprendía y me contestó: «No sé, me gusta que me quieras». ¿Sabía que era yo? No lo creo.

Es cierto que la quería y me consta que ella a mí también. Quería a sus hermanos, quería a sus amigos. Y, sin embargo, ¿qué porción de ella conocimos realmente quienes participábamos de ese amor? ¿Qué ocultaba? Faltas secretas, dudas, temores: lo que la mayoría. ¿Algo más? No sabría decir. Nada deliberado... Más que una zona de penumbra, una elipsis. Me sorprende, por ejemplo, su insistencia en desvincularse del mundo al que pertenecía, cuando todo en ella proclamaba esa procedencia. No era solo que no leyera a su padre. También era la única de entre sus hermanos que renegaba de Galicia. Durante años tuvo una foto de su madre apoyada en la estantería del salón, junto a una de su padre que iba y venía, pero no solía hablar de ellos salvo por complacer si se lo solicitaban, o para corregir los recuerdos de otro. Entonces rememoraba los suyos con detalle. Sin embargo, uno tenía la impresión de que en el fondo no le importaban gran cosa. Sus recuerdos eran carcasas desprovistas de emoción. Pueden aducirse motivos más o menos convincentes: el de una niña que, pese a ser la mayor de sus hermanos, no se sintió nunca la primera en nada; la soledad del internado donde aprendió a construir barreras tras las que protegerse de una realidad adversa; su diletante paso por la universidad, donde acumuló experiencias y a lo mejor se aficionó al disfraz; un modo particular de interiorizar la confusión familiar entre literatura y vida; heridas mal cerradas... En cualquier caso, no son más que especulaciones. Lo único cierto es que a su lado uno tenía la sensación frecuente de que la realidad no siempre la penetraba. Como, si en lugar de vivirla, la interpretara. Mi tío, en una de nuestras conversaciones de los últimos años, me dijo que guardaba un interior inexpugnable que no le mostraba ni a él, así de complicado le resultaba descifrar sus sentimientos más hondos.

Me viene a la cabeza una anécdota: en una ocasión le pregunté si echaba de menos a alguien que a mi entender no podía no echar de menos –creo que eran sus hermanos muertos– y me contestó que no. Estaba ya enferma, pero no mentía. No los echaba de menos. A eso me refiero. Allí donde las emociones se desfiguran o se embozan, ninguna ausencia, ninguna pérdida, es tan acusada; el recuerdo de lo que nos concierne es solo pensamiento pasado. Y sin embargo, por la misma época, en más de una ocasión repitió que si a su marido le sucedía algo no querría seguir viviendo. Fuera cual fuera la elipsis, fuera cual fuera el extraño vacío que la enfermedad había agrandado, él lo llenaba.

Antes de que su mente encarara la última fase de su decadencia tuvo otras obsesiones que repetía cada vez que nos veía a mi madre o a mí. «¿Te he dicho, Pala, que la casa es para ti? ¿Te he dicho, Marcos, que vas a heredar mi biblioteca?»

Hoy la casa es de mi madre, y la biblioteca, mía. La perspectiva de desmontarlas me abruma. La biblioteca contiene vetas de literatura judía y centroeuropea, de clásicos franceses, de ensayo literario, de diarios y memorias que no tengo entre mis libros, pero al menos el cincuenta por ciento restante se solapa. Debo tomar una decisión porque no puedo engullirla entera, y desechar lo repetido me obligaría a partirla, algo que de ningún modo querría. Esa biblioteca y el amor por su marido, junto a los cuadernos escolares de apretada letra rebosantes de citas ingentes, literales, heterogéneas, excesivas, indescifrables por su indiscriminada abundancia, fueron su principal creación. Partirla sería como partirla a ella.

La muerte de mi tía M. sucedió de forma imprevista y, dentro de lo que cabe, serena. Pese a la enfermedad, gozaba de buena salud. Pero habíamos atravesado días agitados, mi tío convalecía de una fractura de cadera que le había provocado desnutrición y una incipiente neumonía, el pronóstico se adivinaba sombrío y optó por irse la primera. Una mañana no despertó. Él murió de tristeza diez días después. Ambos habían pedido ser incinerados. Mi tío quería que enterraran su urna al pie de un árbol, a ser posible en Panamá. A ella le daba igual el árbol; lo que quería era que mezclaran sus cenizas con las de él. Igual que su ateísmo, lo proclamaba con contundencia, como todo lo que estimaba importante.

OCHO
Un libro que ya no escribiré

Las manos de mi madre son aún bonitas: grandes y con los metacarpianos ligeramente marcados, pero no huesudas; con la palma carnosa, amplia; los dedos largos, esbeltos; y las uñas, de cutícula ancha –nunca pintadas–, suavemente encastradas hasta más allá de media falange. Sabedora de su atractivo, las exhibe. Cuando fuma o gesticula las mueve pausadamente. Suele llevar dos o tres pulseras –de marfil o de concha o de madera– que sonajean al subir y bajar por sus muñecas. Cuando escucha, se entretiene con ellas, se las recoloca o se las quita. Y de la misma forma juega con los anillos. Salvo una ágata y un topacio inusualmente grandes, engastados en monturas de oro acordes a su tamaño, por lo general acostumbra a llevarlos discretos; todo lo más, una modesta alianza y un par de sortijas desnudas de adorno. Su rol, como el de las pulseras, es secundario: servir, aderezar, no suplantar. El protagonismo lo asumen las manos: bonitas, distinguidas, y a la vez firmes y poderosas.

Mi madre se sienta de lado en las esquinas de los sofás. En mis recuerdos más antiguos, vestía faldas cortísimas y tenía el mejor escote que he conocido, un escote de camisas masculinas osadamente abiertas a lo Jane Birkin y largos collares de cuentas. A medida que su pudor se enfrentó a los cambios físicos, menguaron los tacones y crecieron las faldas, al principio con aberturas laterales por las que aún era posible entrever sus piernas. Pero incluso cuando la desaparición de las aberturas restringió la visión, favorecido por los hombros rectos y la talla moderada de los pechos, el escote disfrutó de una prórroga prolongada. Desde hace tiempo se abrocha los botones de la camisa bien arriba y sus piernas ya no son capaces de montarse una sobre otra. Sin embargo, aún transmiten la memoria de lo que fueron, una reminiscencia visible en la forma de caminar, de estar, de colocarse.

Otro de sus rasgos más llamativos es el imprevisto velo que recluye su mirada. El flequillo –homogéneo, cerrado hasta media pupila, con el pelo circundante más largo o más corto según la época– es parte consustancial de su peinado desde antes de que yo naciera; lacio, natural, moreno claro hasta que, cumplidos los cincuenta, comenzó a encanecer. Dejarse flequillo, cuando no obedece a la moda, supone un acto deliberado de distanciamiento. Significa interponer una barrera para guarecer una mirada que no sabe modularse. La de mi madre es franca, cálida, generosa, pero un arranque de timidez o de orgullo puede volverla gélida. En su caso, la barrera es, además, un filtro. Nacida con ocho dioptrías, rehusó corregir su visión hasta que fue madre con veintinueve años. Las brumas en las que vivía solo las conoce un miope. Y aun así las prefería. Lo repite siempre: cuando contempló el mundo tal cual era, le pareció peor que el imaginado.

Si empecé trayendo a colación sus manos no es solo porque, velada la mirada, su protagonismo se vea incrementado. Tampoco porque retengan con vigor tres elementos constitutivos de su personalidad: la fortaleza tallada a golpe de mar de sus ancestros gallegos; unos códigos de diferenciación burguesa bien aprendidos, lo bastante estilizados para transitar por el vértice, y la seguridad apabullante de algunas guapas. Las introduje como antesala de una anécdota que le escuché en tonos diversos, según cuál fuera el auditorio o su estado de ánimo. A veces, para escandalizar o seducir, y otras, las menos, con el deseo de ventilar algo insondable sobre sí misma. La primera, una lejana noche de insomnio y cuentos en su cama. Yo no debía de tener más de diez años, un detalle a considerar teniendo en cuenta que el meollo del relato es una regresión de un viaje de LSD. Sostiene que fue su única experiencia psicodélica, y estoy seguro de que no miente: mi madre, que ha visto consumir a su alrededor innumerables drogas, no ha sido proclive a su uso. Por instinto de supervivencia, por miedo a perder el control o porque la estética de los rituales asociados le es ajena. Lo suyo es el whisky rebajado con agua, el gin-tonic o el champagne de las novelas que leía de jovencita, de las películas y los primeros bailes. Sea como sea, carecía de tabúes. Allí donde otros padres habrían callado o esperado algunos años para contar, ella no. Ninguna falta, ninguna anomalía eran vergonzantes; ninguna tan grande como para obligarse a callarla. Conviene recalcar, además, que su propósito con la anécdota del LSD no era confesar que había consumido una droga prohibida ni instruirme acerca de los perjuicios que estas ocasionan. El LSD tan solo era una nota al pie. Lo relevante era lo que vivió bajo sus efectos: volvía en taxi a casa, sola, de madrugada, y de pronto advirtió que una de sus manos se transformaba paulatinamente en la mano de su padre. De la sorpresa y la curiosidad iniciales pasó a la angustia en cuanto comprobó que su otra mano tampoco era ya suya sino de su madre. Primero las manos, luego los brazos, más tarde el torso..., su yo perdía posiciones a medida que su padre y su madre las ganaban. El simbolismo de la imagen despertaría de su sopor al estudiante de psicología más torpe; y lo mismo su enfática afirmación de que lo único que consiguió traerla de vuelta a la realidad al llegar a casa, con el cuerpo ya casi totalmente dividido, fue correr a mi cuarto y llevarme a su cama abrazado. Ese abrazo, en muchos sentidos, nos define. La soledad compartida, el socorro recíproco, la intimidad, el amor. Una madre que abraza a su hijo y un hijo que abraza a su madre. Cualquier otro abrazo en comparación resulta imperfecto. Tan irrevocable e intenso es el amor de ella como el de él. Sin embargo, sería un error pensar que aman igual.

Cuando sus palabras aún me sanaban, el ritual era siempre el mismo: irrumpía en su cuarto, me sentaba en su cama y lenta, trabajosamente, comenzaba a desgranarle mis zozobras. Mientras mi tamaño lo permitió, se hacía a un lado y me invitaba a dormir con ella. Así, en noches eternas, susurrándome, induciéndome al sueño con cosquillas, encontró palabras para hablarme de todo. Con derroche de cuentos y, si era posible, con humor; no hay fórmula más eficaz de desenfocar la mirada de un niño. El propósito: proporcionarme un imaginario donde encontrar abrigo, un arraigo que la trascendiera; transmitirme que no estábamos solos, sino que había una tribu variopinta y dispersa a la que pertenecíamos. Humor encontrado al pasar: anécdotas, noticias, sucesos cotidianos; y humor de descorche largo, del que se practica diseccionando a los otros. Mi equipaje primordial, con el que me enfrenté a aprendizajes posteriores, proviene de esas noches. Lo que soy, lo que trabajosamente he conseguido, lo que otros pensarían que debe enorgullecerme, lo he logrado en una parte sustancial gracias a los rudimentos que ella me dio entonces, un territorio en el que crecer, cierta confianza.

Con cada cuento daba razón de algo o trataba de reparar su carencia, y lo hacía con tanta eficacia que prácticamente no había realidad que no fuera capaz de parchear. Por ejemplo: su desvalimiento frente a algunas inclemencias; la responsabilidad, los dilemas, las decisiones que debió afrontar sin ayuda; los precipicios de preocupación, tan acuciantes como su cuerpo dividido por efecto del LSD, que la atenazaban mientras me abrazaba. Todavía años después, ya de adulto, cuando una quiebra del presente lanzaba mi mirada hacia atrás y, como un niño enfadado por haber creído en los Reyes Magos, renegaba de los paños con los que mi madre hacía la realidad más acogedora, a menudo pasaba por alto que desde muy pronto fue una mujer con niño. Es decir, una mujer que asumía casi sola las responsabilidades materiales y emocionales que un hijo trae consigo. Estaba mi padre, intermitente en la lejanía, pero sobre todo estábamos ella y yo. Todo el tiempo, todos los días. No es algo que me singularice. En numerosos niños y adolescentes que pasan ante mí en supermercados y autobuses descubro la huella de madres heroicas, y, en no pocos de ellos, ese input dudoso de quienes no han tenido que compartirlas. Dudoso porque está hecho a partes iguales de gratitud y remordimiento por las veces que pagamos el amor con desplantes; de autoconmiseración, impotencia y reprimido resentimiento por las veces que vimos lágrimas indebidas y asumimos responsabilidades que nos venían grandes; de dependencia y admiración.

Salvo raras excepciones –soy una de ellas–, la mayoría de los hijos únicos que conozco a la hora de ser padres no ha querido serlo de un único hijo.

En mi caso la valentía no me dio para más.

Y temo haberme equivocado.

Yo no estoy solo, mi hijo nos tiene al lado a su madre y a mí, puede inclinarse por uno u otro para modular tanto sus rebeldías como sus afectos, pero hay algo fatigoso, demasiado intenso, en crecer tan arropado. Y que tus padres no conformen un bloque, como fue mi caso, no supone un alivio. Estás solo para discriminar, mesurar, relativizar. O te expones a desilusionar a ambos o acabas de árbitro justiciero, absorbido por una espiral en la que te va todo y nada al mismo tiempo. No existe término medio; si acaso el espectral resultante de una agotadora oscilación infinita. Y ocurre que uno de ellos es a menudo más generoso, recibes más de su parte, y sin embargo eso no garantiza que le seas más leal.

Lo he escrito en otro lugar: somos injustos con quienes más nos quieren. Mi padre, no importa lo profundo de nuestro enfado, era el anhelado. Mi madre, mi sostén diario, y, por eso, a quien más le exigía. Si resbalaba, si la empujaban, nos precipitábamos al vacío.

Ese miedo, que en ocasiones se transfiguraba en una acuciante realidad, marcó mi personalidad desde antes de que tuviera la madurez suficiente para manejarlo.

Aduce mi madre que en su casa nunca le advirtieron que tendría que ganarse la vida, y que, por diversas razones entre las que incluye su tardía escolarización, fue niña hasta muy tarde y tampoco a ella se le ocurrió. En consecuencia, tras terminar el bachillerato, no pasó por la universidad. Empezaban los años sesenta, vivía con su padre y la nueva mujer de este en la misma casa donde había muerto su madre, se levantaba tarde, asistía a fiestas, no le faltaban pretendientes y se casó con quien quiso. Un pintor.

Los dos son huérfanos de madre; los dos tienen padres más o menos ausentes: el de ella está trayendo nuevos hijos al mundo y el de él se ha marchado de España tras arruinarse estrepitosamente. Tal vez la coincidencia los una. El pintor, mi padre, acaba de llegar de vivir y exponer en Ámsterdam. No es su primer viaje. Ha vivido algunos años entre Londres y París, asistiendo a clases de pintura, pintando, conociendo mujeres, ganándose el sustento con trabajos eventuales como camarero o empleado doméstico. Dispone, eso sí, de una pequeña herencia con la que compran un piso, y después de la boda, en la primavera de 1964, se marchan a Brasil con el dinero de la dote de ella. Residen allí dos años, en Río y São Paulo. Tratan a artistas brasileños y a la pequeña comunidad española y hacen un viaje al río Araguaia, donde viven un mes con los indios karajás. Es al regresar a Madrid en 1966 cuando descubren que la vida no es tan fácil como habían imaginado. Mi padre siempre recordó lo poco que le afectaban a ella las penurias. A principios de 1968 nazco yo, es tarde para ponerse a estudiar, y mi madre trabaja en lo primero que le sale: compradora en una cadena textil.

Los problemas, las disonancias, comienzan en la primera mitad de la década de los setenta, curiosamente una época de bonanza para ambos. Mi madre codirige una galería de arte y él es uno de los artistas en nómina; sin embargo, muchas fotos los retratan enfurruñados, separados por un muro de enconamiento. Él lo quiere todo: un hogar agradable al que regresar si su ánimo se entumece y la libertad de un soltero, o lo que esta significaba entonces para quienes vivían su verano del amor californiano. Ella esperaba otra cosa, y piensa en mí. Sus horarios no coinciden con los míos, pero por las noches es ella quien viene a mi cuarto, se reclina y me hace la pregunta devenida en rito: «Osito, osito, ¿estás dormido?». Así me espabila lo suficiente para que el beso posterior (lo sé porque soy padre) sea más placentero. Luego me arropa, y durante un instante su ternura despampanante desactiva mi resistencia a caer dormido. Mi madre, recortada en la penumbra con las manos aún frías de la calle; sola o con un eco de voces esperándola en el salón, casi nunca con mi padre.

A la altura de 1975 el matrimonio agoniza. Mi madre ha asumido que, a excepción de ayudas a regañadientes, solo se tiene a sí misma para pilotar la nave que nos conducirá al futuro, pero tarda en dar el paso y no se protege. Duda, y estoy yo, a quien no quiere perjudicar ni privar de un padre. Abandona la galería para distanciarse de él, sale, flirtea, tiene aventuras, pero, con su sentido tan sentimental de la familia, sigue otorgando a mi padre un lugar preferente. No le pone barreras, permite que nos visite a capricho, y la lealtad no le es correspondida. Las traiciones le imprimen una huella de desilusionada extrañeza, pero no modifican su afán de no interferir en nuestra relación. Así es en 1977, en 1978, en 1979 y más allá. No cambia ni cuando, al sentirme orillado, mi conflicto con él aflora. Si en los momentos más difíciles el hilo del amor entre mi padre y yo no se rompe, se debe en parte a ella, que lo preserva para mí. No me oculta las debilidades de él, ya que le sirven para justificar sus faltas, pero incide en sus cualidades. Nunca se interpone, nunca lo desdeña. Me concede permiso para apreciarlo, y, sin embargo, me recuerdo incontables horas de algunas noches vigilando desde la ventana de la cocina el aparcamiento donde debe estacionarse el taxi que la trae a casa. Preocupado por la tardanza, con angustia creciente. *Quién se ocupará de mí si a ella le pasa algo*. La pregunta me persigue, y se la traslado en cuanto tengo ocasión. En su cuarto, donde antes había una cama de matrimonio hay ahora dos individuales separadas por una mesilla. Ya no podemos dormir juntos, pero con frecuencia amanezco a su lado en la cama vecina.

En esos años también descubro que el dinero no es una entelequia. A mi madre no le ha ido bien luego de abandonar la galería, trabaja efímeramente asesorando a un coleccionista y, al terminar la colaboración, se queda sin ingresos. Entretanto, mi padre acaba también fuera de la galería y se precipita a una crisis. Yo no debiera enterarme, pero me entero. Me llegan ecos, comentarios sueltos, preocupación. A partir de un momento ni siquiera disimulan: una tarde vendemos la moneda más valiosa de mi colección, desaparecen cuadros, cualquier cosa que sirva para sostener un poco más nuestro nivel de vida. Generalmente es mi padre quien se encarga. No vive con nosotros, pero compensa su falta de ayuda prestándonos ese servicio del que, imagino, se lleva un porcentaje.

Pero mi madre se reinventa mediante un considerable salto de audacia. Comienza a trabajar en un semanario televisivo y, seguidamente, asume la dirección de un programa radiofónico sobre cultura y educación que, con distintos formatos y colaboradores, estuvo en antena entre 1978 y 1983. Son años de plenitud. Ha conquistado un lugar propio, ajeno al que compartía con mi padre. Ha salido adelante sola. La solicitan, la invitan. Tiene éxito. En la cuarentena, no ha menguado su atractivo. Si acaso, ha sofisticado el misterio con el que lo envuelve. La vida social no solo forma parte de sus obligaciones, le gusta. Pero yo no lo padezco: deja tras ella una estructura –un hogar en funcionamiento, una interna–, y me basta con saber que, al llegar a casa, se asomará a mi dormitorio.

En 1982 y 1983 tiene un novio escritor con quien planea iniciar una vida en común, la primera vez desde la ruptura con mi padre. Su propósito naufraga porque una noche, de vuelta de una fiesta, el escritor la estrella en su descapotable y, tres meses después, en unas vacaciones de verano concebidas como un ensayo de convivencia entre ambos, sufre un brote psicótico espoleado por los celos y la mezcla de alcohol y tranquilizantes. El paseo por la playa en el que mi madre se sincera y me anuncia que volveremos solos a Madrid –las risas liberadoras en cuanto levantamos la veda de la burla y nos aplicamos a desgranar los esperpentos vividos con él– constituye uno de los hitos de nuestra relación tan estrecha.

Por entonces, he cumplido ya los quince años y lleva tiempo integrándome en su vida social. Cuando da cenas en casa, asisto a ellas y a la mañana siguiente falto al colegio; la acompaño a inauguraciones y a presentaciones de libros, me lleva a cenar a casa de sus amigos, a festejos, de copas.

Me gusta mi madre, su ligereza, su brillo, su buen humor, el efecto que causa en los otros, su capacidad para detectar el detalle discordante, descontextualizarlo y alcanzar simas inesperadas. A los engreídos, a los fatuos, a los petulantes, a los petimetres los despacha rápido, en cuanto identifica la costumbre, el alfiler de corbata o el defecto de carácter reveladores de su condición. A veces el menosprecio responde a una ofensa previa, un vecino malencarado, alguien a quien tenga enfilado... Pero incluso en esos casos, lo normal es que su chanza sea ligera, alegre, risueña. Mi madre no es ácida. Tiene una mirada aguda pero, salvo excepciones, no se regodea. Eso lo hacen quienes se saben derrotados y ella no es derrotista. Es optimista y generosa, nunca duda de que saldrá pronto el sol, ni aunque los días de tormentas se acumulen.

Por su rectitud de cuerpo y de modales, tras la que emboza una timidez que algunos toman por frialdad, podría interpretarse que incurre en automatismos de un cierto elitismo estético o social. Si así fuera, lo sería por mimetismo, a pesar de sí misma. Es distinguida, se hace ver, pero lo es de forma natural y no sabe graduarlo, es como es en todo momento. Aprecia el decadentismo de quienes se dejan engullir aferrados a códigos ancestrales, admira la dignidad de los humildes y su heroísmo al levantarse contra sus opresores, le agradan el humor y la imaginación cuando se alían con la inteligencia para elevarse sobre lo prosaico, tiene debilidad por los heterodoxos y los excéntricos, pero ante la duda su cabeza y su corazón son devotos del Nuevo Testamento. Ni siquiera a sus eventuales adversarios les niega la consideración de iguales ante los ojos del Dios en el que cree. Es compasiva y sentimental. Le interesa el bienestar del otro, sabe mostrarse complaciente, pero no se expone, no se abandona, permanece a resguardo detrás de su flequillo.

Y, sin embargo, sin quererlo, a veces pide en exceso de sus interlocutores. Acostumbrada al intercambio dialéctico de los salones de la bohemia burguesa, a las frases con doble sentido que amagan con quebrantar alguna regla, al flirteo y la frivolidad sofisticada, dependiendo de a quién se dirija, no siempre acierta con el comentario adecuado.

Con posterioridad a esos años en los que empezaba a integrarme en su vida social, cuando la responsabilidad me abrume, esa supuesta torpeza –ser sin salvedades demasiado ella misma– me soliviantará en numerosos momentos. Se erigirá en fuente de conflicto frecuente, campo de batalla de nuestras maneras antagónicas de ser. Yo entro pidiendo perdón, doy demasiadas explicaciones, y a ella le basta con estar. Yo persigo la aprobación y ella acrecentar el misterio. Yo me humillo para obtener una caricia y ella reacciona como un resorte ante la mínima amenaza a su orgullo.

Escribo en presente porque, con los matices debidos al paso del tiempo, así sigue siendo hoy. Y lo mismo cuando se quedaba parada entre un trabajo y otro. Sin dinero, porque nunca ahorrábamos; sin seguro de desempleo, porque tardó en estar debidamente contratada. Le gustaba vivir bien y, si tenía ingresos, no reparaba en gastos, pero, si los vientos no eran propicios, plegaba velas con voluntad de estoicismo.

Mi primera novia, que comenzó a tratarnos a finales de 1983, justo después de que el grupo editorial que patrocinaba el programa de radio de mi madre dejase de hacerlo, la recuerda recibiéndola siempre risueña, aunque a menudo nos hubieran cortado la electricidad o el teléfono y tuviéramos que alumbrarnos con velas o yo haber concertado la cita desde una cabina. Mi amiga me adjudica idéntica impasibilidad, pero su memoria yerra: en los silencios convenientemente disfrazados que la atrajeron de mí se escondía una angustia desorbitada. La misma angustia que me producía sentarme con mi madre los domingos para cribar los anuncios de empleo del periódico.

Y, claro, llega un momento a partir del cual las conversaciones versan no tanto sobre mí como sobre ella. Sin dejar de ser hijo, a veces usurpo el papel de madre o marido. Ella me tranquiliza cuando la culpa o el miedo me hacen buscar su arrullo, me alienta a ser disciplinado y a sobreponerme, pero soy yo quien, cada vez más, incide en la necesidad de asegurar su futuro y presiona para que en adelante lo tenga en cuenta.

Hablo de mis dieciséis, de mis diecisiete años, cuando, superado el bache, consigue reencarnarse de nuevo, ahora como directora de comunicación en una productora de video. Yo soy quien le recuerda que las armas con las que sortea obstáculos casi bailando (su buena apariencia, su mezcla de reservado aplomo y ligereza adolescente, sus habilidades sociales, su red de contactos, su apellido) no le servirán permanentemente, que los tiempos cambian y ella misma cambiará. Yo soy quien desarbola y exhibe los defectos de las respuestas irreflexivas, apresuradas, fantasiosas con las que intenta escapar a la presión de mis preguntas concretas. *¿Cuántos años de cotización te faltan para tener derecho a una pensión de la Seguridad Social?*

Pero no solo hablábamos de seguros de desempleo y pensiones en aquellas noches. Hablábamos asimismo de su soledad buscada desde el frustrado matrimonio con el escritor del descapotable. La pretendían, se dejaba cortejar, tuvo algún romance, pero estos acababan en cuanto el postulante pretendía ir más allá. Debió de ser serio lo que sucedió en su interior aquel verano que iba a ser de prueba y acabó siendo de ruptura. Algo que nunca puso en palabras pero que, si se la forzaba a recordar, podía quebrar su proverbial rechazo a la causticidad y el humor amargo. No algo carnal, o no estrictamente. Carnal en su sentido más amplio, el amoroso y el que se eleva para hacerse verbo. Algo profundo, seguramente solo en parte relacionado conmigo, que la disuadió de volver a intentarlo. Su negativa a involucrarse en otra relación fue tenaz.

No mucho después (a mis dieciocho años, a mis diecinueve), me recuerdo argumentando falazmente a favor de disolver nuestro binomio para conjugarnos en una trinidad que nos permitiera ser más independientes el uno del otro. Ella, claro, no se prestaba a considerarlo. Decía que ningún hombre estaría a la altura y que se bastaba por sí misma. ¿A qué precio? Al de que con el correr de los años el binomio se haya ampliado exclusivamente por mi lado, y, por entre las complicidades y el amor y los indudables beneficios que mi familia le reporta, se cuele la rémora de otras ocasiones en las que nuestra excesiva cercanía y dependencia puede llegar a doler.

De todos sus trabajos, el de la productora de video probablemente fuese el más alejado de su sensibilidad. Debía de sentirse un bicho raro, con técnicos de iluminación y de sonido, con realizadores, guionistas, editores y productores a los que sacaba al menos diez años. Pero lo pasó bien. Y por supuesto hizo amigos a los que sedujo su porte distinguido, su magnetismo, su mezcla de distancia y calidez, de educada mundanidad y traviesa afición al desbarajuste y la risa. Luego abrió un pequeño estudio de diseño gráfico que funcionó con dificultades hasta que lo cerró en la crisis de 1993. Terminan entonces las reinvenciones, los malabarismos. Excepción hecha de la inesperada etapa final en un anticuario de pintura, el declive fue tal como siempre es: el descenso paulatino a un reajuste deficiente con la realidad.

Resulta significativa la variedad de campos en que previamente se desempeñó –el arte, el periodismo, la publicidad...–. Su tenacidad para reinventarse es admirable. Ahora bien, ¿por qué no se asentó en ninguna actividad? ¿Por qué con cada nuevo puesto de trabajo daba un salto al vacío en el que solo su coraje la impulsaba? Es posible que, llegado cierto punto, de tan inespecíficas, sus capacidades tocaran techo. Es posible que, careciendo de ambición, careciera de sus resabios, y que su fuerte personalidad resultara incómoda a quienes sí los tenían. El caso es que ninguno de sus trabajos la llenó hasta el punto de hacerlo suyo; no se los creía. La divertían durante un tiempo y los abandonaba o la abandonaban cuando le exigían un paso más, mayor compromiso, forjarse una carrera.

Se lo escuché varias veces, en noches distendidas de amigos y alcohol: el trabajo es una servidumbre, una condena. Trabajaba porque no le cabía otro remedio, y ponía todo de sí misma intentando no mostrarlo. En consecuencia, más que trabajar, parecía que jugaba a trabajar. Aprendió, disfrutó. Había días en los que vida y juego se conjugaban satisfactoriamente, y otros en que volvía rasguñada; mañanas en que habría preferido no levantarse; tareas inocuas, apetecibles o enojosas dependiendo del devenir de su vida laboral y de cómo fueran cambiando sus expectativas y su mismo modo de juzgarse. Pero, por encima de esa disímil experiencia, hizo lo posible por estar contenta y feliz, por convencerse de que lo era, por convencerme a mí.

Juntos fuimos más fuertes. Ella me dio una base suficiente desde la que propulsarme, una singularidad, y yo correspondí haciéndome cargo de la nave cuando fue necesario. La enderecé, diseñé la ruta que nos ha permitido llegar aquí. He sido un buen administrador de la escasez y le he dado a mi madre una familia, un cobijo. No me desentendí, no busqué un destino diferente. Fabriqué un modo de vida que me permitiera continuar a su lado. La contrapartida es que el peso de la responsabilidad me ha fatigado muchas veces. Me hizo antipático. Encontré refugio en el silencio, y pasé a combatir en exceso actitudes y comentarios suyos tras los que vislumbraba un deje de afectación, fantasiosos o simplemente desapegados de nuestra realidad. Si adornaba uno de sus relatos de grandezas, si aparecían clubs de campo y chóferes y palacios sevillanos, aunque supiera que les otorgaba el valor estrictamente denotativo que la narración demandaba, no podía evitar irritarme. Al revés que ella, que juzgaba las dificultades meros accidentes que no modificaban la consideración que tenía de sí misma, yo sí me comparaba. Me arrepiento de haberla obligado a escudriñar lo que no era necesario traer a la luz, mi rebeldía ante palabras y acciones suyas donde percibía ese sustrato inmaterial heredado que enriquece, pero también obstaculiza, su relación con la realidad. Su desinterés por lo práctico, no haberse guarecido mejor frente al porvenir, su acomodo a los designios del pensamiento mágico de quienes creen haber nacido de pie.

¿Y qué hice yo mientras tanto? No mucho. Seguir enredado en el mismo ovillo, tan preso como ella.

Lo hemos hablado numerosas veces, y ella siempre concluye que no sabemos cómo habría sido nuestra vida si se hubiese entregado al yugo de una profesión o de una relación estables: *Las cosas podrían no habernos ido bien. Yo no haber tenido tiempo para ti, o estar casada pero ser infeliz, y tú dolerte de la parte de mí que necesariamente habrías perdido.*

Pero cómo juzgar, por ejemplo, una tarde de mis diecisiete años. 1985. Su historia con el escritor queda lejos. En octubre muere Rock Hudson, es la eclosión del sida y yo, que he disfrutado de un verano itinerante y algo promiscuo, me recluyo en cama, convencido de haberme contagiado. Tan seguro estoy que me resisto a hacerme el análisis. Una tarde en que intenta llevarme al ambulatorio, le pregunto:

–¿Y si lo tengo?

–No pasa nada –responde–. Si lo tienes, nos vamos a Praga y nos suicidamos.

Hablaba en serio. Alguna vez, dándome las razones del naufragio, me había confiado que su novio del descapotable no soportaba no ser su prioridad. Está claro quién lo era y hasta qué extremo. Lo del suicidio se explica porque en aquellos tiempos un diagnóstico de sida equivalía a una condena a muerte. Aun así, aunque fuera una salida espontánea para aplacar mi miedo, asusta su mero enunciado.

–¿Por qué a Praga? –le pregunto años después.

–No sé. La tendría presente por una lectura o por una película y me pareció un buen lugar.

Como varón, he tenido la suerte de crecer en estrecha intimidad con una mujer. Entrenarme en el álgebra de las emociones y los sentidos antes que en el de las acciones, sentir la protección de un cuerpo que aún siente suyo el tuyo, habitar el espacio y sobre todo el tiempo que este contiene, avizorar el subsuelo común a las generaciones, conocer algunos misterios antes de que lleguen a serlo. Con una mujer como ella, además: permisiva y no apremiante.

Y, sin embargo, abundaron los desencuentros. Por nuestro modo a veces diferente de juzgar la realidad y a quienes la habitan, por mi necesidad de oponer a sus ensoñaciones un impertinente hiperrealismo, por su antojadiza influencia sobre mí, que ejercía activamente. Por ejemplo: mientras dependí de ella, le importaba menos la hora a la que llegaba por las noches que mi forma de vestir. No le contrarió que me hiciera punk durante unos meses, pero, cuando dejé atrás los disfraces, no hubo día en que mi vestimenta no fuera escrutada y, si había lugar, criticada. Y, junto a su insistencia en refinarme conforme a los patrones de su singular elegancia, el multiforme relato familiar, las historias que nos daban nuestro ubicuo lugar en el mundo; a ella un bastión, a mí un parapeto. El repertorio no era siempre el mismo. Variaba según las necesidades de cada momento: cambiaba el énfasis, cambiaba el tono, cambiaba el porqué. Lo que nunca se cuestionaba era la veracidad. Si proliferaban las contradicciones o los sinsentidos, mi madre consideraba mis objeciones y recurría a la digresión para desactivarlas. Fintaba, divagaba y, allí donde la lógica la acorralaba, echaba mano de la suspensión de la incredulidad. Me refiero tanto a las historias heredadas que, de tan repetidas, se habían quedado en los huesos de su significación simbólica, como a las que incorporaba de su cosecha. Con las personales procedía de otro modo. Si tenían puntos ciegos, se atoraba en evasivas y silencios disfrazados. Y había que ser muy terco, como yo, para querer llegar allí donde no había ganancia sino pérdida. Decantar, quebrar la grácil ligereza de lo que puede ser y no ser o ser varias cosas, de lo poroso, de lo maleable, renunciar a la mullida versatilidad de la penumbra y abrazar la causa triste de las certezas.

Pero nunca permitimos que un enfado durase más allá del anochecer. Innumerables veces no nos soportábamos. Innumerables veces nos decíamos a la cara cosas desagradables. Innumerables veces me desbordaba el desasosiego e iba a su cuarto a pedirle disculpas. Allí seguíamos encontrando el acomodo para sellar la reconciliación. Me sentaba en su cama, sus manos al alcance de las mías, su cara al alcance de mis labios. Eran sesiones intensas, a veces lacrimógenas, en las que, agotado el caudal, con frecuencia comparecían las risas. Hasta hace no tanto era el momento propicio para las confidencias, cuando volvía a plantearle preguntas para las que no hay respuesta. Desde hace años lo evitamos. Es como si hubiéramos quedado ahítos y rehusáramos la descarga de sufrimiento previa a la catarsis. Nos conocemos al dedillo, la partida está jugada, no hay promesas. Y, aun así, a veces he notado que, al sellar el beso de la paz, su mano ha intentado retener la mía.

¿Mis razones para no atender siempre? No puedo oír que en el futuro todo irá bien porque ese futuro depende exclusivamente de mí y me da miedo incluso hablar de él.

Este es solo en parte un libro que alguna vez quise escribir y no escribiré ya.

Durante un tiempo iba a ser la historia de una familia, lo que pudo ser y no fue y lo que se perdió. Pero también iba a ser una historia de redención, con vencedores y vencidos, donde restauraría el relato que los vencedores habían ocultado. Ocurría que yo pertenecía a la estirpe de los vencidos y no solo había crecido con relatos sesgados, sino que uno de los motores que me impulsaban era la revancha. Descubrirlo me impidió avanzar. Quería escribir de cómo el pasado modela el presente y de cómo el presente hace lo propio con el pasado; la historia de una ausencia, de la huella que alguien deja cuando desaparece y de las traiciones y usurpaciones que los vivos cometen contra los muertos. Sin embargo, gran parte de mi inspiración estaba contaminada y, sobre el miedo a caer en el maniqueísmo, se sobrepuso otro igual de acuciante: el de intentar neutralizarlo exigiéndome una objetividad que podría causar dolor a quienes no quería dañar.

Dejé dormir el proyecto, y más tarde, cuando me tentaba retomarlo, llegaron las muertes. La de mi tío J. en 2005, la de mi padre en 2007 y la de mi tío G. en 2011. Dos años antes de la última, yo mismo fui padre y, como quería serlo perfecto, me dediqué a la crianza a tiempo casi completo. Además, viajé más de la cuenta promocionando dos libros que saqué muy seguidos y me enredé en una vida desordenada que, a mi regreso, desvelaba mis noches. Venía de una época dulce, en la que había cosechado éxitos profesionales, y no tenía el ánimo dispuesto al sacrificio. Pese a ello, casi sin darme cuenta, en sendos arrebatos, escribí las primeras versiones del segundo y del tercer capítulo de este libro. Aunque ya entonces los concebía como piezas sueltas de un engranaje mayor, publiqué uno en una revista y otro en un volumen colectivo. De esa época, 2012 o 2013, es también el comienzo de un texto inconcluso en el que evocaba el día de la muerte de mi abuela a través de la descripción de la casa donde sucedió. Mi propósito: fijar en ese momento el punto de inflexión que modificó la vida familiar y constituyó con el tiempo el epicentro de ese relato épico, mezcla de fantasías y realidades, mediante el que las familias se explican. En su caso, el de una familia con un concepto de sí misma no sustentado en lo material sino en la idealización de unas cualidades de naturaleza incorpórea.

En aquel entonces vislumbraba las diversas circunstancias que condicionaron a los cuatro hermanos. Entendía que en esa hora de la muerte de mi abuela albergaban ya su rasgo más definitorio: una tendencia a la propia mistificación, condicionada por la personalidad de sus padres y las circunstancias en las cuales crecieron que, si bien les otorgaba un protector arraigo imaginativo, los hacía poco dúctiles a la hora de pactar con la realidad y someterse a sus dictados. Tenía el acabamiento del mundo que los había alumbrado, el disgregamiento del núcleo familiar a raíz de la segunda boda de mi abuelo; tenía la época en que ingresaron en la madurez: los años sesenta, semillero de decisiones ligeras y extravíos entre quienes, como ellos, pudieron permitírselos, y tenía una convicción, la de que no cabía especular con lo que habría sucedido de no haber muerto mi abuela: sus costuras estaban hechas.

Y en cambio no había acometido un trabajo fundamental: la revisión de la correspondencia entre mis abuelos. Conocía una parte, que custodiaban mi madre y mi tía, debido a que mis tíos G. y J. habían querido publicarla al morir mi abuelo. Conmovido por lo que las cartas revelaban de mi abuela, su lectura había sido combustible de resentimiento y, a partir del momento en que a instancias de la otra familia se ordenó cancelar la edición del libro, sacarlas a la luz, así fuera de manera indirecta, devino en obsesión. Eran los tiempos del enfado. Empezaba la batalla de mi madre y sus hermanos para revocar el testamento de su padre, y las primeras trifulcas prometían engordar los cargos.

En 2004 llegó el armisticio entre las dos familias, y, como parte de este, la viuda de mi abuelo nos entregó un lote de cartas, más abundante, que retenía en su poder. Aun así, como el veto sobre la publicación continuó, dejé pasar nueve años sin leerlo. Hasta 2013, influido por el alzhéimer de mi tía M., no me decidí. Las ordené, las leí, las extracté, y dos o tres años después se perdió por mi culpa el lote que había estado a punto de publicarse. Lo guardaba envuelto en una bolsa de plástico con otros legajos de mi biblioteca y desapareció durante una limpieza, confundido por la asistenta entre la basura. Por fortuna he encontrado en casa de mi tía la mitad de las pruebas del libro frustrado, pero de la otra mitad solo conservo los extractos y una frase que durante un tiempo tituló el manuscrito de este libro: *En todos los rincones hay sueños donde apareces tú*. Si bien en la editorial dicen no conservar ni una copia de las galeradas, albergo la esperanza de que al menos quede una en el archivo de la agente literaria de mi abuelo, pues fue ella quien puso los medios para evitar la publicación.

Algunas historias envejecen y dejan de interesarnos antes de arrancar a escribirlas. Esta no es de esas, ya que en parte me explica, y sin embargo se les parece en algo: muchos de los sentimientos que en el pasado me impelían a escribirla desaparecieron en el proceso. Sentimientos negativos, de los que me desprendí mientras la historia no me abandonaba.

Así lo describo en un texto de hace cuatro años:

> Hoy, 25 de mayo de 2018, el enfado se ha disipado. Se ha impuesto la vida con la rotundidad de un niño que está creciendo, y de pronto, sin que sepa reseñar mediante qué pasos, prefiero pensar que el cisma se originó en debilidades antagónicas del corazón. No hay malos. Existía un relato alternativo al nuestro que movilizó sus fuerzas. Con mezquindad de ambos bandos y, en el mío, con el estéril decadentismo de esos héroes de novela que prefieren morir aferrados al mundo que se va. No he perdonado en todos los casos, pero solo porque el conflicto no está ya tan vivo como para que hacerlo represente un aliciente.
>
> En cuanto a mi abuelo, es justo admitirlo: no dejó desasistidos a sus primeros hijos hasta que perdió la autonomía necesaria para disponer de su dinero, y eso a pesar de que los sablazos abundaron. ¿Qué tipo de tranquilidad compraban sus giros postales *in extremis*, sus transferencias? Culpas pequeñas que sumadas se volvieron grandes. Ellos habían crecido con un padre ausente que aparecía como un rey mago y se iba como un marino acostumbrado a dejar oídos agradecidos en las tabernas de su periplo. Él se sabía un prestidigitador y se dolía de sus trucos.
>
> Desde finales de 2013 he trabajado intermitentemente en el tiempo que me ha dejado libre mi dedicación a otro libro que escribí casi a la vez.

Mientras mi tía M. se sumía en la demencia y empezaba a dibujar crucigramas en el aire.

Mientras mi hijo renovaba con su amor mis miedos a fallarle, a morir antes de tiempo, a no saber educarlo, a contagiarle el mal («Una tendencia a la propia mistificación que, si bien les otorgaba un protector arraigo imaginativo, los hacía poco dúctiles a la hora de pactar con la realidad y someterse a sus dictados»).

Mientras mi energía se iba casi íntegra en crear las condiciones para que mi hijo creciera de la mejor manera.

Mientras cada día me hacía más descreído de cualquier religión que no fuera esa mía particular.

Mientras me cuestionaba mi dedicación a la escritura, tan torturada por mi manera tóxica de trabajar, mi dependencia del tabaco y, a ratos, del hachís.

Mientras me acordaba de mi padre y de su obra pictórica, que custodio cada vez más inseguro de saber darle una salida digna.

Mientras el marido de mi tía M., mi tío Z., se consumía pensando en cómo proteger la suya.

Mientras mi madre, sin ella pretenderlo, no dejaba de preocuparme: su soledad no sentida, su austeridad obligada. ¿Podía yo hacer más? ¿Podía ella hacer más?

Mientras todos los días y casi a todas horas era consciente de mi edad.

Mientras con cada suceso adverso me venía la imagen de mi hijo y tenía un miedo brutal a que el mundo fuera mal y le afectara.

Si existiera un mercado de destinos, regalaría los brillos del mío a cambio de que a él le fuera bien.

¿Habría hecho lo mismo mi padre? ¿Lo habría hecho mi abuelo?

Ni es justo juzgarlos conforme a códigos de hoy ni debe olvidarse que en ese aspecto probablemente sea como soy porque ellos no lo fueron.

Comencé este libro cuando mi hijo todavía traía de la guardería manualidades dictadas por las maestras, en una época de bonanza gracias a un libro anterior que me procuró premios y reconocimiento, y enfilo el final con la sospecha de haber dilapidado el crédito tomándome un tiempo excesivo en los posteriores, con un solo relato a mi disposición, el de mi madre, y cuando mi hijo encara la edad en la que ese relato, el de los padres, empieza a desmoronarse.

–Mamá.

–¿Qué?

–Tu padre era escritor, tu hermano lo fue... ¿Por qué tuve que serlo yo?

–Lo contaste en tu libro. Porque te rebelaste contra tu padre y quisiste optar por un camino que, pareciéndose al suyo, fuera a la vez distinto.

–¿Y no sería, más bien, porque allí estabas tú, dispuesta a rellenar los huecos con historias?

Sonríe halagada, pero enseguida aleja de sí la tentación narcisista y chuta fuera.

–Y por la lectura, y por tu trato con adultos desde niño, y por los amigos que tuviste en la adolescencia...

–A tu padre y a tu hermano no les costaba escribir. A mí sí.

–Papá era dubitativo, merodeaba durante tiempo, pero cuando por fin arrancaba era rápido y resolutivo. Gonga, sobre todo en los últimos años, lo hacía casi de memoria, sin afrontar verdaderos retos, ayudado de ese estilo casi notarial del que se servía para ocultar sus carencias. Tú escribes como eres. Siempre has tenido un lado muy reservado, y es ese el que aflora en tu literatura. No lo vas a dejar, si eso es lo que quieres decirme. Somos lo que somos, da igual por qué caminos hayamos llegado a serlo.

–Papá renegó de la pintura antes de morir.

–Tu padre se fue con la comezón de no haber conseguido el reconocimiento que merecía. No le pesaban las horas que empleó pintando, le pesaban las que malgastó. Y las que no te dio cuando lo necesitaste.

–¿Y el tuyo? ¿Se dolía de algo?

–No sé, me cuesta discernirlo... Pero dejemos al abuelo, me agota pensar en él. ¿Crees que tu padre habría podido ser otra cosa, que habría sido más feliz? No lo creo. Y tú tampoco. Os parecéis, aunque tú eres menos tímido y un poco más seguro.

Mi madre no habla así. Mi madre es menos categórica, pero este diálogo lo estoy inventando y me conviene dejar atrás asuntos que, de seguir en la sombra, tal vez cobrarían una importancia indebida.

–Mamá.

–¿Qué?

–Perdóname por todas las veces que debí de parecerte un ingrato. Estábamos solos y en ocasiones me sentía tu última defensa. Tenía que salir a flote, distanciarme. Imagínate que hubiese sido una réplica de ti.

–Estuviste enfadado conmigo mucho tiempo.

–No contigo. Con la realidad. Con mi padre. Con el tuyo. Y con esas historias que me hicieron creer que disponíamos de un salvoconducto.

–Yo encarnaba ante ti esas historias.

–Tú eras su transmisora.

–Pero a mí no me pesaron, al contrario: me dieron un lugar en el mundo.

–Precisamente. Un lugar irreal.

–No hay lugares irreales.

–Mamá.

–¿Qué?

–Siento este final. Apenas había escrito de ti y tenía que hacerlo. De otro modo habría parecido que escurría el bulto.

–Creo que ya estaba casi en cada página.

–He sido pudoroso, sigo siéndolo. No te aplico la misma lupa que a los otros. Intento vadearte. Mostrar tu sombra.

–Pregunta, entonces –se impacienta–. Conviene que termines.

–¿Qué os pasó?

–¿A mí y a mis hermanos? Poca cosa. Lo que a todo el mundo: que la vida empieza a decantarse muy pronto. A nosotros nos zarandeó. A otros los arrolla.

–Me refiero a por qué encallasteis. Es como si los cuatro os hubieseis quedado varados en un mismo punto.

Mi madre me mira como para calibrar la seriedad de mi pregunta. Estamos en su dormitorio, he ido a darle las buenas noches. Su pelo gris, desparramado, alborota la almohada. Sobre el embozo de la sábana, un libro y unas gafas de presbicia se mecen al ritmo de su respiración.

–No me identifico con esa imagen. ¿Dónde se supone que encallamos? ¿En la muerte de mamá? Fue terrible, pero los cuatro estábamos ya bastante hechos. Cada uno lo superó como pudo.

–¿Y los años de Galicia en que tu padre no estaba? ¿No crees que el miedo inconsciente a perderlo, a que un día no volviera, os hizo depender demasiado de él?

–Jamás se nos ocurrió que pudiera no volver, al menos a mí.

–Lo necesitabais para ser lo que erais y os aferrasteis a él, a su idea, más allá de lo razonable. Creísteis que con replicar sus mitos y sus valores ya bastaba...

–Nadie piensa así. Lo que nos faltó, si acaso, fue un anclaje sólido en la realidad que ni él ni mamá fomentaron. Cada uno a su modo, ella desde la austeridad y él desde la exuberancia, compartían prejuicios fuertemente antiburgueses. Es un absurdo, ya que al mismo tiempo intentaban vivir como burgueses, pero es un hecho que crecimos sintiéndonos diferentes de nuestro entorno. Y, aun así, no eludo nuestra responsabilidad. No nos pusieron ningún cepo. Podríamos habernos zafado. Y, en lo que atañe a él, está la circunstancia objetiva de que también nos enriqueció, amplió nuestro mundo.

–Pero lo habéis cuestionado incesantemente.

–También lo hemos querido desmesuradamente. Una cara de la moneda sin la otra no se comprende. Pero basta. No es tan excepcional. Las relaciones paternofiliales son ambivalentes. Ojalá no nos hubiésemos enfocado tanto en él. Y, además, no nos fue mal. Me refiero a mis hermanos y a mí. Hicimos lo que quisimos.

–Javier me preguntó una vez si habías sido feliz.

Se le humedecen los ojos, como a menudo cuando sale a colación su hermano menor. Aparta la mirada y la lleva a la almohada que retiene a un costado, evaluando si sumarla a la que reposa bajo la nuca; lo hace.

–Estoy satisfecha, sí. A lo mejor corregiría detalles, pero en lo fundamental no cambiaría mi vida.

– ¿Te he hecho sufrir?

Mi pregunta la sorprende acomodándose a la altura de la nueva almohada. Al recostarse, ha quedado ligeramente ladeada y las gafas y el libro que reposaban sobre el embozo se han escurrido esternón abajo. Extiende su mano para coger la mía, sonríe dulcemente y, con la mirada temblorosa, dice que ha sido feliz y que yo he sido un buen hijo.

Los dos conocemos las sumas y restas necesarias para llegar a esa conclusión.

–Mamá.

–¿Qué?

–Durante un tiempo quise forzar este diálogo, pero no me atreví. Nosotros lo habríamos llenado de las efusiones del pasado. Como de otras cosas sepultadas entre el polvo de mis zancadas al tratar de alejarme de tu influencia ineludible, me acuerdo poco de esas noches.

Hoy en día mi madre tiene un patrón de rutinas enraizado en la lentitud y la soledad. La mañana, para salir a la calle, quizá dar un paseo, hacer las compras del día y sentarse, a la vuelta, en un café. Tras el almuerzo, que prepara con parsimonia, y el cabeceo posterior frente al telediario, dedica el resto de la tarde a su actividad principal: la lectura. Lo hace sin orden, picoteando de su nutrida biblioteca, en la que predominan los libros de historia junto a un batiburrillo de clásicos y novedades que le hago llegar. Las noches son para las películas, salvo que los hados le concedan un plan mejor.

Los amigos de su pueblo gallego son todos singulares y, entre ellos, sus preferidos son los más extremos, los más bebedores, los más fantasiosos. Los desfavorecidos se lo perdonan porque ella misma posee el don de erigirse en personaje y de legitimar con su mirada lo que otros rechazan. En Madrid, atesora el cariño de tres o cuatro mujeres jóvenes cautivas de su carisma, así como el aprecio de quienes sobreviven de la bohemia literaria y artística en la que se movió en su juventud, de sus hijos y de los hijos de quienes faltan.

–Mamá.

–¿Qué?

–Me estoy emborrachando mientras escribo.

En el pasado, frente a una declaración así, no se habría mostrado disconforme, si acaso habría replicado con un silencio revelador. En la actualidad me invita a ser moderado. Sospecha que en sociedad utilizo el alcohol como descompresor y considera que la madurez en la que me adentro demanda moderación. Ya no piensa en mí sino en mi hijo.

Y, aun así, hoy, 29 de julio de 2022, lleva varios días leyendo mis libros en orden. Ya los había leído en manuscrito y cuando fueron publicados, pero esta es la primera vez que los lee seguidos. La rapidez con que avanza demuestra dos cosas: mi escasa obra y la carga simbólica que otorga a su gesto. A sus ochenta y tres años es improbable que los vuelva a leer. En cierto modo es una despedida, y quiere acometerla pronto. ¿Es necesaria tanta prisa? Hace un par de veranos, al poco de llegar a su casa gallega, me sorprendió dándome instrucciones precisas sobre cómo proceder en caso de que muriese repentinamente. Quería que sonara en la iglesia el *Réquiem* de Fauré y que luego la quemaran y llevasen sus cenizas a Madrid, a la tumba de su madre y su hermano menor. Imagino la renuncia implícita en este último deseo, las alternativas sentimentales, incompatibles con el sentido común y el orden natural de los óbitos, que elucubró antes.

Pese a conmoverme su lectura de mis libros, mi reacción a sus elogios no fue siempre amable. A su celebración de mi primera novela, respondí recordándole los cambios que me sugirió cuando se la di en manuscrito. Ya que la madre del libro estaba parcialmente inspirada en ella, no quería que le adjudicara cosas que la avergonzaban. Por supuesto ese no fue su argumento, pero así lo interpreté. La distancia entre mis inferencias y lo que ella asume o no de sí misma es motivo de fricción. A menudo se indigna, cree que soy injusto y me dice que en realidad no la conozco.

¿Por qué la provoco? ¿Qué persigo? Supongo que mendigar su perdón recordándole que en determinados momentos no me puso las cosas fáciles. Que en su afán por dotarme de los aparejos necesarios exageró su vigilancia sobre lo superfluo; que estaba demasiado convencida de la prevalencia de los valores en los que había sido educada y no siempre tuvo en cuenta que, aunque hubiésemos madurado casi juntos, yo necesitaba un territorio propio, sobre todo mental; que era demasiado transparente cuando algo de mi mundo la disgustaba. Lo cual no desdice sus asombrosas cualidades, la libertad que me dio para rechazar el camino que me señalaba con la elocuencia de una mirada, el hecho irrefutable de que soy quien soy gracias a ella.

Hoy mismo, 20 de abril de 2023, en mi llamada diaria, me he quejado de unas desafortunadas declaraciones mías recogidas en un reportaje periodístico y, de inmediato, su mecanismo protector se ha puesto en marcha, la ha despabilado. Cuando yo actúo así con mi hijo suele ser contraproducente. Se sacude, se revuelve.

En la adolescencia fantaseaba con poseer una biblioteca, y ahora que la poseo me pesa. Y como la biblioteca, los cuadros de mi padre y otras cosas de las que he ido rodeándome. Pensando en mi hijo, me pregunto si es bueno transmitirle tanta carga, y luego, casi simultáneamente, si no es el mundo del cual provengo lo mejor que puedo darle. Cierta idea de sí mismo, cierta distinción.

Este texto no tiene el final de los anteriores. Por fortuna, mi madre aún vive. No he tardado tanto en llegar aquí por miedo a que lea lo escrito, tampoco por la superstición de creer que, mientras yo no pusiera el punto final, ella no encontraría el suyo. Me he demorado porque no quería imaginar el momento en que no esté. La fractura, el desconsuelo, el extrañamiento, la soledad, la culpa, el convencimiento de que nadie nunca más me escuchará como ella, de que nadie depositará en mí tanta esperanza.

Recuerdos que traerán lágrimas.

Seguramente, fotos. Mi madre en un tiovivo de San Isidro con la mirada vidriosa por el vino y una larga melena sin flequillo; mi madre en el barco que la llevó con mi padre a Brasil, con pañuelo y camiseta marinera a lo Audrey Hepburn; mi madre en fiestas setenteras, fumando, sentada en el suelo, hablando...

Seguramente, su voz. Una voz cálida, dulce, de dicción clara, con un innato dominio del tono tanto al hablar como al cantar; alegre, aunque con un ligero arrastre melancólico.

Seguramente, su oído: generoso, atento a la escucha desinteresada de enredos ajenos. En tiempos, mantenía largas conversaciones telefónicas. Ahora sucede raramente, pues sus viejos amigos han desaparecido y los jóvenes tienen formas de comunicarse más expeditivas. Recuerdo las risas repentinas, la firmeza de sus consejos, el *addio* a la italiana antes de colgar.

¿Qué más?

Seguramente, su caída de un ciclomotor encabritado que compró un verano en Formentera.

Seguramente, sus brazadas durante el verano de 1977 en una piscina donde reaprendió a nadar: el cuello estirado, la barbilla ligeramente levantada –así mira, así observa, así salva en diagonal el obstáculo de su flequillo–.

Seguramente, sus desayunos en la cama cada vez que le iban bien las cosas y tenía quien se los llevara.

Seguramente, su desparpajo vistiendo en tiempos turbulentos un cinturón elástico del Partido Comunista que le había regalado su hermano J. No como un acto reivindicativo; con espíritu provocador sí, pero más que nada por el color rojo y porque era cómodo.

Seguramente, parando taxis con una pierna en la acera y la otra, larguísima, en el asfalto.

Seguramente, sus lentillas. Poniéndoselas, quitándoselas, perdiéndolas, llamándome para que se las buscara.

Seguramente, «Garota de Ipanema». Seguramente, «Por qué te vas». Seguramente, «Tintarella di luna».

Seguramente, la foto del menor de los hermanos Panero en *El desencanto*, que tuvo clavada durante años en el corcho de su cuarto. Seguramente, la polaroid donde comparte cama con su mejor amiga tras una noche de risas y confidencias.

Seguramente, su forma de decir *tejanos* para referirse a los pantalones vaqueros.

Seguramente, la tarde en que mi padre y yo le escayolamos una pierna ante la visita intempestiva de un pretendiente demasiado insistente al que, para zafarse de la invitación a un viaje, hizo creer que se la había roto.

Seguramente, una noche de otoño de 1983 en la que recogimos un premio en nombre de mi abuelo y se lo regaló a un taxista camino de la discoteca Bocaccio.

Seguramente, la misma madrugada, observando el revuelo a mi alrededor –yo, un joven Tadzio– de un grupo de escritores pastoreados por un refinado poeta con quien se dedicó a hablar del amor.

O escabulléndose entre los setos que rodean los juzgados de plaza de Castilla en compañía de una novia de mi tío G., con el propósito de llevar unas limas al ventanuco enrejado del calabozo donde él barruntaba una perspectiva muy negra.

O riendo a finales de los ochenta mientras yo revolvía en la basura de casa los restos de una lubina a la sal en busca de una papelina de cocaína que nos reclamaba un atolondrado invitado a la cena de la noche anterior.

O su protesta cuando horas después, rescatada la papelina, otro amigo atolondrado –este mío– me propuso esnifar su contenido.

O coordinando amigos al teléfono para acudir en socorro de otro.

O inclinada sobre la mesa, trazando con lápices de colores los dibujos deliciosamente ingenuos a los que es aficionada.

O vertiendo en la sartén la masa de las filloas con las que aderezaba los copiosos tés que ofrecía en casa.

O sus ojos despampanantemente abiertos en Roma, a lomos de un *motorino* con el que la tiré al suelo en una curva muy cerrada.

O dolida con mi padre en Nueva York.

O entusiasmada en París y en Londres y en Cuba y en casi todos los lugares a los que hemos viajado juntos.

O en la playa de Carnota, sentada en una silla plegable con la cabeza cubierta por un panamá.

O el hálito de satisfacción que exhala su nariz cuando se le regala un mimo o se le dice algo bonito.

O su destreza para pasar horas metódicas, placenteras, a solas consigo misma.

O la que parece haber sido su directriz: vivir, velar por mí, no esclavizarse, discurrir sin premura, los ojos a veces abiertos y a veces cerrados. Su tranquilidad incluso cuando se avecina una catástrofe.

Muy poco querría mantener alejado del recuerdo. En realidad, nada. Los desafectos puntuales, los desencuentros, de tan insignificantes a la luz del no tiempo, se esfumarán. Y lo demás nos pertenece solo a nosotros. Mi madre no ambicionó logros laborales ni sociales, no persiguió posesiones ni riquezas. Incluso fue la única entre sus hermanos que no se imaginó como escritora. En sus carpetas guarda fragmentos de diarios, algunos cuentos, recuerdos, los primeros capítulos de una novelita sobre Felipe II, pero ni fue constante ni los consideró, creo, otra cosa que divertimentos. Su obra más acabada y aun así inconclusa es un cuento ilustrado, concebido en mi niñez para explicarme el nacimiento del universo y del hombre, que intentó rehacer varias veces desde que un remoto verano en Formentera le robaron el maletín donde lo guardaba. Creo que su principal expectativa fue ser feliz y que con altibajos lo ha logrado. A veces una vida entera no basta para escribir un sencillo cuento. Si se le otorgara el poder de rehacer la suya, seguramente elegiría haber estudiado Astrofísica o Antropología. Le interesan los misterios, las estrellas. El ruido de los planetas y de la Tierra al girar sobre sí mismos. El tiempo. Ese momento en que los primeros homínidos dejaron de mirar al cielo para mirar dentro de sí.

Salvo mi madre y yo, los demás protagonistas de estas páginas han muerto. La oigo susurrar: «Parece mentira». Es una exclamación de tristeza que, referida a sus hermanos, adquiere una melancolía mayor. El acabamiento de las esperanzas y los espejismos en los que crecieron. Su tiempo se clausuró y apenas queda algo de ellos. Pero más raro resulta pensar que, de haber vivido unos años extra, nada sustancial habría cambiado. Eran los que eran, los que fueron, los que habrían sido, los que seguirían siendo. Como el héroe trágico, pese a las advertencias, habrían continuado en pos de su destino. Ninguno habría hecho un alto para otear el horizonte y emprender un camino nuevo. Tampoco yo lo estoy haciendo.

¿Qué los definía? No lo sé. ¿Qué compartían? No estoy seguro. Una querencia, donde las voces del mundo llegaban en sordina, que los arrastraba a su interior. Una lógica distinta. La ausencia de algo que fue o que no fue. Pedazos de la realidad que no los penetraban pero dejaban su hueco. Las consecuencias de una cierta idea de sí mismos capaz de neutralizar casi cualquier realidad que se le opusiera. Una percepción distorsionada, filtrada de modulaciones sentimentales. Como si vivieran en su mente y allí se proyectaran, como si la memoria recreada fuese más estimulante que el presente. He buscado con tanto ahínco una explicación que he empezado a dudar de que la haya. A lo mejor no existe una causa común. A lo mejor cada uno fue el producto fortuito de sus propias circunstancias. *Producto fortuito de sus propias circunstancias.* ¿No hay ahí, agazapada, una contradicción?

Engañaría si afirmase que los echo de menos. Me conmueve su recuerdo, cómo no. Me gustaría decirles cosas que nunca les dije. Reconfortarlos. Volver a sentir su aura protectora. Pero lo que añoro son las cápsulas concentradas del tiempo que compartí con ellos, los numerosos instantes de plenitud que me regalaron. Una porción incalculable de mí mismo procede de ahí. La palabra *pérdida* resulta lastimosamente pobre para definir lo que su ausencia representa. Pero no los traería de vuelta, si estuviera en mi mano, salvo que ellos me lo pidieran. Un tiempo suplementario sería mera prolongación de lo que ya fue. Los instantes de verdadera plenitud difícilmente comparecerían. El amor sí, la ternura, la gratitud..., pero también lo demás. Las sombras, los espejos. Han vivido. Han sido. ¿Para qué enfrentarlos de nuevo a la muerte y sus cuentas?

Y, por parecidas razones, si hubiese tenido el poder, tampoco los habría modificado; no los tunearía retrospectivamente, qué pretensión... Prefiero quedarme con lo que fueron antes que arriesgarme a perder con el cambio. ¿Acaso habrían sido mejores de haber sido eso que podrían haber sido, lo que en algún momento parece que desearon? G., un escritor respetado; M., una intelectual *avant la lettre* de la segunda ola feminista; J., un profesor o un empresario. ¿No se habría quedado algo valioso de ellos por el camino? ¿No habrían incorporado otras vivencias que los harían distintos? Somos lo que somos integralmente, no es posible compartimentarnos ni mercadear con las piezas resultantes. Una gran masa de vida en la que se entrecruzan otras, cada una con su propia carga. ¿A qué miope altura es necesario alzarse para juzgar la de otros? De juzgarla no en relación con aspectos objetivos –¿asesinó a alguien?, ¿progresó en su trabajo?, ¿era buen estudiante?–, sino de juzgarla en su totalidad, y pretender, para colmo, extraer de la operación un saldo negativo o positivo. No me lamento de lo que fueron o no fueron. Me pregunto por los porqués y por la huella que quedó en ellos. Me pregunto por la materia sobre la que se construyen los deseos; por el influjo ambivalente de los afectos; por los túneles de memoria que nos conectan con un pretérito anterior. Me pregunto por lo que nos hace ser lo que somos.

Richard Ford, a quien ya cité páginas atrás, tiene unas líneas al final de un texto sobre su padre que me parecen esclarecedoras. Las parafraseo para no alargarme. Empieza confesando que, de no haberse quedado huérfano en la adolescencia, probablemente no sería escritor, ya que le habría resultado imposible eludir la influencia de su padre en sentido contrario. Y añade que, si bien consideraría soportable la renuncia a su vocación, «habría sido una pérdida verdaderamente triste» verse privado de la posibilidad de escribir ese texto sobre él. Olvidémonos de que Ford es escritor y concentrémonos en su significado. Traducido a términos byronianos: aunque no habría tenido inconveniente en depositar sus cenizas sobre las de su padre, ya que no fue necesario, agradece la libertad de haberlas podido esparcir donde ha querido. Su privilegio consiste –pero de eso nos habíamos olvidado– en que desde ese lugar propio puede seguir visitando la tumba paterna.

Creo que no hace falta añadir mucho.

Comencé este libro con un objetivo similar, rendir tributo a quienes aparecen en él, y en particular a mi madre, que me los brindó en palabras. Ahora me doy cuenta de que inevitablemente es también una suerte de memoria portátil para mi hijo. Confío en que, si algún día la abre, sepa tamizar los brillos escondidos en el lodo, descifrar su derrelicto mensaje. Toma lo mejor de tus padres, o recházalo todo, y vuela.

Sanià, 14 de mayo de 2023

ÍNDICE